Fábrica de animais
Edward Bunker

Fábrica de animais

Edward Bunker

Tradução de Francisco R. S. Innocêncio

Copyright © 1977 by Edward Bunker
Título original: *The Animal Factory*

Todos os direitos desta edição reservados à Editora Barracuda.

Preparação: Alfred Bilyk e Alyne Azuma
Revisão: Ricardo Jensen de Oliveira e Rodrigo Villela
Capa: Marcelo M. Girard

Dados Internacionais de Catalogação na Publicação (CIP)
(Câmara Brasileira do Livro, SP, Brasil)

Bunker, Edward, 1933-2005.
Fábrica de animais / Edward Bunker ; tradução
de Francisco R. S. Innocêncio. — São Paulo :
Editora Barracuda, 2007.

Título original: The animal factory.
ISBN 978-85-98490-19-9

1. Ficção norte-americana I. Título.

07-4740   CDD-813
Índices para catálogo sistemático:
1. Ficção : Literatura norte-americana   813

1.ª edição, 2007

Editora Barracuda Ltda.
R. General Jardim, 633 - conj. 61
São Paulo SP
CEP 01223-011
Tel./fax 11 3237-3269
www.ebarracuda.com.br

Índice

9	Capítulo 1
21	Capítulo 2
31	Capítulo 3
61	Capítulo 4
77	Capítulo 5
95	Capítulo 6
115	Capítulo 7
129	Capítulo 8
155	Capítulo 9
165	Capítulo 10
181	Capítulo 11
193	Capítulo 12
209	Capítulo 13
233	Capítulo 14
247	Capítulo 15

Para meus irmãos — dentro e fora.
Eles sabem quem são.

CAPÍTULO **1**

O amanhecer impelia uma pálida linha amarela sobre o baixo horizonte da cidade enquanto os prisioneiros, quase quinhentos deles, eram arrebanhados do portão da cadeia para o estacionamento. À sua espera estava o comboio de ônibus preto-e-branco com grades nas janelas e tela de arame isolando o espaço do motorista dos assentos. O ar estava tomado pelo escapamento acre do diesel e o fedor de lixo apodrecido. A gentalha dos prisioneiros, mais da metade negros ou chicanos, estava em colunas de dois, acorrentados de seis em seis, agrupados pela lotação dos ônibus; pareciam centopéias humanas. Por todo lugar havia agentes do xerife com seus uniformes vincados. Três agentes eram designados para cada ônibus, enquanto os outros permaneciam na retaguarda com robustas Magnum Pythons .357 penduradas em suas mãos. Alguns acariciavam escopetas de cano curto.

Apesar do cheiro, muitos homens respiravam profundamente, pois nenhum ar fresco entrava na cadeia sem janelas e já haviam passado três horas em currais de cinco metros, até cinqüenta deles em cada um. Atrás deles os presos de confian-

FÁBRICA DE ANIMAIS 9

ça da cadeia já estavam varrendo as celas para a segunda leva do dia a ir para o tribunal.

Ronald Decker era jovem, e parecia ainda mais jovem do que era. Em contraste com as roupas em geral desalinhadas de quase todos os outros, ele vestia um elegante terno de veludo cotelê que já agüentava três dias de visitas ao tribunal, sendo arrancado da cama às 3h30 da manhã, aguardando em pé nas jaulas da cadeia, embarcando acorrentado nos ônibus, esperando na detenção lotada ao lado do tribunal, recebendo uma prorrogação de vinte e quatro horas e retornando à cadeia ao anoitecer. Quando as portas de ferro se trancavam, alto-falantes rugiam e não havia sono até a meia-noite. Hoje isso vai acabar, ele pensou. O advogado tentara livrá-lo da prisão, mas uma garagem com duzentos quilos de maconha e uma mesa de cozinha com um quilo de cocaína era um flagrante grande demais. Não importava que ele — ou a gorda propina — tivesse convencido o psiquiatra a atestar que ele era um viciado em cocaína que se beneficiaria do tratamento. Não importava que o oficial de sursis estivesse convencido por sua "boa família" de que um programa alternativo traria reabilitação. O promotor público, que tinha uma legião de subordinados e não conhecia um por cento dos casos, mandou uma carta de próprio punho ao juiz exigindo a prisão. Ron deu um sorriso pálido, lembrando de como o assistente do promotor o chamara no dia anterior: o "menino prodígio" dos traficantes. Com a idade de vinte e cinco ele dificilmente seria um menino.

Os prisioneiros subiram no ônibus e um agente conduzia com rudeza os bêbados confusos para que suas correntes não se emaranhassem enquanto davam a volta para sentar. Um chicano ainda mais jovem que Ron foi algemado ao lado dele. Ron já havia percebido os bocejos e fungadas da abstinência e desejou que o rapaz não vomitasse o fluido verde que os drogados regurgitam quando seus estômagos estão vazios. O chicano vestia calças cáqui e camisa Pendleton, o uniforme do *barrio* de East Los Angeles.

Ron e o chicano conseguiram assentos, mas o ônibus tinha apenas trinta e dois lugares e transportava sessenta e um homens. O corredor ficou cheio.

— Certo, babacas — gritou um agente. — Vão para trás.

— Cara, eu não sou uma porra de uma sardinha — um negro gritou em resposta.

Mas os homens foram amontoados. Uma vez Ron viu alguns prisioneiros se recusarem. Os agentes vieram com bastões e cassetetes e a rebelião teve vida curta. Depois disso o motorista corria pela *freeway* e pisava nos freios, fazendo com que os homens que estavam em pé se chocassem. Por fim, correu a notícia, os rebeldes foram acusados de atacar um agente da ordem, um delito punido com até dez anos de prisão.

Eram 6h20 quando o ônibus sibilou e começou a se mover. Outros ônibus também se punham a caminho, em rota para dúzias de tribunais em todas as regiões do vasto condado: Santa Monica, Lancaster, Torrance, Long Beach e lugares mais obscuros como Citrus, Temple City e South Gate. Nenhuma corte se reuniria até as 10h, mas o xerife começava cedo. Além disso, outros quinhentos tinham de ser encaminhados para tribunais na área central de Los Angeles.

O humor no ônibus tinha um elemento de leveza. Era uma coisa e tanto estar rodando pela *freeway* com a hora do rush apenas começando. Alguns dos passageiros acorrentados, principalmente os bêbados, ficavam alheios à paisagem, enquanto outros olhavam com avidez para tudo. Alguns, perto das janelas, levantavam-se quando um carro com uma mulher passava por eles; tentavam olhar para baixo com o melhor ângulo para ver coxas nuas comprimidas contra o assento do automóvel.

Ron estava muito cansado. Seus olhos pareciam arenosos e seu estômago tinha um oco flamejante. Já magro, ele perdera quase dez quilos depois de quatro meses passados a comida de prisão. Ele derrubou sua cabeça para trás no assento e escorregou para baixo o máximo que pôde, considerando as correntes e o espaço limitado para as pernas. Em meio ao burburinho, um conjunto de vozes, facilmente identificáveis como pertencentes a negros, chamou sua atenção. Elas estavam próximas e eram altas.

— Escute, sangue bom, é claro que eu conheço bem o Cool

FÁBRICA DE ANIMAIS 11

Breeze. Breeze, poorrra, aquele crioulo é um paga-pau! O crioulo se diz um cafetão... ele não passa de sombra e água fresca pra uma puta. Ele pega uma piranha trabalhadora e bota ela numa colônia de férias. Eu sim, eu sou o cara e sou jogador. Eu sei como fazer uma piranha me trazer grana...

Ron sorriu involuntariamente, invejando qualquer um que conseguisse rir e mentir com tanto gosto naquelas circunstâncias; mas os negros tiveram séculos para desenvolver esse talento. Era difícil não se sentir constrangido quando chamavam um ao outro rudemente de "crioulo", como se eles se odiassem. E histórias de cafetões eram um clichê na cadeia; todo negro afirmava ser isso ou um revolucionário. Não, pensou ele, "todos" era um exagero injusto. Era usar um estereótipo e, fazendo isso, estava sendo injusto consigo mesmo também. Ainda assim, aqueles que encontrara na cadeia eram por certo diferentes dos negros com quem ele negociara, músicos, verdadeiros batalhadores, que eram sujeitos legais. Na verdade, ele acreditava nas histórias de todos quando chegou na cadeia pela primeira vez. Raramente mentia sobre suas próprias façanhas e, como fizera um bom dinheiro, esperava encontrar outros que tivessem feito o mesmo. Encontrou incompetentes e mentirosos. Agora ele estava indo para a prisão. Era uma longa queda de um arranha-céu de West Hollywood e de um Porsche Carrera.

A detenção do tribunal era duas vezes maior que a jaula da cadeia, e bancos de concreto se alinhavam nas paredes também de concreto, desfiguradas por pichações arranhadas na pintura.

— Certo, babacas — um agente berrou enquanto a coluna de prisioneiros se enfileirava para dentro da sala por um túnel. — Virem-se para que nós possamos tirar os ferros.

Ron estava entre os primeiros que tiveram as correntes removidas e rapidamente ocupou uma vaga de canto no banco, sabendo que metade dos homens teria de ficar em pé ou sentar no chão. Quando os agentes partiram, trancando a porta, a sala rapidamente se encheu de fumaça de cigarros. A coluna de ventilação no teto era insuficiente, ainda que a maioria dos prisioneiros tivesse de filar guimbas. Alguns homens ofereceram cigarros, e dúzias de mãos se estenderam. Um homem rubicundo de cinqüenta anos, usando uma camisa xadrez e botas de operário, distribuía cigarros gratuitamente e usava a generosidade como uma abertura para dar vazão ao seu pesar.

— Eu tive uma pena de sessenta dias por dirigir bêbado suspensa e eles me pegaram novamente. O que vai acontecer?

— Suspensa?

— Hum-hum.

— Então eles vão dar pelo menos sessenta dias para você.

— Tem certeza?

— Toda certeza.

— Ah, meu Deus — disse o homem, com os olhos vertendo lágrimas que ele tentava conter.

— Olhe aquele puto — falou com desprezo o chicano viciado. — Eu tive a cana suspensa, cinco anos a perpétua, e mais um assalto... e não estou choramingando.

Ron grunhiu e não disse nada. Ele sabia que sessenta dias na cadeia podiam ser um trauma muito maior para alguns que a prisão para outros. O que ele não podia simpatizar era com a demonstração de fraqueza. Lágrimas ocultas ele conseguia aceitar. Ele mesmo as sentia. Mas o que sentia e o que mostrava eram coisas diferentes. O homem não tinha orgulho.

— Guarde essa merda para o juiz, seu pato — disse alguém.

— Nós não podemos fazer nada por você.

O gracejo provocou algumas risadas e o homem esfregou seus olhos com os nós dos dedos e tentou se recompor.

A longa espera começou. Ron suspirou, fechou os olhos e desejou que o juiz pudesse mandar a sentença pelo correio. Que importância sua presença teria? O resultado seria o mesmo, de qualquer forma.

Depois das oito da manhã os advogados começaram a visitar seus clientes, chamando-os até a porta gradeada e falando com suavidade. Quando o defensor público chegou, trazendo um bloco oficial amarelo, uma multidão se formou em torno da porta. Ron lembrou de gatos num comercial de TV.

— Porra de rábulas da defensoria pública — murmurou o chicano. — Tudo o que eles dizem é "assim estipulado" e "abrir mão". Eles fazem você abrir mão dos seus direitos e ir direto para a prisão... todos esses veados querem que você se declare culpado. — Mesmo assim, juntou-se à multidão na porta. Ele está exagerando, pensou Ron, mas não muito. Depois de quatro meses eu sei mais sobre a justiça por estar na cadeia do que aprendi em dois anos de universidade. Eles não se importam de fato com a justiça. "Eles" eram os advogados e juízes. O fato de estar desiludido indicava quanto ele havia sido ingênuo no começo.

— Ok, seus bêbados, vadios e outros babacas — disse um agente às dez horas. — Quando eu chamar seus nomes, respondam com seus últimos três números e venham até aqui.

Ron não prestou atenção. Essa era a fila para a corte municipal, as contravenções. Seu júri seria à tarde. Seus olhos ainda estavam fechados quando uma grande chave bateu nas grades.

— Decker, para o meio e em frente.

Ron sobressaltou-se do estupor e viu seu advogado, Jacob Horvath, em pé logo atrás do ombro do meirinho. Horvath era alto, com cabelos longos em rarefação, terno brilhoso e bigodes grisalhos com pontas viradas para cima. Suas mãos eram macias. Ele havia aprendido seu ofício como agente da promotoria dos EUA e agora ganhava doze vezes aquele salário para defender os traficantes de drogas que ele um dia processara. Leis de narcóticos e busca e apreensão eram suas especialidades. Ele era muito bom e cobrava honorários condizentes com suas habilidades.

— Como vão as coisas? — ele perguntou.

— Me diga você — falou Ron. — Você conversou com o juiz.

— Nada boas. O procurador concordaria com o centro de reabilitação, mas os chefões da comarca estão de olho neste caso. O juiz... — Horvath deu de ombros e sacudiu sua cabeça. — E adivinhe quem está na sala do tribunal.

— Akron e Meeks.

— Correto. E o capitão do setor administrativo da narcóticos. Eles vieram por conta própria. Não estão sendo pagos por isso.

Ron deu de ombros. Nada mudaria com a presença deles, e havia aceitado o inevitável semanas antes.

— Eu conversei com sua mãe esta manhã.

— Ela está aqui?

— Não, em Miami, mas deixou um recado para que eu ligasse para ela e eu liguei. Ela quer saber como as coisas estão parecendo e me pediu para fazer com que você ligasse a cobrar para ela esta noite.

— Simples assim. Ela pensa que eu estou hospedado no Beverly-Wilshire.

— Eu conseguirei uma autorização judicial.

— Certifique-se de que ela esteja assinada e retorne comigo no ônibus. Os porcos na cadeia não deixarão que eu me aproxime de um telefone se não for assim.

— Certo... seja como for, o juiz não quer enterrar você, mas está sob pressão. Acho que ele vai mandar você para a prisão e mantê-lo sob a jurisdição da Onze-meia-oito. Mantenha-se na linha e ele pode trazer você de volta em uns dois anos, quando a poeira baixar.

— Uns dois anos, hein?

Horvath ergueu os ombros. — Você não estará apto à condicional em seis anos, portanto dois são bem leves.

— Acho que você está certo. Isso não é a câmara de gás. Você fez o que pôde.

— Você vendia drogas como se tivesse alvará.

— E não vejo nada de errado nisso. Não mesmo. Alguém queria comprar.

— Não diga isso ao juiz ou a qualquer um na prisão.

Um prisioneiro voltou algemado, escoltado por um agente. Horvath e Ron afastaram-se da porta para que o homem pudesse entrar. Quando Horvath se aproximou das grades novamente, olhou para seu Rolex de ouro.

— Preciso ir. Tenho uma audiência preliminar no andar de

cima agendada para as onze. Antes preciso ver o cliente por alguns minutos.

— Pamela está lá? — Ron perguntou rapidamente.

— Eu não a vi.

— Merda!

— Você sabe que ela tem seus problemas.

— Ela está na vida novamente?

Horvath fez uma expressão que confirmava o fato sem dizê-lo. Ron queria que Horvath pedisse ao juiz que os autorizasse a se casarem, mas essa informação o conteve, fazendo com que uma contração dolorosa atravessasse seu estômago. Depois de fazer um cumprimento de cabeça e voltar para o banco, ressentiu-se de Horvath como portador de más notícias, pensando que havia pago dezoito mil dólares para ir para a prisão, relembrando as promessas que o advogado havia feito para conseguir o dinheiro. Ron aprendera desde então que o negócio dos advogados era vender esperança. Conversa fiada era o que eles geralmente entregavam. Para ser justo, Horvath havia batalhado muito para conseguir que o mandado de busca, e todos os narcóticos apreendidos com esse recurso, fosse descartado como evidência — mas o mandado era consistente, baseado em declarações sob juramento e testemunhos por escrito, e não foi isso o que ele disse quando pediu um adiantamento de quinze mil dólares.

Pouco antes do almoço a última dupla de prisioneiros da corte da manhã foi trazida para dentro, novos rostos que provavelmente passaram a noite em uma delegacia, jovens magricelas com cabelos pelos ombros, penugem no rosto e jeans imundos. Pareciam hippies urbanos, mas suas vozes eram de puros garotos de fazenda da Geórgia. Ron não teria prestado atenção neles caso não tivessem lhe pedido para ler suas acusações. Estas diziam que eles eram imputados de violação da seção 503 do Código de Veículos, roubo de automóveis. Eles não sabiam ler, não tinham idéia do que enfrentavam e não pareciam desencorajados por sua situação difícil. Estavam mais interessados em quando viria a comida.

Ao meio-dia um agente largou uma caixa de papelão do

16   EDWARD BUNKER

lado de fora das grades, gritando para que todos os babacas formassem fila. Alguns se comprimiram e se acotovelaram. Ron deixou-se ficar para trás.

— Endireitem-se, babacas, ou eu vou mandar isto para Long Beach — berrou o agente. Long Beach era onde desaguavam os esgotos.

— Lá é o lugar dela — alguém gritou.

— Então me dê a sua — disse outro.

— Parem com isso! — vociferou o agente.

Os homens se aquietaram e os cartuchos atravessaram as grades, cada um deles com um pedaço de mortadela entre duas fatias de pão e uma laranja. Era toda a comida que eles receberiam até a manhã seguinte, a não ser que voltassem para a cadeia mais cedo, o que era improvável para os que ficariam para a corte da tarde. Em sua primeira incursão ao tribunal, Ron olhou para o conteúdo do cartucho e deu-o a alguém. Agora ele engolia aquilo com a mesma disposição dos bêbados subnutridos, guardando a laranja em seu bolso e jogando o cartucho no chão. Detritos por toda parte misturavam-se com o cheiro de suor, Lysol e mijo.

Por ser o único prisioneiro a ir para aquela sala de audiência em particular, o agente algemou as mãos de Ron atrás das costas. Eles passaram por um túnel de concreto e atingiram a sala do júri por uma porta lateral. O agente tirou as algemas antes que eles entrassem. A corte ainda não abrira a sessão e a sala estava vazia, exceto pelos emissários da polícia nos bancos do fundo do auditório. Um deles sorriu e acenou. Ron ignorou o gesto, não por causa de uma animosidade particular, mas porque uma resposta teria sido imprópria. O jovem promotor folheava papéis em sua mesa enquanto o escrivão e o estenógrafo moviam-se com passos abafados. Um grande escudo do estado flanqueado pelas bandeiras da Califórnia e dos Estados Unidos estava na parede atrás da cadeira do juiz. Ron ficou pasmo pelo contraste entre as gaiolas nas salas dos fundos da justiça e a solene dignidade do tribunal. O público via a mansão, não a latrina.

FÁBRICA DE ANIMAIS 17

— Tome um assento na bancada do júri, sr. Decker — disse o agente, e enquanto seguia as instruções Ron sorriu, pensando que havia passado de "babaca" a "senhor" por ter atravessado uma porta. Em poucos minutos seria "babaca" novamente.

Horvath entrou às pressas com perfeita sincronia. Ele mal havia acabado de pôr sua pasta sobre a mesa do advogado quando os escriturários saltaram para seus lugares, o estenógrafo em sua máquina, o escrivão ao lado da porta da sala de audiências.

— O Departamento B da Corte Superior do Estado da Califórnia está agora em sessão, Meritíssimo Arlen Standish na presidência. Todos em pé.

Enquanto as poucas pessoas se levantavam, o juiz atravessou a porta e ocupou seu trono. Ele era todo atividade em sua toga preta. Era um homem grande e corado que irradiava vigor. A não ser por tufos de cabelo branco sobre as orelhas, era totalmente calvo — mas o alto da cabeça era bronzeado e marcado por sardas.

Todos se sentaram enquanto o juiz folheava alguns papéis, depois ele ergueu os olhos, primeiro para Ron, depois para os policiais, sem alterar sua expressão. Ele fez um aceno de cabeça para o escrivão.

— O povo versus Decker, audiência de probação e sentença.

Ron não esperou que o agente se mexesse para levantar e juntar-se a Horvath na mesa do advogado.

— Pronto pelo povo, Meritíssimo — disse o promotor.

— A defesa está pronta, Meritíssimo — falou Horvath, olhando para Ron e piscando, embora isso não tivesse significado algum.

O juiz mexeu em alguns papéis não visíveis, pôs os óculos por alguns segundos para ler algo, depois tirou-os e olhou para baixo. Todos permaneciam silenciosamente esperando por ele.

— Tem alguma observação a fazer, sr. Horvath?

— Sim, Meritíssimo, ainda que em essência isto seja o que o senhor encontrará no relatório de preparação e na avaliação do dr. — Horvath olhou as anotações — Muller.

— Eu estou ciente de ambos os relatórios... mas prossiga.

— Este jovem é um clássico exemplo da tragédia do nosso

tempo. Ele vem de uma boa família, freqüentou a universidade e não há antecedente de qualquer atividade criminosa até dois anos atrás, quando foi detido com duzentos gramas de maconha. Tanto o oficial de probação quanto o psiquiatra relatam que ele começou a fumar maconha na universidade e, prestando um favor a amigos, começou por conseguir quantidades extras para vender. Na cultura dos jovens, isso não é crime. Mas as coisas tomaram seu próprio rumo, alguém quis cocaína e ele podia consegui-la no mesmo lugar onde arranjava a maconha. Em outras palavras, ele foi levado a isso sem se dar conta do que estava fazendo. Também estava usando cocaína com bastante intensidade, o que turvou sua percepção e, embora não haja dependência física à cocaína, pode haver uma dependência psicológica.

— De acordo com o dr. Muller, o sr. Decker não é violento ou perigoso. Ao contrário, os testes psicológicos demonstram uma personalidade inteligente e equilibrada, desde que ele se livre da dependência de drogas...

Horvath prosseguiu por cinco minutos e Ron ficou fascinado. Era estranho ouvir enquanto ele era discutido. Ficou impressionado com o pedido de indulgência de Horvath.

O promotor foi o próximo. — Eu concordo com muito do que disse a defesa. Este jovem é inteligente. Ele veio de uma boa família. Mas isso lhe dá ainda menos desculpa, pois ele teve todas as oportunidades. Os fatos não indicam que isso era um hobby, como a defesa parece insinuar. O sr. Decker vinha morando num apartamento de setecentos dólares ao mês e possuía dois automóveis, sendo um deles um carro esporte de doze mil dólares. A quantidade de drogas com a qual ele foi apanhado valia cento e cinqüenta mil dólares. Se ele precisa de tratamento para o seu problema com as drogas — e cocaína não causa dependência —, o Departamento de Correções tem seus programas. Acima e além disso, este é um delito grave, e se alguém com este grau de envolvimento, alguém dotado de todas as vantagens e oportunidades que a nossa sociedade proporciona, não vai para a prisão, não seria justo mandar para lá quem não teve tais oportunidades.

Quando o promotor terminou, o juiz olhou para Ron. — Há alguma coisa que você gostaria de dizer?

— Não, Meritíssimo.

— Há alguma razão legal pela qual esta sentença não deva ser pronunciada?

— Não, Meritíssimo — disse Horvath. — Eu submeto a matéria.

— O povo submete — afirmou o promotor.

— Francamente — falou o juiz após uma pausa ponderada —, este é um caso difícil. O que a parte diz — ambas as partes — tem méritos. Há muito de bom neste jovem, mas ainda assim o povo tem direito de exigir punição severa por ser este um delito tão sério. Eu vou mandá-lo para a prisão pelo período prescrito pela lei, mas creio que a pena estatutária de dez anos a perpétua pode ser muito severa. Muitos anos lá poderiam arruiná-lo e não serviriam aos melhores interesses da sociedade... por isso eu manterei a jurisdição sob a provisão da Seção Onze-meia-oito, e pedirei relatórios em, digamos, dois anos. Se eles forem satisfatórios, eu modificarei a sentença. — Ele olhou diretamente para Ron. — Você entendeu? Se mostrar sinais de reabilitação, eu modificarei esta sentença para dois anos. — Depois olhou para Horvath. — Agora esta matéria está fora da pauta e é sua responsabilidade fazer uma moção.

— Sim, Meritíssimo.

Ron sentiu a mão do agente apertar seu cotovelo. A sentença fora pronunciada e ele estava indo para onde já esperava ir.

CAPÍTULO **2**

R onald Decker iniciou a espera de dez dias pelo ônibus da prisão. Desde sua detenção, cinco meses antes, dizia a todos que estava indo para lá, mas parte dele acreditava que de algum modo evitaria isso. A realidade iminente gerava ao mesmo tempo ansiedade e curiosidade. Ele fazia perguntas, ouvia histórias. A prisão era mais que um lugar cercado de muros; era um mundo alheio, de valores distorcidos, regrado por um código de violência. As histórias contradiziam umas às outras; o ponto de vista dependia das experiências do narrador. Um falsário de meia-idade que cumprira dezoito meses como auxiliar num bloco administrativo enquanto morava num pavilhão de honra via o presídio de modo diferente do que um chicano de *barrio*, que fora para lá aos vinte anos e passara cinco caminhando pelo pátio e oscilando entre a segregação e a tecelagem de algodão. O auxiliar dizia "Claro que aqueles cucarachas esfaqueiam uns aos outros, mas se cuidar da sua própria vida ninguém incomoda você, a não ser quando está acontecendo um conflito racial. Então você fica em sua cela." O chicano diz: "Um *vato* pode ser morto em

FÁBRICA DE ANIMAIS 21

pouco tempo. Todo dia alguém é atacado. Você precisa entrar numa gangue. Eles resolvem as coisas." O auxiliar explicava que havia quatro gangues poderosas, duas mexicanas, uma branca e uma negra, e que elas existiam com poderes variáveis em todas as prisões. O auxiliar não sabia muito sobre elas e o chicano não falava. No entanto, poucos dias depois, o Los Angeles Times trazia um artigo sobre os cinqüenta e sete assassinatos e trezentos esfaqueamentos que haviam acontecido em três prisões — Soledad, Folsom e San Quentin — no ano anterior. Quase toda a violência podia ser atribuída às gangues, que, de acordo com o artigo, haviam começado para oferecer proteção durante o início da violência racial, mas agora controlavam a contravenção quando não estavam matando umas às outras. As duas gangues mexicanas estavam em guerra, assim como a branca e a negra. — Cinqüenta e sete assassinatos! — disse Ron. — Para que tipo de lugar eu estou indo?

— Você pode escapar de Q e Folsom — disse um velho condenado barrigudo. — Mas pode ter problemas para onde quer que vá. Algumas pessoas que vão para lá podem se confundir na multidão, mas você, com toda porra de certeza, não pode. Entende o que eu quero dizer?

Ron largou o jornal no beliche e balançou a cabeça. Ele entendia.

— Você vai parecer Gina Lollobrigida para alguns daqueles animais que estão trancados há oito ou nove anos. Até mesmo para alguns que não são animais mas apenas detentos endurecidos. Os giletes vão ter uma só idéia na cabeça e as bichas vão querer engolir você. Porra! Dê moleza a eles e tudo o que encontrarão de você serão os cordões dos sapatos e a fivela do cinto. — O homem riu quando Ron corou. A cultura da prisão, ele sabia, fazia distinção entre papéis masculinos e femininos, mas sentia repulsa por tudo isso. Não condenava, mas não era para ele. Era especialmente sensível quanto a isso porque parecia atrair propostas homossexuais desde a puberdade.

— Então, como evito isso?

— Para começar, não seja amigável e não aceite favores. O

jogo é tornar você devedor. Não se barbeie muito e use roupas rasgadas. Fale pelo canto da boca, soltando um monte de putas-que-pariu... espalhe rumores de que você vai furar o primeiro puto que mexer com você. Isso vai fazer com que eles pensem duas vezes. Ninguém quer ser morto. E algumas pessoas conseguem vender a si próprias como assassinos da boca pra fora. Mas eles não se parecem com você. Claro que você pode enfiar uma faca num cara e isso vai mantê-los à distância... pelo menos torná-los menos determinados. Mas se ele tiver amigos... e isso pode impedir a sua saída.

— Obrigado pelo conselho — disse Ron. Pensou em perguntar o que as autoridades da prisão fariam se ele pedisse ajuda. Certamente havia outros na mesma situação e os homens que comandavam a prisão tinham responsabilidade. Pedir proteção era desagradável, mas ser estuprado ou matar alguém estava além do desagrado. Ele não seria capaz de viver consigo mesmo depois de se submeter àquilo, e matar, mesmo sem punição, seria difícil. Não conseguia se imaginar tirando a vida de alguém. Ele não fez a pergunta, sentindo que apelar às autoridades por ajuda era tabu. Talvez pudesse contratar guarda-costas. Perguntou se isso era possível.

— Talvez, mas o que provavelmente vai acontecer é eles tomarem seu dinheiro, extorquirem mais e depois abandonarem você. Mas, é claro, você pode encontrar alguém. Porra, eu vi vinte maços de cigarros comprarem uma punhalada... bem no pulmão.

As perguntas haviam sido parcialmente retóricas, mas depois Ron deitou em seu beliche e pensou no preço de vinte maços de cigarro por uma facada. Era bem barato... se ele pudesse pagar. Uma semana antes de ser preso ele tinha cinqüenta e três mil dólares em dinheiro vivo, outros vinte e cinco mil dólares ou mais em artefatos pré-colombianos vindos de ruínas mexicanas (roubados e contrabandeados pelas mesmas pessoas de Culiacán que lhe vendiam drogas), um Porsche, um Cammaro e uma sociedade num estacionamento do centro. Trinta mil se perderam quando as drogas foram apreendidas. A polícia confiscou doze mil e repassou oito para

FÁBRICA DE ANIMAIS 23

a Receita Federal, que alegou que ele ainda devia sessenta mil. Alguns policiais haviam embolsado os quatro mil faltantes. Cinco mil da conta bancária foram para o agente de fianças, para livrar Pamela. Mas antes que ela pagasse a fiança, algum abutre entre os seus conhecidos arrombou o apartamento e roubou os artefatos, o estéreo, a televisão colorida e suas roupas. O Porsche havia sido vendido para pagar Horvath, que também ficou com a ninharia da venda compulsória do estacionamento. Pamela ficou com o Cammaro, tudo o que restou de seu império. Este foi despojado como as folhas de outono num vendaval.

Talvez eu não possa pagar vinte maços, ele pensou, e grunhiu de desgosto.

Ron sabia que aquela seria a última visita. No dia seguinte ou no próximo ele tomaria o ônibus do xerife para a prisão. Quando seu nome foi chamado, às dez da manhã, havia oito homens na cela para quatro. A cada noite a cadeia se enchia de bêbados e infratores de trânsito que não pagavam suas multas. O chão estava sempre entulhado de corpos, muitos deles descobertos mas com álcool demais para se importar. No final da tarde eles eram transferidos para a colônia agrícola, a fim de abrir espaço para a próxima fornada. Todos menos um estavam acordados. Um velho condenado lia o jornal sob a luz que atravessava as grades. A lâmpada da cela afastada havia queimado quando Ron chegou e nunca foi substituída. Três negros de meia-idade e um índio robusto apostavam moedas num jogo de tonk, sobre um beliche, enquanto outros dois assistiam. O dorminhoco estava no chão em frente ao vaso sanitário, que Ron tinha de usar. O bêbado roncava vigorosamente, com saliva escorrendo da boca desdentada. No vernáculo da cadeia ele era um "pé-de-cana". Depois de uma hesitação momentânea, Ron parou tão perto quanto possível e mijou por sobre a cabeça do homem adormecido. A maior parte do jato foi para dentro do vaso, mas, quando terminou e Ron se chacoalhou, uma parte caiu no rosto do homem sem interromper o ritmo de seus roncos. Ron enxaguou as mãos e deu as costas. A porta ia se abrir a qualquer momento e ele tinha de estar pronto. Se hesitasse, a porta fecharia e ele perderia a visita.

O velho condenado baixou o jornal e sua expressão era de uma piada apreciada interiormente.

— O que você está pensando? — Ron perguntou.

— Viu só... isto aqui já pegou você.

— Do que você está falando?

— O tempo passado na jaula, como ele corrompe. Seis meses atrás você não teria nem sonhado em fazer isso — ele deu uma olhada em direção ao bêbado no chão —, mijar em alguém, você não conseguiria fazer isso.

— Ele é só um velho pé-de-cana.

— Ah, isso é o que você pensa agora. Não era o que pensava na época.

Antes que Ron pudesse comentar, a porta se abriu e o agente no painel de controle chamou seu nome. Ele saiu, pondo a camisa de brim amarrotada por dentro da calça enquanto passava pelos rostos nas celas até a parte da frente e apanhava o passe para a sala de visitas.

O corredor, com seu piso de concreto encerado e prisioneiros que se moviam ao longo das paredes à direita, vigiados por agentes, estava tão tranquilo que a música suave dos alto-falantes ocultos podia ser ouvida com clareza. Mas, enquanto se aproximava da porta da sala de visitas, Ron foi inundado por uma maré de som, um acúmulo de duzentas conversas isoladas. Um preso de confiança apanhou seu passe, disse "E-5" e enfiou o documento num tubo pneumático. Fila E, janela cinco, Ron pensou, dirigindo-se para onde havia sido orientado. Os visitantes da fila "E" viriam em grupo quando as janelas dos prisioneiros estivessem completas. Todos os telefones seriam ligados simultaneamente e desligados automaticamente em vinte minutos. Ron sentou em seu banco e olhou pelo plexiglas sujo, com a liberdade a centímetros de distância, perguntando-se que tipo de ácido simplesmente derreteria o obstáculo e o deixaria caminhar para fora. O pensamento era

FÁBRICA DE ANIMAIS 25

especulativo. Medidas desesperadas não eram seu estilo. Em seguida, ele olhou para os visitantes nas janelas à sua frente. A maioria era de fêmeas visitando filhos, amantes e maridos, carregando o fardo que cabia às mulheres suportar ao longo da história. A impressão geral daquela aglomeração era a da pobreza. Os prisioneiros saíam dentre os pobres. Até mesmo o direito sagrado à fiança favorecia os abastados. Como sempre, ele procurou mulheres bonitas. A mera visão havia agora se tornado uma experiência semipreciosa. Uma garota mexicana, talvez ainda adolescente, com cabelos pretos e sedosos até a cintura, pele aveludada e olhos de gazela visitava um homem com as feições sombrias de granito de um índio. Ron olhou para a bunda da garota e suas pernas comprimidas pelo jeans enquanto ela mudava de posição.

O frescor de um grupamento de visitantes preencheu o ar, com seus rostos passando como um relâmpago pelo dele enquanto procuravam o prisioneiro certo. Pamela chegou rapidamente, deixando-se cair na cadeira com um sorriso. Depois que ele se foi, ela havia voltado para os jeans e camisetas sem sutiã, com seus cabelos loiros descendo em linha reta. Ela era a perfeita hippie-chique e sem maquilagem parecia jovem. A "loira magrela com peitões", chamava a si própria.

Ron imediatamente percebeu as pupilas contraídas; ele as via repetidas vezes nos últimos tempos, mas naquele momento não queria discutir, por isso ignorou-as. Ela trazia um lápis e uma caderneta, para o caso de precisar escrever alguma coisa. Ambos seguravam um telefone mudo em prontidão, sorrindo e parecendo tolos.

Em algum lugar o botão foi acionado e vinte conversações se iniciaram ao longo da fileira.

— Oi, querido, por que tão carrancudo? — Pamela perguntou, virando os lábios para baixo para arremedar a máscara da tragédia.

— Não estou carrancudo. Provavelmente irei amanhã. Dois ônibus estão agendados.

— Você vai ficar feliz em sair daqui, não? Isto é uma merda... tirando o fato de eu poder visitar duas vezes por semana.

— Horvath disse que o juiz não vai autorizar o nosso casamento. Eu não sei realmente se ele pediu. Esses rábulas de merda são uns filhos-da-puta mentirosos. Eles levam seu dinheiro e fodem você num instante.

— E se você simplesmente declarar que é casado?

— Vou tentar isso. — Ele precisava ter status de homem casado para receber visitas íntimas. — Você sabe que vai ter que trepar muito para manter seu padrão.

Ela piscou os olhos em exagerada lascívia.

— Consiga uma identidade em meu nome — disse ele. — Você não terá nenhum registro de detenção com esse nome, por isso não haverá problema. Eles não podem simplesmente tirar suas impressões digitais. Pelo menos eu vou poder tocar você quando for me visitar lá.

— Não poderei ir com muita freqüência.

— Eu sei.

— Ligarei amanhã para ver se você ainda está aqui.

— Eu vou ficar feliz em começar logo com isso. Todos estes meses na cadeia não contam.

— O quê?

— A pena não começa a ser contada até eu chegar lá.

A informação disparou lágrimas súbitas, que perturbaram Ron por um momento, pois embora ela fosse instável, dada a todo tipo de surtos emocionais, essas lágrimas eram desproporcionais.

— Está tudo bem — disse ele.

— As coisas estão simplesmente... tão fodidas. — Ela conseguiu dar um sorriso. — Eu vou começar a fazer programas novamente.

— Não me conte isso.

— Foi onde você me encontrou — ela disparou, a raiva tomando o lugar da angústia. — Quero dizer, que inferno...

— Faça o que tem de fazer, mas não precisa me contar. Eu já tenho problemas suficientes como as coisas estão.

— Desculpe. Eu estou nervosa. Nunca pensei que sentiria tanta falta de um homem.

Depois de uma pausa, ele mudou de assunto. — Ah, sim, eu

conversei com o agente de fianças. Ele vai restituir algum dinheiro. Mande-me o suficiente para comprar mantimentos e guarde o resto para você.

Era uma informação que ele já havia dado. Quase tudo tinha sido dito antes, e não havia nada realmente novo a dizer. O vidro era mais do que uma barreira para a liberdade; era uma linha divisória entre vidas. Duas pessoas juntas, a condição de uma unidade, atrofiada quando elas eram separadas. Ainda assim, sentiu-se mais melancólico do que jamais se sentira do lado de fora. Lá ela havia sido uma mera conveniência, uma parte dos seus interesses. Agora era o foco de suas esperanças e sonhos, porque tudo o mais havia acabado. Queria dizer isso a ela, embora já o tivesse feito em cartas, mas antes que pudesse falar o telefone ficou mudo. O tempo acabou. Homens começaram a se levantar ao longo da fileira, fazendo uma última comunicação em pantomima antes que um agente começasse a ordenar que saíssem. Pamela escreveu rapidamente na caderneta e ergueu-a de encontro ao vidro. "Eu te amo", estava escrito, com um girassol estilizado por trás. Ela mostrou três notas de um dólar, a quantia que um prisioneiro podia receber. Como não precisava, ele sacudiu a cabeça.

No momento em que Ron se dirigia novamente para a carceragem, com o rosto contorcido por seus pensamentos, Pamela estava cruzando o estacionamento até o Cammaro, onde um mulato esguio com jeans boca-de-sino e múltiplos anéis de bijuteria esperava atrás do volante.

Muito antes de o dia raiar, Ron e outros trinta foram despidos, revistados, supridos com macacões brancos e depois receberam correntes na cintura, algemas e mais correntes nas pernas. Claudicaram pela escuridão fria até o ônibus, enquanto homens com escopetas e longos casacos de lã estavam parados nas laterais, com nuvens saindo de seus narizes e bocas. Os prisioneiros tremeram em seus assentos até dez minutos depois de o ônibus já estar a caminho, seus faróis finalmente varrendo a rampa de acesso à *freeway*. Ron era um dos poucos que tinha um banco só para si e se sentiu um sortudo. O prazer, na cadeia, vem de coisas banais. Na primeira hora eles recortaram a cidade por uma *freeway* praticamente vazia. Ron olhou para fora, para as silhuetas do horizonte de Hollywood, recordando-se de outra época e se perguntando quanto tempo se passaria até que ele visse a liberdade novamente. Sentou-se perto do fundo, com um guarda armado de escopeta numa gaiola atrás dele. Ao lado do guarda ficava o banheiro aberto, e Ron se arrependeria de ter tomado um assento perto dele muito antes que o dia terminasse.

Enquanto o sol se erguia, o ônibus era catapultado através das montanhas. O motorista ligou o rádio. Um dos alto-falantes estava próximo e a mente de Ron vagou com a música e passou da ansiedade voraz à nostalgia. Ele iria enfrentar uma experiência longa e amarga antes de "dançar sob um céu de diamante... recortado pelo mar..."[1]

O ônibus correu pela auto-estrada costeira, parando em San Luis Obispo para descarregar alguns prisioneiros e arrebanhar outros. O nome de Ron não foi chamado e o nó em seu estômago aumentou.

No final da tarde o ônibus fez outra parada em Soledad, em meio às fazendas da Califórnia central, e novamente o nome de Ron não foi chamado.

Na cidade de Salinas o ônibus abasteceu. Enquanto embarcava novamente, o motorista encarou seus passageiros pelo aramado.

— Bem, rapazes, a próxima parada é San Quentin... A Bastilha da Baía. Nosso horário aproximado de chegada é às sete e meia desta noite... Se Deus quiser e o rio não subir!

— Bem, ponha o filho-da-puta pra rodar e não encha o saco — disse um rude comediante. — Nós queremos ver se ela é tão má quanto diz a propaganda.

— Vocês verão — disse o motorista, girando a sua cadeira e dando a partida no motor.

---

1 Referência à canção "Mr. Tambourine Man", de Bob Dylan. No original: "danced beneath a diamond sky... silhouetted by the sea...". (N. do T.)

CAPÍTULO **3**

Earl Copen cumpria sua terceira pena em San Quentin, tendo entrado pela primeira vez aos dezenove anos, e às vezes sentia-se como se houvesse nascido ali. Se tivesse imaginado dezoito anos antes que estaria no mesmo lugar aos trinta e sete, teria se matado — ou assim pensava algumas vezes. Sentia-se tão à vontade quanto era possível e ainda assim odiava aquilo.

Nos dias de semana, Earl Copen dormia até tarde, um luxo proporcionado por seu trabalho como secretário para o tenente do turno das 16h à meia-noite, um emprego que exercia havia doze anos, excetuando-se dois períodos de liberdade, um com duração de nove e o outro de vinte e um meses. Os primeiros anos foram passados caminhando pelo pátio ou na segregação. Aos sábados, durante a temporada de futebol americano, ele se levantava cedo e ia para o pátio apanhar os bilhetes de aposta de seus banqueiros. Era lucrativo e durava o outono e o começo do inverno.

Ele saiu do pavilhão norte para a fila do café-da-manhã, acompanhando os detentos uniformizados à sua frente ao

FÁBRICA DE ANIMAIS 31

longo das linhas brancas duplas sob o alto telheiro corrugado. Do lado de fora, aglomerados sobre o asfalto quente e esburacado, havia legiões de gaivotas e pombos. Quando os detentos preenchiam o retângulo do grande pátio, as gaivotas circulavam acima deles ou pousavam nas bordas dos gigantescos pavilhões. Ou voavam em massa e cagavam em todo mundo. Os dois refeitórios eram inadequados para alimentar os quatro mil detentos dos quatro pavilhões ao mesmo tempo, por isso as unidades de honra norte e oeste comiam primeiro. Eles podiam retornar aos pavilhões, onde os portões se mantinham abertos enquanto as outras unidades comiam, ou ficar no pátio, esperando que o portão para o resto da prisão se abrisse, às oito da manhã.

Earl tirou seu gorro de tricô enquanto atravessava a porta, expondo a cabeça raspada e untada. Examinou a limpeza da bandeja de aço inoxidável, achou-a satisfatória e arrastou-a pela borda do bufê. Um ovo frito frio, tostado no fundo e cru em cima, foi largado na bandeja; depois, uma concha de mingau de aveia. Ele puxou a bandeja para que o servente não pudesse lhe dar frutas cristalizadas, mas pegou um pedaço de pão dormido. Os detentos que serviam despejavam a comida sem se preocupar que ela se espalhasse pelos dois compartimentos. Anos antes isso havia enfurecido Earl, e uma vez ele cuspiu no rosto de um homem por agir assim, mas agora era indiferente. Nem mesmo prestava atenção à comida, a não ser quando ela estava intragável. Geralmente o cardápio já estava esquecido no momento em que ele palitava os dentes.

Todos os detentos sentavam de frente para a mesma direção em mesas estreitas dispostas em longas fileiras, um resquício do regime "silencioso". As mesas não haviam sido substituídas nesse refeitório porque era também o auditório e elas estavam voltadas para o palco e a tela. Ele fez um aceno de cabeça para cumprimentar uma dupla de cozinheiros chicanos vestindo roupas brancas sujas, que estavam em pé contra uma parede dos fundos; depois virou para um corredor. Negros se dirigiam para uma fila, enquanto brancos e chicanos seguiam para outra. Quando suas fileiras eram preenchidas antes das dos negros, eles começavam uma nova. A segregação oficial havia acabado na década anterior; os regulamentos agora diziam que os detentos podiam entrar em qualquer uma das três fileiras, mas ninguém cruzava as fronteiras raciais, e ninguém queria fazê-lo. O racismo era uma obsessão de massa que contaminava a todos, e havia uma contínua guerra de raças. Por isso o refeitório tinha uma fileira de negros, seguida de duas ou três fileiras de brancos e chicanos, e depois outra fila de negros.

Earl engoliu a lavagem, misturando a aveia com o ovo meio cru. O café fraco pelo menos estava quente e tirou o gosto matinal de cigarros de sua boca. Ele terminou rapidamente e se levantou, carregando a bandeja. Para dentro da porta de saída repousava uma grande lata de lixo ao lado de uma caçamba achatada. Em vez de bater a bandeja de encontro à lata para remover o lixo, e depois empilhá-la e os utensílios, ele jogou tudo na lata — copo, talheres, bandeja —, numa demonstração simbólica de que ainda era um rebelde.

O café aliviara o ressaibo da noite. Para fora da porta, ele pigarreou, cuspiu a gosma no asfalto e acendeu um cigarro de gosto ruim.

A maioria dos detentos do pavilhão norte arrastava-se novamente para as portas de ferro abertas, alguns atirando migalhas de pão no chão para os pombos destemidos, enquanto as gaivotas giravam estridentemente sobre suas cabeças. Quando os detentos se fossem, as gaivotas expulsariam os pombos e engoliriam o que restasse.

Os altos pavilhões, com sua pintura verde manchada e desbotada, tapavam o sol da manhã, exceto por um estreito retalho amarelo perto do abrigo. As três dúzias de detentos que ficaram para fora gravitavam na direção do ralo calor. Nem os traficantes de bilhetes nem qualquer dos amigos próximos de Earl estariam ali. Eles moravam em pavilhões que estavam acabando de ser destacados.

Earl decidiu esperar no calor do escritório do pátio até que os refeitórios se esvaziassem e ele pudesse cuidar de seus negócios. Os jogos da Costa Oeste começavam às dez da manhã,

FÁBRICA DE ANIMAIS 33

horário da Califórnia, e tinha de estar com os bilhetes até lá para evitar furos na aposta. Ele virou em direção ao alto portão arqueado com a torre de vigilância por cima. O grande portão para veículos tinha uma entrada menor para pedestres. Um dos guardas do turno da noite, um novato que Earl não conhecia, estava em pé com uma lista dos trabalhadores de fim de semana que tinham permissão para passar. Earl apanhou sua identificação com os dizeres "secretário do terceiro turno" em fita Scotch no alto. Ele a segurou à sua frente e falou antes que o guarda pudesse consultar a lista. — Acho que eu não estou aí, mas sou secretário do tenente Seeman e ele quer que eu datilografe algo.

— Se você não está na lista, eu não posso deixá-lo passar.

— Eu só estou indo até o escritório do pátio seguinte a estrada.

— Se ele precisava fazer algum trabalho, devia ter posto você na lista.

— Veja, o Big Rand entra em serviço em poucos minutos. Deixe-me ir e eu peço para ele ligar para você para esclarecer isso.

O guarda sacudiu a cabeça e seus lábios se ergueram em escárnio. — Não posso dar ouvidos a você, cara.

— Olhe, seja lógico...

— Lógica não vale nada aqui.

— Ok, colega — disse Earl, dando as costas antes de se meter em encrenca. Dezoito anos de prisão haviam feito com que ele odiasse a autoridade ainda mais do que quando era uma criança rebelde. E ele não estava acostumado a cenas como essa. Pensou em fazer com que o guarda fosse transferido para o turno da noite, do tenente Seeman, conversando com um preso que era funcionário do tenente responsável pelo pessoal; e depois ele poria o otário numa torre de vigilância sobre a baía por um ano. Alguns guardas estavam por ali havia tempo demais para tais coisas, mas esse era um calouro e seria fácil. Um ano antes, outro calouro havia se desagradado pelo fato de Earl vagar por ali à noite e por sua posição obviamente favorecida. O guarda havia começado a revistá-lo

34 EDWARD BUNKER

e fazer com que ele esperasse para entrar em sua cela. Quando surgiu uma vaga para guarda na segregação da seção "B", Seeman transferiu o calouro para ela. Lá o guarda tinha de enfrentar a desordem de duzentos e cinqüenta detentos aos gritos, que incendiavam celas e atiravam merda e mijo nos guardas que passavam. E aprendeu que alguns presos eram mais iguais que outros — que, embora um detento não pudesse vencer num confronto direto com um guarda, quando esse detento trabalhava como secretário para o supervisor durante anos, tinha influência. Funcionários do exército tinham o mesmo poder indireto.

Saber o que podia fazer acalmou Earl e tornou desnecessário que ele fosse em frente. Ele não queria gastar a moeda da influência com algo tão trivial. Ainda assim, daria um jeito de ter um passe para atravessar o portão no próximo fim de semana. Ele tomou a direção do pavilhão norte. Uma limpeza faria bem à sua cela.

Ele atravessou a primeira porta para o interior da rotunda. À frente ficava o acesso trancado para o elevador do corredor da morte, num piso separado sobre o pavilhão. Earl virou à esquerda e subiu os degraus de aço até o quinto pavimento. A longa subida várias vezes ao dia valia a pena por evitar o ruído dos aparelhos de televisão e dos jogos de dominó ao entardecer. Naquele momento, porém, o pavilhão estava em silêncio. A maioria dos detentos dormia até tarde nos fins de semana.

Um chicano de cabelos grisalhos estava empurrando uma vassoura no patamar ao final do passadiço. Um nariz curvo e olhos salientes haviam lhe dado o apelido de Buzzard décadas antes, mas isso não soava adequado para um homem de sessenta anos, por essa razão a maioria dos detentos abreviava para "Buzz". Quando Earl chegou, Buzz fez sinal para que ele se aproximasse, pôs a vassoura de lado e cavou cinco maços de Camel amassados em seus bolsos e um bilhete de futebol americano de sua meia. — O Pastor ainda está dormindo — disse ele — e eu vou para a quadra de handebol quando o pátio inferior abrir.

FÁBRICA DE ANIMAIS 35

Earl balançou a cabeça e estendeu a mão. Ele examinou o bilhete antes de embolsá-lo. Os presos às vezes marcavam a aposta de uma carteira e entregavam um maço. Se o bilhete ganhasse, não haveria como argumentar sobre o que estava escrito. Esse bilhete estava certo. Earl largou os cigarros dentro de sua camisa; depois notou que nenhum dos outros detentos estava por perto.

— Monte guarda um minuto, Buzz? Eu quero dar uma olhada num *clavo*.

— Claro, mano. — Ele se posicionou de modo que pudesse vigiar o escritório cinco andares abaixo. — Vá em frente. Você será bem avisado.

Por trás das celas corria uma passagem cheia de encanamentos. O cadeado na porta de aço havia sido alterado para que Earl pudesse abri-lo com um cortador de unhas. Ele entrou, deu alguns passos e desatarraxou um cano que parecia funcional, mas havia sido desativado. Um embrulho envolvido em trapos estava enfiado nele, e dentro havia meia dúzia de facas longas. Era a primeira vez em meses que Earl as conferia. Seus amigos tinham esconderijos semelhantes espalhados pela prisão. Voltou a atarraxar o cano e saiu, dando um tapinha na traseira de Buzzard. — Tudo em ordem. Me dê a chave.

Buzzard tirou a grande chave das celas de um bolso da calça e a entregou. Earl foi até a sua e a destrancou; depois fez a chave deslizar pelo passadiço até Buzzard. Na cela, Earl apanhou um galão vazio debaixo da pia. As celas não tinham água quente e a lata servia para isso. Toda cela tinha uma, mas removendo um pequeno pino do fundo daquela era possível remover o fundo falso. Várias notas de vinte dólares estavam comprimidas ali. Teria de mudá-las para um lugar mais seguro à noite.

Ele se barbeou, começando pelo topo da cabeça e descendo até a mandíbula e o queixo. Depois passou óleo na cabeça e loção na face. Em seguida, fez a cama, varreu a cela e por fim arrumou as prateleiras. Elas estavam cobertas de pinturas de girassóis. A cela tinha apenas um metro e meio de largura e três e meio de comprimento, mas ele mantinha tudo organizado para ter conforto. Uma mesa com tampo de vidro fino ficava ao lado do beliche e uma pequenina prateleira com aberturas para copo e escova de dentes estava ao lado da pia. Uma estante de livros ficava na parede entre o beliche superior e o inferior, embora ele tivesse conseguido por intermédio do tenente Seeman que ninguém fosse mudado para ali.

Dois mil detentos lotaram o pátio às oito e meia da manhã. A maioria deles procurava a faixa de sol que se alargava. Os negros, porém, congregavam-se ao longo da parede do pavilhão norte, uma área apelidada de "Nairóbi". Uma década de guerra entre raças havia tornado impossível relaxar sem um imperativo territorial. Eles pegavam o sol da tarde. Meia dúzia de guardas com bastões ficava em volta, reforçados por atiradores em passarelas suspensas do telhado da marquise ou presas à parte externa do pavilhão norte.

Quando Earl saiu da rotunda, virou imediatamente à esquerda para evitar passar entre várias centenas de negros. Os últimos assassinatos raciais haviam acontecido seis meses antes, mas não valia a pena arriscar a sorte sem motivo.

Ele costurou a multidão, procurando os banqueiros que recolhiam bilhetes de aposta nos outros pavilhões. Encontrou-os na extremidade mais distante, perto das filas da cantina. A multidão proporcionava cobertura enquanto eles lhe entregavam os maços presos por elásticos. Cada um deles lhe contava como ia a atividade por lá, e o total era ligeiramente superior a cem carteiras, o que de certa forma era menos do que ele esperava pela última semana da temporada regular.

Quando Earl começou a caminhar para longe da chusma, alguém segurou seu braço por trás. Ele se virou para encarar seu amigo mais velho, Paul Adams. Paul já estivera em San Quentin quando Earl, que esperava para ir pela primeira vez, o conheceu na cadeia municipal. Agora Paul era o mais experiente estadista da "família" de Earl. Na verdade, Paul era apenas quatro anos mais velho, mas cabelos brancos, barriga e uma face desgastada pelo tempo faziam-no parecer uma década mais velho do que era.

— Onde estão os gêmeos Bobbsey? — perguntou Earl.

— Os gêmeos psicopatas. Eles estão no pátio inferior com Vito e Black Ernie. Nós temos coisa quente a caminho — um idiota chamado Gibbs tem um pouco de droga e nós estamos armando para depená-lo.

— Gibbs! Não é aquele cara de Indiana com cabelo escovinha da seção "A"?

— Esse mesmo.

— Ele está trancafiado. Acesso restrito, a não ser na liberação para as refeições. Como nós chegamos até ele?

— Foi por isso que eu vim encontrá-lo. Vamos descer para fazer planos.

— Não consigo imaginar melhor maneira de passar um sábado tedioso em San Quentin.

Os dois detentos se dirigiram para o portão, que tinha sido aberto para deixar a multidão passar para o pátio de recreação inferior, as quadras de handebol e o ginásio. A dupla, de tempos em tempos, fazia um aceno de cabeça para os detentos que conhecia, ou dava tapinhas nas costas de alguém que passava. Para um observador não iniciado, o pátio parecia um formigueiro, mas a despeito da semelhança das roupas — e do fato de que eles todos tinham sido condenados por um crime — a diversidade e os conflitos eram infindáveis. Na verdade, às vezes ódios mortais ardiam durante anos como brasas quentes sob cinzas frias, inflamando-se até o assassinato diante de alguma provocação menor, ou quando o equilíbrio de forças mudava. Por isso, embora Earl estivesse em casa, era do mesmo modo que um animal está em seu lar na selva — cautelosamente. Não tinha inimigos que representassem risco, pelo menos não que ele soubesse, embora alguns pudessem vir a ser ameaçadores se ele não tivesse a afeição dos membros mais influentes da mais poderosa das facções brancas e a amizade dos líderes da mais poderosa gangue chicana. Claro que isso o marcava aos olhos dos militantes negros — mas era melhor que ser desprovido de poder.

— Vai assistir ao filme de hoje à noite, Paul? — Earl perguntou.

— Estava pensando nisso. A fita parece ser boa.

— A Primeira Noite de um Homem, não?

— Ã-hã.

Paul também trabalhava à noite, era um dos membros da equipe que lavava com a mangueira o pátio principal depois da contagem noturna. Isso lhe dava a oportunidade de entrar no refeitório-auditório mais cedo.

— Guarde uma fila de cadeiras — disse Earl. — Acho que eu vou.

Eles atravessaram o portão arqueado e começaram a descer o longo lance de degraus de concreto desgastados. A distância eles podiam ver um braço da baía de São Francisco além dos muros; e além do braço de água os pára-brisas dos carros que povoavam a rodovia refletiam o brilho frio do sol da manhã. Podiam igualmente estar a mil quilômetros de distância.

— Eu tenho um livro ótimo, que você vai gostar — disse Paul. — *Brincando nos Campos do Senhor*.

— Quem é o autor?

— Um cara chamado Matthiessen. Eu nunca ouvi falar dele antes, mas não é mau.

— Traga para o filme.

— Tenho outro que você pode gostar... mas eu não tive paciência para chegar ao final. *O Homem Unidimensional*, de Marcuse.

— Deixe-me tentar lê-lo, também. Tenho ouvido o nome dele há quase um ano, mas nunca li nada que ele escreveu.

O amplo pátio de recreação inferior, além de um campo de beisebol, quadras de handebol e ginásio completo, abrigava a lavanderia e algumas oficinas em barracões de metal corrugado. A luz do sol, que era bloqueada pelos edifícios no pátio principal, brilhava intensamente ali, mas proporcionava pouco calor.

Alguns detentos corriam a circunferência da área de recreação, enquanto outros se reuniam em rodinhas aqui e ali. O costumeiro grupo de rapazes cantores de country estava preparando seus violões sob o alto muro, enquanto o grupo de jazz aprontava os instrumentos perto da lavanderia.

O quarteto que Earl e Paul procuravam estava acocorado em um círculo ao lado de um barracão de metal corrugado: dois mexicanos, Vito e Black Ernie, o primeiro um amigo próximo e o segundo apenas conhecido; dois brancos, T.J. Wilkes e Bad Eye Wilson, ambos com menos de trinta e fisicamente perigosos, com ou sem armas. T.J. podia esticar-se sobre um banco, com as pernas estendidas, e erguer duzentos quilos acima de seu peito; Bad Eye fazia mil flexões e corria oito quilômetros todos os dias. Eles eram os membros mais influentes da Irmandade e adoravam Earl e Paul.

Muito antes que os dois prisioneiros mais velhos estivessem ao alcance da voz, Vito os enxergou, disse algo, e os outros viraram as cabeças para observar sua aproximação. Quando Earl chegou, T.J. se levantou e envolveu seus ombros com um braço. — Sente aqui, garoto — disse ele —, e ajude-nos a bolar um esquema para ganhar aquelas drogas.

— Quanto é que ele tem? — Earl perguntou.

Black Ernie respondeu: — Meia peça. Veio numa visita alguns dias atrás e ele deixou quieto, vendendo apenas para alguns caras do bloco sul.

— Nós não vamos conseguir nem meia onça agora — disse Earl.

— Ele tinha duas, restam uns três gramas — falou Paul. — Quando Ernie nos contou, nós mandamos um recado para ver se conseguiríamos comprar um pouco... disse-lhe que nós tínhamos uns duzentos dólares. Ele mandou dizer que era exatamente quanto ele tinha e para nós mandarmos o dinheiro.

— E aí, pessoal, é exatamente onde nós estamos agora — disse T.J.

Earl sorriu, seu rosto anguloso tornando-se cálido. — Então está certo. Eu sei que filhos-da-puta como vocês têm uma razão para mandar me procurar. Qual é?

— Ah, irmão — disse T.J. —, você ganharia um pico mesmo que todos estivessem acamados no hospital com o pau quebrado. — Ele abraçou Earl novamente, e, embora o homem mais velho fosse três centímetros mais alto e pesasse oitenta e cinco quilos, sentiu-se como uma boneca de pano nas garras de um urso-cinzento.

— Eu acredito nisso — disse Earl —, mas no meio da história você não chamaria meu nome só porque me adora.

— Abaixe-se aqui — disse Bad Eye. — Nós vamos deixar você por dentro. Ernie trouxe isso até nós porque é um rapaz branco... e o filho-da-puta não jogou nossa parte na mão. Nós somos os putos que estão lutando quando os carapinhas começam a desovar pessoas por aqui. — O rosto de Black Eye ficou rubro e ele piscava rapidamente, um trejeito que tinha sempre que sentia raiva, e tendia a ficar raivoso sempre que a facção se envolvia em algo tenso.

— Nós temos de pegá-lo fora do pavilhão — disse Paul. — Não podemos entrar lá. Um de nós podia entrar disfarçadamente, mas é uma seção restrita e este destacamento tem tiras demais.

— Você quer que eu o traga para fora? — perguntou Earl.

— Você consegue — disse Bad Eye. — Você é o queridinho neste acampamento.

— Ã-hã... E se vocês loucos filhos-da-puta matarem o cara?

— Nós não vamos fazer isso — disse T.J. — Pelo fogo do inferno, nós vamos só conversar com o camarada... na rotunda do bloco norte.

— Veja o que nós temos em mente — disse Paul. — Nós vamos preparar um maço de dinheiro falso, um pouco de alface ou papel verde embrulhado em celofane com fita adesiva. Eu mandarei o recado de que nós vamos ajudá-lo a fugir — ou que eu vou ajudá-lo a fugir — e depois vou convencê-lo a entrar na rotunda. Os parceiros aqui podem se aproximar por trás e roubar nós dois. O idiota confia em mim... não o bastante para me dar algo, mas o suficiente para abrir a guarda. Você não pode ser um dos atacantes. — Paul acrescentou para Earl. — Ele sabe que você e eu estamos juntos desde quando ele teve o bilhete premiado no mês passado e eu o paguei.

O grupo observou Earl, e, embora ele tivesse alguns escrúpulos, não havia dúvida de que ajudaria. Teria preferido dizer-lhes para esperar, que estava para receber uma encomenda de heroína de alguém que conhecia em Los Angeles, mas nenhum deles estava interessado no que podia acontecer dentro de uma semana ou duas; eles queriam aquilo agora. Quase tão importante, eles queriam alguma ação, algo para aliviar aquele tédio, e a prisão limita as opções nesse campo.

— Quando você quer fazer? — Earl perguntou.

— Assim que for possível — disse Vito. — Eu preciso de um pico.

Earl tornou a subir os degraus de dois em dois, mas, em vez de virar à direita para o pátio principal, seguiu pela esquerda, tomando o caminho entre o edifício educacional e a biblioteca. O escritório do pátio ficava a cem metros da arcada, uma construção de cinco anos com uma sala na frente e outra nos fundos e um banheiro. Era de pinho vermelho e vidro, projetado assim porque demasiados espancamentos haviam ocorrido no velho escritório de paredes sólidas que ele substituíra. Uma cerca saía de sua parte frontal e atravessava a estrada. Além dela ficavam a praça em frente à capela, os escritórios de custódia e o portão principal.

Quando Earl entrou, o índio que era secretário diurno, Fitz, estava à máquina de escrever. Um detento íntegro que era agradável a não ser quando estava bêbado, Fitz olhou para Earl e piscou. — É bem cedo para você, não?

— Negócios.

Pela parede de vidro, Earl podia ver o tenente Hodges na sala dos fundos. Hodges não gostava dele, e o sentimento era recíproco.

Big Rand, o guarda de cento e quarenta quilos que cuidava do escritório, enviava oficiais de pátio para escoltas e ainda coordenava atividades, empurrou a porta do banheiro. — Eu ouvi que você estava aqui, Copen, ouvi cada palavra.

— Bem, conte para a sua mamãezinha — disse Earl. — Supondo que você consiga tirar a vaca do puteiro.

Big Rand tentou inflar seu rosto numa máscara de raiva, mas quando Earl lhe mostrou o dedo médio o guarda começou a sorrir. Earl olhou pelo vidro para a sala dos fundos. —

Fique frio — disse ele. — Você esquece quem é o tenente hoje. Lembre-se, ele botou esse seu rabo enorme numa torre de vigia da meia-noite às oito durante três anos.

— É... aquele baba-ovo — disse Rand.

— Vamos lá fora, supertira. Eu preciso que uma coisa seja feita.

— Já sei que é encrenca — falou Rand, mas acompanhou Earl para a luz do dia.

— Há um cara na seção "A" que eu quero puxar para fora por quinze ou vinte minutos. O nome dele é Gibbs, mas eu não sei qual é o número. Nós podemos conseguir isso por baixo dos panos.

— Que você quer com ele?

Earl sacudiu a cabeça e fez uma expressão de reprovação.

— Cristo, Earl — disse o gigante num lamento defensivo —, eu quero saber para me proteger no caso de...

— No caso de quê?

— Vocês matarem o cara ou algo parecido.

— Porra, eu não faço esse tipo de merda.

— Não mais, mas...

— Certo, se surgir alguma dúvida, você chamou o cara para entrevistá-lo para um emprego de zelador do escritório.

— Nós só usamos crioulos como zeladores.

— Então você agora virou preconceituoso? Não vai contratar um rapaz branco?

Rand fez um som de "sss" e sacudiu lentamente a cabeça, uma rendição no que havia sido um jogo mais do que um confronto de vontades.

— Espere cerca de dez minutos antes de ligar para lá — disse Earl.

— E se ele aparecer?

— Entreviste-o para o emprego.

— Qual é o nome dele?

— Gibbs. Eles vão saber o número dele por lá.

Rand caminhou de volta para a porta e parou. Ele apontou um dedo ameaçador. — Aposto que isso tem a ver com drogas. Eu vou pegar você algum dia.

FÁBRICA DE ANIMAIS 43

— Você vai pegar a sua mãe. É mais fácil você pular num poço com um urso-cinzento que foder comigo.

Em um arremedo de raiva, Rand chutou a moldura da porta. — É melhor você mostrar algum respeito. Eu sou o supertira.

Earl ignorou Rand e começou a se afastar.

— Detento Copen! — Rand berrou. — É melhor você estar aqui mais cedo para trabalhar. Eu quero ver você.

Earl continuou andando mas olhou para trás. Rand estava na soleira da porta, com ambos os braços estendidos e mostrando para Earl os dedos médios de ambas as mãos.

Dez minutos mais tarde, todos com exceção de Paul se encontravam na extremidade nordeste do pátio principal; todos eles observavam o outro lado, de onde Paul viria através do aglomeramento próximo da cantina, depois de se encontrar com Gibbs na entrada do pavilhão sul. Para um espectador ocasional eles teriam parecido indiferentes, mas Earl notou as narinas dilatadas, os lábios comprimidos e os olhos brilhantes de concentração. Esse era um grande golpe em termos de prisão e Earl não tinha dúvida de que qualquer um deles mataria Gibbs para conseguir a heroína se houvesse uma chance de se safar. Que estranhos ícones os homens adoram, ele pensou. Como nós ficamos fodidos neste lugar — e eu a quero tanto quanto eles. Heroína é a única droga que alivia a miséria da prisão.

— Me dê um cigarro, companheiro — Bad Eye falou para Vito.

— Estou sem... só um pobre mexicano tentando ficar chapado. — Ele era esguio, com olhos verdes penetrantes e um sorriso branco e brilhante. Earl gostava de Vito; todos gostavam dele.

— Qual o tamanho desse *vato*? — Vito perguntou.

— Ele é grande — disse Ernie; tinha um cordão de sapato na mão e estalava-o com nervosismo. — Nós temos de conseguir umas facas.

44   EDWARD BUNKER

Earl fez um som depreciativo. — Porra! Se nós cinco precisarmos de aço contra um cara, ainda que ele seja o King Kong, é melhor pedir para o Stoneface nos trancar por proteção.

Black Ernie fez uma careta diante da repreensão.

— É, nós não precisamos arcar com um crime por esse otário. É só fingir. Ele é grande... mas é mole como papel higiênico molhado — T.J. falou.

Paul Adams apareceu, deslocando-se rapidamente pela parte mais densa da multidão. Estava só.

— Olhe para ele — disse Vito. — Caras velhos têm o andar mais desencanado da cidade.

Earl sorriu, pois o andar de Paul era o epítome do gingado dos anos 40: uma das mãos num bolso, a outra balançando alto com um movimento de estalar os dedos, os ombros caídos e girando.

— Onde está o cara? — perguntou Ernie com uma voz sibilante. — É melhor aquele velho filho-da-puta não ter ferrado com isto.

Earl olhou para T.J., e Bad Eye para Ernie, que não chegou a perceber os olhos apertados. Vito notou e piscou para Earl dizendo sem palavras que Ernie era um idiota e devia ser ignorado. Ele é um idiota, Earl pensou, mas esses jovens são idiotas maiores. Eles vão fazê-lo comer o próprio coração se ele foder com Paul. E se não puderem, conhecem cinqüenta outros que o farão.

Quando Paul chegou, sua compleição geralmente macilenta estava corada — Ele chega num minuto. Venham logo atrás de nós. E não comecem a rir. Esta merda é séria.

— Séria como um ataque cardíaco — disse Bad Eye.

Earl ia ficar de guarda. Quando Paul se afastou do grupo, ele caminhou dez metros para o outro lado e se estendeu no banco de concreto preso à parede do pavilhão leste, cruzando as pernas e apertando o próprio ombro.

De repente, Paul começou a andar novamente em direção à multidão e Earl viu Gibbs emergindo. Os dois se encontraram, trocaram palavras e se dirigiram à porta do pavilhão norte. Gibbs pesava mais de noventa quilos, mas sua barriga chacoa-

FÁBRICA DE ANIMAIS 45

lhava sob a camisa e seus movimentos eram deselegantes. Aparentava ser tão careta quanto Paul parecia cool.

Earl observou os olhos de Gibbs para ver se eles estavam focalizados no grupo à espera, que ignorava os homens caminhando e fingia conversar entre si. Eles não sobressaíam por causa dos outros grupos de presos. Gibbs nem mesmo olhava à sua volta. Estava escutando Paul.

Earl varreu o pátio com os olhos à procura de guardas; nenhum estava à vista, exceto um sobre a passarela de tiro, e este estava a cem metros de distância e olhando noutra direção. Quando os dois homens se aproximaram da porta de aço aberta, Paul pôs uma das mãos sobre o ombro de Gibbs e conteve o passo para deixar que o homem entrasse primeiro. No instante em que ele desapareceu, os quatro criminosos se puseram em marcha e Earl levantou-se para chegar logo atrás deles. Quando se esgueiraram para dentro da semi-escuridão, com Bad Eye se apressando para ser o primeiro, Earl tomou posição do lado de fora da porta. Havia o risco de que um guarda pudesse sair do pavilhão ou do corredor da morte.

Um jovem negro apareceu ao lado de Earl, movendo-se com rapidez e olhando para trás. Earl teria se sentido do mesmo modo se encontrasse quatro conhecidos militantes negros num ponto cego como a rotunda.

Earl se inclinou para a esquerda e espiou pela porta para a penumbra. Paul e Gibbs estavam contra uma parede, com os quatro bandidos em volta deles, Bad Eye e Vito mantendo a mão direita dentro do peito da camisa como se tivessem lâminas escondidas ali. Paul erguia as mãos em súplica. T.J. arrancou alguma coisa dele e pôs no bolso — o embrulho de papel celofane.

Pelo portão do pátio veio a esquálida figura do sargento William Kittredge, caminhando ligeiramente atrás e ao lado de um detento negro que Earl reconheceu; ele esfaqueara um branco encarregado de um pavimento do pavilhão leste durante um conflito racial, seis meses antes. O sargento Kittredge obviamente estava levando o homem da sala de visitas de volta para a segregação na seção "B" e não tomaria a dire-

46   EDWARD BUNKER

ção da rotunda do pavilhão norte. Poucos segundos depois, Earl ouviu o estalo de carne golpeando carne e depois grunhidos e pés em fuga. Antes que pudesse olhar para dentro, uma figura passou rápida por ele, seguida por um braço ávido e forte coberto de pêlos vermelhos. O braço errou o golpe e Gibbs estava livre no pátio, correndo num caricato passo desengonçado, com as fraldas de sua camisa se agitando atrás dele.

Correr era proibido e o movimento rápido imediatamente atraiu a atenção do guarda na passarela de tiro. O apito de um policial baliu. O sargento Kittredge estacou e virou-se quando Gibbs correu em sua direção — e viu os quatro criminosos movendo-se apressadamente ao longo da parede do pavilhão. Também viu Earl — e este sabia disso, por isso em vez de se afastar ele entrou no pavilhão. Afinal de contas, morava ali.

O pavimento inferior estava agitado, especialmente em volta do aparelho de televisão onde o jogo Marinha versus Exército estava para começar. O medo mastigava o estômago de Earl. Todos eles podiam passar um ou dois anos na segregação por causa daquilo, e fazia um longo tempo que ele estivera na solitária. Kittredge vira todos eles, e se Gibbs fosse interrogado pelo tenente Hodges... Em seguida, Earl sentiu raiva, perguntando-se que porra teria saído errado na rotunda. Gibbs teria resistido? Improvável. Alguém o havia golpeado sem necessidade, assustado-o demais e ele entrara em pânico.

Earl foi até a primeira fila de assentos para a televisão, onde seu lugar estava reservado pelo Pastor, um rechonchudo membro de trinta anos da Irmandade que entregava os bilhetes de aposta do pavilhão norte. O Pastor estava embrulhado numa grossa jaqueta de moletom com o zíper puxado até a garganta, e tinha um gorro de tricô puxado sobre os ouvidos. Era o modo habitual do Pastor se vestir e, como de costume, precisava se barbear. Earl entregou-lhe os bilhetes que havia coletado no pátio, o que era contrário ao processo costumeiro, e pediu-lhe para mantê-los até mais tarde. Sentindo que algo estava errado, o Pastor quis saber se alguma ajuda era necessária. Earl sacudiu a cabeça e retornou atravessando a rotunda. Parou nas sombras para espiar para fora. Kittredge, Gibbs

FÁBRICA DE ANIMAIS 47

e o negro haviam partido. Nada estava acontecendo. O sargento teria de continuar com o negro, por isso haveria um intervalo antes que as repercussões começassem.

A gangue havia se dispersado. Earl vagou na direção que eles haviam tomado e encontrou Paul.

— O que aconteceu lá? — perguntou.

— Ernie tentou bancar o valentão. Ele deu um tapa na boca do otário e o cara disparou em fuga. Estava se cagando de medo. Ernie não pôde esperar que o otário tirasse aquilo da meia.

— Nós atiramos no vazio, então?

Paul fez uma expressão de desgosto e balançou a cabeça. — Nós podemos acabar sendo pegos, também... se Kittredge nos viu.

— Ele viu vocês. Para onde Gibbs foi?

— Eles o recolheram, levaram-no para o hospital.

— Então onde estão todos?

— Vito se mandou para o bloco oeste, Ernie está com seus amigos e a Dupla Dinâmica foi para o ginásio. Bad Eye está mais puto que um cão raivoso. Ele está cuspindo obscenidades. T.J. está fleumático como de costume, mas você sabe como ele é. Pode ser mortal sem que você perceba. Se nós formos para o buraco, Ernie pode estar encrencado.

— Ele é só um idiota que quer ser matador. Não compensa um assassinato e o risco envolvido porque é um idiota. Que porra...

Earl ficou em silêncio, sabendo que, embora ele e Paul tivessem mais influência que qualquer um sobre os dois jovens, não era o bastante. Condicionado por uma vida de violência, estava pronto a usar uma faca sempre que se sentisse ameaçado ou fosse uma questão de salvar sua reputação, mas não acreditava em vingança a não ser que isso fosse necessário para evitar o ridículo. Era capaz de violências ainda que isso o desagradasse; T.J. e Bad Eye pensavam ambos na violência como a primeira resposta a qualquer problema. T.J. era menos repentino, porém mais implacável; Bad Eye era mais explosivo, mas podia ser chamado à razão depois da primeira labareda

de nervosismo. Earl não se importava com Ernie, um fanfarrão tagarela cuja ambição era ser um manda-chuva no mundo violento da prisão, mas importava-se com seus amigos.
— Pode ser que acabe tudo bem — disse ele. — Kittredge é protegido de Seeman e gosta de nós. Depende de Hodges ter nossos nomes ou não. Se tiver, é melhor nós embalarmos nossa porra para a seção "B".
— O que o cara vai dizer a eles? Ele não pode contar que nós tentamos arrancar um pouco de droga dele — de qualquer forma, ele não acredita que fui eu e não conhece nenhum outro nome, eu acho. Se ele diz que nós o estávamos pressionando, que se foda, ele fica no buraco e consegue transferência. Nós podemos pegar dez dias, mas aqui eles têm que pôr a presa na gaiola porque há predadores demais.

Earl fungou e balançou a cabeça, percebendo a ironia. Gibbs ficaria em custódia preventiva por meses até ser transferido para uma prisão mais tranqüila. Os oficiais não podiam fazer transferências tão facilmente ou ficariam sobrecarregados com homens pedindo proteção apenas para sair de San Quentin. Durante aqueles meses de isolamento, a comida dele seria cuspida, seu rosto seria escarrado e ele seria desprezado como um covarde — por ser uma vítima.

O serviço de alto-falante disparou: — Copen, A-quatro-dois-quatro-três, apresente-se ao escritório do pátio imediatamente!

Earl apertou jocosamente a curva do ombro de Paul. — Bem, eu vou descobrir qual é a parada.
— Ficarei esperando bem aqui.

O sargento William Kittredge estava aguardando na estrada além do portão do pátio, encostado na parede do edifício educacional, com um sorriso astucioso no rosto. Ele jogava uma bola vermelha do tamanho de uma bala de caramelo para cima e para baixo em uma das mãos, e Earl soube que era um balão de borracha contendo dois gramas de heroína. O pó estava acondicionado, o balão amarrado e sua ponta cortada fora.
— Vocês, rapazes, perderam algo, não?

Earl deu de ombros. — Não que eu saiba.

FÁBRICA DE ANIMAIS 49

— Que tal isto aqui? — Kittredge exibiu o balão entre o polegar e o indicador.

— Nunca vi isso antes — disse Earl, tomando cuidado para manter sua voz modulada. Kittredge podia tomar uma negação muito veemente como um insulto à sua inteligência, enquanto algo mais contido podia ser uma admissão indireta.

— Não foi o que eu ouvi.

Earl não replicou. Era melhor esperar até que ele soubesse a história de Gibbs.

— Deixe isso quieto. Eu não vou contar a Hodges o que vi, mas quando o seu chefe entrar em serviço verei o que ele quer fazer. Enquanto isso, venha até o escritório para datilografar um memorando.

— Onde está Fitz?

— Recebendo visita. De qualquer forma, eu quero que você datilografe isto. — Earl caminhou ao lado de Kittredge até o escritório do pátio, onde Rand estava rabiscando num bloco amarelo. O tenente não estava no escritório dos fundos. O memorando tinha sido rascunhado. Earl melhorou a gramática e a ortografia enquanto datilografava:

PARA: O CAPITÃO
ASSUNTO: GIBBS, 47895

Às 9h50 do dia de hoje, enquanto cumpria serviço como sargento de pátio, o autor escoltava um detento da sala de visita para a seção "B" quando um oficial na passarela de tiro soprou seu apito no Pátio Principal. Eu me voltei e vi o detento GIBBS, 47895, vir correndo da direção da rotunda do pavilhão norte. Tomei o sujeito sob custódia e continuei até a seção "B"; depois levei Gibbs até a clínica hospitalar, onde ele foi tratado de um corte na boca (ver relatório médico). Naquele momento, ele me entregou um balão vermelho amarrado em forma de bola e contendo um pó bege. Gibbs alegou ser aquilo heroína, e que ele o havia recebido de três detentos, dois brancos e um mexicano, os quais ele poderia identificar caso os visse, mas não sabia nomear. Eles queriam que ele transportasse o objeto para dentro da seção "A" para entregá-lo a Bulldog, aparentemente LADD, 12943. Quando se recusou, foi atacado e fugiu. De acordo com o oficial Rand, Gibbs fora chamado até o escritório do pátio para uma entrevista de emprego. Gibbs foi colocado em segregação administrativa à espera de audiência no Comitê Disciplinar. O conteúdo do balão não passou por uma análise de campo até o momento deste relatório.

Então Earl sabia qual era a história de Gibbs — e que Kittredge acreditava nela. Refutá-la era impossível sem confessar a verdade, e isso estava fora de questão. Ele entregou o relatório a Kittredge, que o assinou e colocou num envelope.

— Existem modos mais práticos — disse Kittredge. — Eu posso prender toda a porra de quadrilha de vocês.

Earl viu Rand atrás de Kittredge, e o enorme guarda segurava um dedo em frente aos lábios. A recomendação era desnecessária.

— É você que controla as coisas por aqui — disse Earl. — Você pode trancar todo mundo todos os dias do ano.

— Certo, Earl, certo — falou Kittredge. — O que eu estou tentando dizer a você é para fazer com que seus amigos peguem leve. Aquela porra de gangue está passando muito longe dos limites. Todos os dias o capitão recebe uma dúzia de cartas de denúncia contra aqueles maníacos. Deve haver uma centena de cartas dizendo que Bad Eye matou aquele cara de cor no pátio inferior no ano passado.

— E sobre aquele rapaz branco que eles mataram no bloco leste? E os quatro que foram esfaqueados no prédio da escola? E o tira que eles assassinaram no hospital?

Sem dizê-lo com muitas palavras, Earl estava sutilmente lembrando Kittredge de que desde o início das guerras raciais doze anos antes, e especialmente desde que prisioneiros negros haviam começado a assassinar guardas brancos, havia uma aliança tácita entre alguns dos guardas e os prisioneiros militantes brancos. Antes de os guardas começarem a cair, a maioria deles era justa; agora muitos desviavam os olhos do que os detentos brancos faziam.

— Então está certo... ele não está trancado, está? Mas o diretor adjunto não precisa de muitas evidências para pegá-lo... e aos outros.

Quando o grande pátio ficou povoado pelas filas para o almoço, Bad Eye foi até Earl e Paul. Segundos depois, Ernie apareceu saindo da aglomeração. Quando Bad Eye ouviu a história, expressou sua fúria contra o "vagabundo fedorento, mentiroso e dedo-duro" e prometeu certificar-se de que algo aconteceria a Gibbs, para onde quer que ele fosse mandado. Earl guardou silêncio, planejando apelar para o bom senso de seu amigo quando ele estivesse mais calmo. Bad Eye fora para San Quentin oito anos antes, quando tinha dezoito, por um roubo de noventa dólares em um posto de gasolina, mas em vez de amadurecer ele ficou mais selvagem, como um touro enfurecido pela dor. — Porra — disse ele. — Mais uma dança-da e eu nunca vou conseguir uma condicional. Queria poder fugir. Earl, me ajude a cair fora daqui.

— Você vai conseguir condicional no ano que vem. Isto vai acabar bem. Apenas contenha o seu temperamento e seja paciente.

— Não fui eu que pisei na bola — disse Bad Eye, ostensiva-mente olhando mais para baixo que para Ernie. Ele não havia cumprimentado Ernie quando este se juntou ao grupo.

A truculência anterior de Ernie estava agora diluída pelo medo de uma possível solitária. Importunava com perguntas sobre Kittredge, que ele não conhecia. Earl assegurou-o de que ele estava a salvo e ocultou seu desagrado. Detestava a falsidade, e Ernie era um gatinho tentando ser um leopardo, embora provavelmente matasse alguém pelas costas se tivesse uma chance de dez contra um a seu favor. Para se livrar do homem, Earl aconselhou-o a ir para sua cela para não ser visto com eles.

Bad Eye foi contar a T.J. o que estava acontecendo, por isso Earl e Paul se viram caminhando sozinhos pela extensão do pátio. Caminhar desse modo era um hábito de anos. Amigos se juntariam a eles se permanecessem no mesmo lugar, mas se se mantivessem em movimento, seriam deixados em paz. A amizade de Earl e Paul havia começado dezoito anos antes na cadeia municipal, quando Earl estava indo para a prisão pela primeira vez e Paul pela segunda. Agora Paul estava cumprindo sua quinta pena, e, se antes era esbelto e tinha cabelos pretos, agora era gordo e grisalho. Eles conheciam as imperfeições um do outro, mas isso não maculava sua amizade; às vezes discutiam com raiva, mas sem guardar rancor.

— Bem, irmão — disse Earl dolorosamente —, estamos tendo mais um maravilhoso dia na cadeia.

— É... sem trabalho, sem impostos e cheio de emoções. Se nós não tivéssemos alguma coisa errada para fazer uma vez ou outra, perderíamos toda a nossa iniciativa. Esta fodeu legal.

— É como se nós patinássemos. É melhor começar a se comportar; você pode ganhar um presente do comitê de condicional na próxima apresentação.

— Eu pensei nisso quando vi Kittredge olhando para nós. Cinco anos deviam ser suficientes para roubo de carro.

— Pega leve! Você não estava só dando um passeio. Eles encontraram uma máscara para esquiar, e em L.A. não tem neve, além de umas luvas... e uma arma. Você devia ganhar uma condicional, mas não faça uma racionalização tão rasteira. Eu conheço você.

Paul riu. — Ainda assim é só um roubo de carro.

— É, calculo que eu ainda terei dois ou três anos pela frente, dependendo de qual for a política. Nove anos é um longo tempo, mesmo que você diga isso rapidamente. O problema de ser um criminoso é que você dá duas mancadas — erro, má sorte, o que for — e queima duas décadas. Eu terei quase quarenta quando sair e o que mais eu sei fazer para ganhar a vida além de usar a lâmina de uma serra numa escopeta e fugir com a grana de um banco ou algo do gênero?

Eles deram uma volta em silêncio. Geralmente, Earl restringia seu mundo ao que havia entre os muros. Preocupação excessiva com o lado de fora levava os homens à insânia. Ele se isolava de todos que conhecia fora da prisão porque eles não podiam fazer nada por ele além de tornar sua pena pior do que era. Se contasse com eles, iria se desiludir, pois depois de poucos anos na prisão você é tão esquecido quanto um homem num caixão embaixo da terra. Durante sua primeira sentença, depois de se matricular no reformatório, ele havia freqüentado todos os cursos disponíveis, graduando-se no colegial e até cumprindo um semestre de créditos na universidade. Completara um curso profissionalizante de gráfica, também. Nada disso lhe conseguira um emprego, nem fizera com que ele se sentisse mais seguro, exceto entre o tipo de gente que havia conhecido por toda a sua vida. Reconhecia ser, de fato, um criminoso habitual, com um metabolismo que exigia que ele apostasse sua liberdade e até sua vida pela liberdade verdadeira — a libertação de uma vida de desespero calado. Teria mais uma chance e iria usá-la. Havia ido longe demais e perdido muito para abandonar o jogo àquela altura.

— Quando chega aquele pacote de droga? — Paul perguntou.

— Talvez nesta semana. Nós saberemos quando o mula receber visita amanhã.

— Dennis deve estar se dando bem lá fora.

— Ele sempre faz grana e geralmente fica lá alguns anos. Ele está fora há menos de três meses e manda cerca de cinco mil em drogas. Alguns pacotes para Folsom, também. Eu mandei um recado perguntando se ele queria dinheiro e ele disse que congelaria a remessa se eu tentasse pagá-lo.

— Nós poderemos fazer bom uso dela quando chegar. Eu devo vinte papelotes ao bando de Vito.

Earl riu. — Você está na minha aba novamente.

Paul respondeu com os lábios franzidos em um bico e abriu os olhos muito azuis numa paródia de inocência. Qualquer tipo de responsabilidade lhe era alheia, mas ainda assim era um bom amigo. A única qualidade que importava a Earl era a lealdade. Isso superava mil outros defeitos. Era o que ele oferecia e o que ele queria, e o que seus amigos próximos davam a ele e uns aos outros.

Quando se aproximaram do pavilhão norte, ouviram um breve rugir de vozes vindo de dentro.

— Aquela porra de jogo — disse Earl. — Todos eles fizeram apostas, por isso é melhor eu ver o que está acontecendo no placar — e me certificar de que aquele sujo do Pastor não enfie alguns bilhetes falsos entre os ganhadores.

— Vejo você durante o filme se não o encontrar depois da contagem.

— Traga aqueles livros.

Earl entrou e tomou seu lugar. O Pastor tinha uma lista de jogos com os bilhetes de aposta e os resultados, alguns parciais e outros finais. Embora Earl não tivesse conferido cada bilhete, tinha uma boa idéia de como eles estavam. A julgar pelos resultados que via, não corria o risco de ter sua banca quebrada. Ele sentou para assistir ao jogo, sabendo que quase todos os bilhetes apostavam na Marinha porque eram os favoritos com dezessete pontos de vantagem e ele os havia listado em décimo terceiro no bilhete. Dez anos recolhendo apostas lhe ensinaram que rivalidades tradicionais freqüentemente apresentavam um resultado muito mais apertado do que o *handicap* sugeria. A Marinha estava na dianteira por quatorze pontos e ele se esqueceu de Kittredge, Gibbs e Seeman. Dois minutos antes do final o Exército marcou um ponto, os detentos rugiram, e acabou assim. Quando Earl se levantou na fila da frente, encarou a multidão, gritou "Urra" e ergueu os punhos fechados acima da cabeça. A maioria deles havia perdido alguns maços, mas não o suficiente para deixá-los aborrecidos, por isso muitos riram. Earl gostava de ser conhecido e respeitado, mas momentos depois, enquanto subia penosamente os degraus de ferro em direção à sua cela, a emoção da vitória desapareceu. Ele havia ganhado — uma porção de tabaco.

Às 4h20, quando quase todos os detentos se enfileiravam no pátio e depois retornavam às suas celas para a contagem, Earl foi para o escritório do pátio. Na hora da contagem o lugar se tornava um ponto de encontro de sargentos e tenentes entrando e saindo de serviço. Às vezes conferências a portas

FÁBRICA DE ANIMAIS 55

fechadas eram realizadas na sala dos fundos e Earl bisbilhotava indo até o banheiro, trancando a porta e encostando um ouvido na parede. Nesse dia, Hodges e dois sargentos estavam na sala dos fundos, mas a conversa que Earl queria escutar estava acontecendo a cinqüenta metros dali, ao lado da praça com o tanque de peixes para fora da capela. Kittredge estava falando e o tenente Bernard Seeman ouvia impassível, balançando a cabeça ocasionalmente. Seeman era um homem de ombros largos na metade da casa dos cinqüenta, começando a desenvolver uma barriga, e usava seu quepe pendendo para o lado como um marinheiro; ele havia sido contramestre de um submarino durante vinte anos. Earl cruzou as pernas sobre a mesa da máquina de escrever, aparentemente desinteressado enquanto observava pela janela.

Quando a contagem terminou, um sino tocou no alto do edifício com o portão principal. Antes que os tons morressem, detentos e guardas se derramaram do escritório de custódia do outro lado da praça, os primeiros se dirigindo para a via que dava para os refeitórios, os últimos fazendo uma fila indiana para a porta de saída. O escritório do pátio expeliu todos os guardas com exceção de um, e outros guardas se apressavam em fluxo, carregando casacos e lancheiras. Aqueles com mais tempo de serviço contavam os pavilhões mais próximos, de modo que podiam ir embora alguns minutos antes.

Geralmente Earl ia comer mais cedo, mas nesse dia ele esperou pelo fim da conversa e pelo seu chefe para dirigir-se ao refeitório. Seeman parou na porta holandesa aberta. — Quero que você e sua gangue estejam aqui depois da bóia — disse ele.

— Quem são esses?

— Bad Eye, T.J. Wilkes e Vito Romero. Há outro, mas Kittredge não sabe quem ele é.

— Então eu certamente também não sei.

Seeman sorriu, seu rosto quadrado e marcado pelo tempo exibia bom humor. — Bem, não achei que você soubesse.

— Alguém vai ter que tirá-los dos pavilhões.

Seeman inclinou a cabeça por sobre a porta e olhou para o velho atrás da mesa. — Cuide disso, coronel, por favor?

— A que horas você os quer?

— Seis e vinte está bem. Earl vai lhe dizer quem são. — O irascível militar reformado balançou a cabeça, mas seu rosto expressou contrariedade por receber ordens de um detento. O coronel era mantido afastado de grupos de detentos, onde suas tendências autoritárias podiam causar problemas.

Às 18h20 já era escuro em dezembro, embora as luzes onipresentes da prisão deixassem poucas sombras.

— Feche a porta — disse Seeman.

Earl fechou a porta que dava para a sala externa e parou do lado de dentro. Vito estava rígido na cadeira do outro lado da mesa, enquanto T.J. e Bad Eye apoiavam seus traseiros nos batentes das janelas. T.J. estava tranqüilo, mas Bad Eye era desconfiado e raivoso; ele reagia a todos os desprazeres com raiva.

Seeman estava sem o quepe e seus cabelos de arame estavam comprimidos contra o crânio. — Eu não vou fazer perguntas porque não preciso ouvir mentiras. — Ele correu os olhos por seus rostos inexpressivos. — A história que eu ouvi parece muito esquisita, mesmo para marginais como vocês. — Ele apanhou um envelope da mesa e despejou o balão vermelho sobre o mata-borrão verde da escrivaninha. Earl ficou surpreso. O regulamento dizia que todo contrabando devia ser depositado no armário de evidências do diretor adjunto. Earl também sentiu a farpa de uma idéia evanescente e em retrospecto se daria conta de que soube da verdade naquele momento.

Seeman olhou para o balão como se fosse uma bola de cristal; depois ergueu o olhar para Vito. — Qual o valor disto no pátio?

Vito corou, baixou os olhos e ergueu os ombros. Seeman olhou para cada um dos rostos, acabando em Earl, que falou:

— Pensei que não haveria perguntas, chefe.

— Opa, é verdade. Minhas desculpas. Além disso, estou ciente de que o sr. Wilkes aqui não sabe nada a respeito disto.

— Eu só sei sobre um pouco de bebida caseira — disse T.J.

FÁBRICA DE ANIMAIS 57

— Apenas um bom rapaz do campo, hein?

O rosto de T.J. se acendeu. — Como você sabe, chefe?

Os olhos pálidos de Seeman floresceram com o riso. — Certo, parem com essa merda — disse ele. — Eu vou dizer. — Ele disse a eles que ele e Kittredge gostavam deles, mas outros tenentes e o diretor adjunto não, e eles deviam pensar em sair da prisão em vez de em toda aquela besteira do lado de dentro. Deixaria aquilo passar porque se os trancasse alguém mataria Gibbs aonde quer que fosse mandado. Queria que eles esquecessem Gibbs se ele esquecesse o incidente. Não esperava uma resposta, mas ficaria de olho nos acontecimentos.

Earl gostava de Seeman, considerava-o um amigo, embora jamais ousasse admitir isso. Seeman lhe deu livre trânsito na prisão à noite e nunca lhe fez perguntas; em troca, Earl garantia que toda a papelada que ia para a administração fosse feita corretamente. Mas sabia que algumas das licenças dadas a detentos brancos e chicanos durões eram devidas aos conflitos raciais. Negros haviam matado vários guardas nas três prisões mais violentas durante os últimos dois anos, e oficiais que um dia foram moderadamente preconceituosos agora eram abertamente racistas. Alguns deles podiam revistar um branco ou um chicano, sentir uma faca e deixar o homem passar. Era uma aliança profana, alheia a todos os valores de Earl. Durante toda a sua vida a polícia fora sua inimiga, e se tinha algum credo político isso incluía o marxismo. As pessoas nunca seriam iguais, mas as diferenças deveriam ser entre uma casa de vinte e cinco mil dólares e outra de quinze mil dólares, não entre um covil infestado de ratos e uma mansão de meio milhão de dólares. E tal diferença deveria ser determinada pela habilidade. Por isso ele se inclinava para a esquerda, que favorecia os negros oprimidos. Por outro lado, ali em San Quentin, os guardas, enquanto revistavam as celas, haviam descoberto poemas descrevendo a alegria de golpear mulheres brancas grávidas com uma baioneta, e seis anos antes, quando o conflito racial envolvia apenas pequenos grupos de negros muçulmanos contra nazistas, negros agravaram a situação por fazer um arrastão num corredor, esfaqueando indiscriminadamente todo homem branco que viam. Agora ambos os lados faziam isso sempre que a guerra recrudescia. Havia grandes gangues e Earl, embora não fosse oficialmente um membro, tinha mais influência que qualquer um na Irmandade Branca, especialmente desde que T.J. e Bad Eye eram seus líderes não-oficiais. Seeman, embora odiado pelos detentos negros, não era racista. Na verdade, era politicamente conservador; via a retórica militante revolucionária, com sua ênfase em Mao e Che, como uma declaração de guerra contra os Estados Unidos. Era uma amizade estranha — o ex-contramestre de submarino que sintetizava a classe média americana e o detento barra-pesada tão tomado pela confusão moral que não acreditava em nada além da lealdade pessoal.

O tenente Seeman ainda discorria, e os detentos escutavam inexpressivamente. Todos eles falavam a mesma língua, mas para aqueles homens abstrações morais eram balbucios. Ele terminou com a advertência de que deveriam conter suas rédeas, de que reclamações demasiadas estavam chegando até os oficiais mais altos. Disse-lhes que se tivessem qualquer problema ele faria tudo que pudesse.

Ninguém respondeu nada. Se quisessem algo, recorreriam a Earl, assim como ele recorreria a outros funcionários. Seeman se levantou, pôs seu quepe e depositou o balão de volta na gaveta da escrivaninha.

Os olhos de Earl se arregalaram quando ele viu que Seeman saía. O tenente estava indiretamente lhes dando o balão. Seus olhos encontraram os de Earl quando contornou a mesa para conduzir os outros para fora. — Fique frio, Earl — disse ele. — Você vai sair dentro de mais dois anos.

Quando Seeman acompanhou os detentos atravessando a sala da frente, disse ao coronel que estaria presente na exibição do filme. Dez minutos depois, Earl os seguiu, com o balão fazendo um pequeno volume no bolso de sua calça.

CAPÍTULO **4**

Alguns dias de dezembro na baía de São Francisco exalavam pura primavera, e esse era um deles, uma segunda-feira entre o Natal e o Ano-Novo. O sol havia evaporado o frio da manhã, e, embora o pátio de recreação inferior ainda estivesse fresco, o brilho era ofuscante. Earl sentou sem camisa nas arquibancadas carcomidas ao longo da linha da terceira base, terminando um baseado na condição mais próxima da solidão que a prisão permitia. Uma bandana vermelha estava atada em volta da testa para evitar que o suor atingisse seus olhos, embora estivesse seca dez minutos depois que ele deixou a quadra de handebol. Uma luva ainda encharcada jazia flácida ao lado dele, e suas pernas doíam em conseqüência de uma pesada hora de exercícios. Ele jogava precariamente mas amava o esporte. Não conseguia se decidir entre correr ou fazer ginástica, uma vez que desistia no momento em que sua respiração começava a ficar pesada, mas quando havia competição ele prosseguia até que seu corpo gritasse em protesto e tivesse que se curvar para conseguir respirar direito. O inverno fechava as quadras de handebol durante meses seguidos, por

FÁBRICA DE ANIMAIS 61

isso jogava sempre que elas abriam por algumas horas. Ele tragou o baseado, murmurando tolamente "merda da boa", e a dor se foi. Estava relutante em fazer a longa caminhada até o grande pátio, e depois mais cinco andares até sua cela para pegar uma toalha e tomar banho. — Um dia bonito demais para ficar trancado — resmungou, apreciando a dor agridoce do desejo por liberdade. Isso lhe dizia que ainda era humano, ainda ansiava por algo mais do que ser um prisioneiro. Ainda tinha esperança...

Havia decidido seguir o conselho de Seeman e evitar problemas esquivando-se de incidentes. Ele se mantinha em sua cela durante o dia lendo muito e, quando alguma coisa acontecia, estava acabada antes que ele ouvisse a respeito. Um dos membros da Irmandade tinha matado um homem no pavilhão leste e no dia seguinte, durante a hora do almoço, dois chicanos haviam emboscado um terceiro e o cortado bem seriamente. Se tivesse morrido, completaria o recorde de trinta e seis assassinatos em um ano; o recorde de ferimentos à faca, cento e sete, já havia sido quebrado. T.J. e Bad Eye trabalhavam no ginásio e ele os via apenas durante o filme da noite, quando a Irmandade enchia duas fileiras de bancos reservados. Earl saía durante o dia se houvesse heroína no pátio, mas a prisão estava a seco desde que ele conseguira uma onça, três semanas antes. Erva, ácido e bolinhas eram abundantes — por intermédio dos Hell's Angels —, mas Earl não estava interessado. Numa atmosfera carregada de paranóia, ele não podia se arriscar ao delírio.

Earl não sabia sobre uma greve que estava para acontecer na manhã seguinte, mas ela era do conhecimento de todos, incluindo o diretor. Alguém havia usado ilegalmente um mimeógrafo para rodar milhares de cópias de um boletim convocando todos os detentos a permanecer em suas celas pela manhã ou a não deixar o pátio na chamada para o trabalho. A primeira reivindicação, o fim ou a modificação da sentença indeterminada — um período em qualquer ponto entre um ano e a eternidade, até que o comitê de condicional deliberasse —, era algo com que Earl concordava ferozmente. Era a

62   EDWARD BUNKER

mais cruel das torturas jamais saber quanto tempo de encarceramento ainda faltava. E a exigência de que a remuneração da fábrica do presídio fosse elevada acima do atual teto de doze cents a hora também era razoável. Mas depois o autor se tornara irracional, com a demanda de que todas as pessoas do "Terceiro Mundo" e os "prisioneiros políticos" fossem libertados para as várias repúblicas populares. Esse absurdo chamaria a atenção de qualquer cobertura que a imprensa desse à greve e embotaria qualquer consideração ponderada que as pessoas pudessem dedicar às outras demandas — não que fossem tantos os que se preocupavam com o que acontecia na prisão. Uma greve era inútil, ainda que pelo menos mostrasse que os homens não haviam se rendido. Ela poria todos em regime fechado enquanto os líderes seriam reunidos, espancados e segregados.

— E é melhor eu conseguir alguns cigarros, café e comida para durar até o fim do regime fechado. Quatro sanduíches de salame ao dia não serão suficientes.

Quando se levantou na fileira superior das arquibancadas, viu dois detentos subirem em diagonal na sua direção. Um deles era Tony Bork, um jovem atarracado condenado que era encanador do pavilhão leste, não um cara durão, mas agradável e conhecido como um "humorista". Ele trazia a reboque um jovem esguio, usando o brim rígido e sem lavar de um recém-chegado. Até mesmo sem levar em conta as roupas, Earl sabia que o rapaz não estava havia muito tempo em San Quentin, pois, embora freqüentemente visse os rostos pela primeira vez depois de estarem por ali havia meses, desse ele teria lembrado. Ele era notavelmente bem-apessoado e de aspecto jovem, especialmente por suas feições limpas e pálidas realçadas por olhos azul-escuros que eram sérios mas inexpressivos. Não havia nada de efeminado nele, mas tinha uma juvenilidade que para os padrões da prisão seria considerada bela. Bonito era uma péssima coisa para ser em San Quentin.

— Saudações, grande duque de Earl — disse Tony. — Eu preciso de um favor. Na verdade, meu amigo aqui precisa. Um passe para o cinema. — Tony voltou o olhar para o jovem. —

FÁBRICA DE ANIMAIS 63

Ron Decker. Earl Copen. — Um aceno de cabeça em cumprimento fez as vezes do costumeiro aperto de mãos.

— Eles já estão organizando as filas do cinema? — Earl perguntou.

— Estavam se aprontando quando nós viemos para cá.

Earl apanhou sua blusa e suas luvas de handebol e começou a descer das arquibancadas. Bork e Decker se perfilaram ao lado dele. Enquanto caminhavam, ele lutava para entrar em sua blusa.

— Você não está aqui há muito tempo, está? — perguntou Earl.

Ron sacudiu a cabeça. — Três semanas. Tony me disse que você é bom com leis.

— Eu costumava mexer com essa porra. Não mais. Não acredito nisso. Smith e Wesson batem o processo legal.

— O que quer dizer?

— Além de ser engraçado — Earl sorriu —, quer dizer que a lei é bobagem. Juízes não têm qualquer integridade. Eles vão liberar qualquer manda-chuva com base em alguma brecha na lei, mas, quando algum pobre zé-ninguém daqui entra na mesma brecha, eles acabam com ela.

— Mas, quando Smith e Wesson não conseguem nada, a lei pode ser tudo o que resta. Eu não quero impor nada, mas gostaria que você visse o meu caso. Eu pago.

— Quando tiver algum tempo — disse Earl, sem notar que sua frieza fizera Ron corar.

— Que porra de filme eles estão exibindo hoje? — Earl perguntou. — É segunda-feira.

— Filme de terror — disse Tony. — Eu estou na lista, mas Ron não está.

Earl deu uma olhada em Ron com o canto do olho e se arrependeu por tê-lo evitado tão friamente. — Que tipo de coisa você quer saber sobre o seu caso?

— A principal coisa é que o juiz disse que vai me chamar novamente e modificar minha sentença dentro de um ou dois anos. Um cara no ônibus disse que o juiz perde a jurisdição e não pode fazer isso.

— Ele perdia a jurisdição, mas seis meses atrás uma corte de apelação determinou que, se ele o sentenciar com base na onze-meia-oito, pode solicitar relatórios e rever sua sentença.

— Foi por essa que ele me sentenciou.

— Que tipo de acusação?

— Posse de narcóticos para venda com um antecedente de maconha.

Earl deu um assobio sem som e olhou para Ron com mais atenção. — Dez anos à porra de perpétua, com mínimo de seis para ir ao comitê de condicional. É melhor você ter esperança que ele a modifique.

— Eu não sabia disso.

Quando atingiram o topo da escada, o som de música country e western dos alto-falantes se derramou sobre eles. A última fila de detentos estava entrando no refeitório e o guarda verificando os passes não era um dos que Earl podia influenciar.

— Vamos até o escritório do pátio. Nós conseguiremos um passe com aquela bichona. — Quando eles se aproximaram da porta do escritório do pátio, Earl tomou o cartão de identidade de Ron para pegar o seu número. Ele os deixou do lado de fora. Sem dizer nada a Big Rand, que estava balançando um barbante diante de um gatinho raquítico (um entre as centenas da prisão) que brincava com as patas dianteiras, Earl sentou-se e datilografou um passe; depois jogou-o sobre a mesa de Rand para ser assinado. O homem grande o ignorou e continuou brincando com o gatinho.

— Ei, você quer que eu jogue esse gato na baía? — disse Earl, sabendo que Rand só queria atenção.

Rand apanhou o passe. — Duas semanas atrás... Gibbs, lembra?

— Ah, cara, aquilo não foi nada.

— Não deu em nada, mas podia ter sido um balde cheio de merda.

— O que você acha... que eu deduraria você? Assine essa porra.

— Quem é esse babaca? — Rand reclinou-se em sua cadeira para poder observar por sobre a porta holandesa, olhando com desconfiança para Ron e Tony. Ele conhecia Tony Bork e não era esse o nome que estava no passe. Fez um sinal com o indicador e Earl curvou-se para a frente. — Você está tentando comer aquele garoto, não está? — Rand acusou.

— Você tem a mente mais suja que a destes condenados, Rand. Tem mesmo.

— Bem, quem é ele?

— Um bom irmão branco. Você vai assinar? Eu tenho assuntos a resolver. Quero ir até a cantina para me abastecer no caso de haver regime fechado durante aquela greve.

— Nós vamos liberar você caso...

Earl o interrompeu com uma das mãos levantada. — Ã-hã. Eu sou um detento. Se a cadeia está fechada, eu estou fechado.

— Eu vou providenciar para que você tenha algo para comer.

Earl não protestou, embora por um momento tenha ficado surpreso. Rand (e também Seeman) podia ser um selvagem com os prisioneiros de quem não gostava, especialmente os negros. Ele usava um medalhão com a suástica sob a camisa.

Rand assinou o passe vagarosamente, fazendo uma deliberada garatuja infantil, e depois entregou-o a Earl com um sorriso.

— Devia ter assinado eu mesmo — disse Earl, mas apanhou-o e saiu, entregando-o a Ron. — Eu vou acompanhar vocês. Vou arranjar alguma comida e revistas indecentes para o caso de eles fazerem aquela greve. Nós seremos trancados sem mais nada para fazer além de abusar sexualmente de nós mesmos, e eu esqueci qual é a aparência de uma dona.

Ron riu, exibindo bons dentes brancos.

Quando eles chegaram ao grande pátio, Earl demorou-se tempo suficiente para ter certeza de que o passe não seria questionado; depois seguiu em direção ao intenso aglomeramento do lado de fora da cantina. Outros também estavam fazendo seus estoques.

Meia hora antes do fechamento para a contagem principal, Earl entrou no grande pátio. Meia dúzia de membros da Irmandade, incluindo Paul, T.J., Bird e Baby Boy, estava reunida sob o sol da tarde perto da parede do pavilhão leste. Quando Earl caminhou até eles, T.J. se levantou e esfregou o crânio raspado.

— Onde está Bad Eye? — perguntou Earl.

— Recebendo visita. Você sabe que os pais dele amam o seu bebê. — A conversa era a respeito da greve. Ninguém achava que ela iria conseguir alguma coisa e Baby Boy estava com raiva porque gostava de trabalhar e iria para o comitê de condicional em duas semanas. Ainda assim, não havia a hipótese de eles quebrarem uma greve, mesmo sendo uma que os desagradava. — O... o que nós temos de fazer — disse Bird, um homem pequeno e de musculatura firme, com um grande nariz e uma disposição colérica — é pôr fogo na filha-da-puta. Eu me juntaria aos crioulos numa greve em que nós conseguíssemos alguma coisinha. Eles só falam em revolução...

— É — disse Baby Boy —, se eles querem voltar para a África ou para onde for, mandem os putos para lá.

— O pessoal de lá também não os quer — disse T.J. — Eu estava lendo...

— Trouxa! — disse alguém. — Pare de mentir. Você sabe que é analfabeto.

Earl varreu o pátio com os olhos. Estava começando a ficar povoado de prisioneiros tangidos do pátio inferior antes do fechamento. Perto da borda do telheiro ele viu Ron Decker conversando com um porto-riquenho cujo nome Earl não sabia — mas que conhecia como um cheirador de cola e falastrão causador de problemas. Dois membros do grupo do porto-riquenho estavam por perto. A conversa era acalorada, com Ron gesticulando e o porto-riquenho subitamente cutucando seu peito com o dedo. O jovem de boa aparência girou nos calcanhares e se afastou. Earl viu Tony esperando a alguma distância.

O apito soou e os detentos que pululavam começaram a formar filas. Earl foi de encontro à maré que se dirigia ao portão do pátio. Uma conferência a portas fechadas tomou lugar durante a contagem e Earl se trancou no banheiro e escutou. O diretor havia recebido informações dos dedos-duros (provavelmente em troca de uma transferência, pensou Earl) de que várias dezenas de prisioneiros, na maioria negros, planejavam se concentrar em volta do portão do grande pátio antes que ele se abrisse, sabendo que até os detentos que quisessem trabalhar teriam de cruzar tal linha. Os tenentes estavam recebendo instruções de Stoneface Bradley, o diretor adjunto de rosto marcado pela varíola. Pessoal extra estaria de serviço. Aqueles que haviam sido treinados para o esquadrão tático seriam mantidos na praça até serem necessários, e a patrulha rodoviária mandaria uma dúzia de atiradores de elite para reforçar o poder de fogo sobre os muros. Mas eles tentariam desarticular a greve antes que ela começasse, abrindo o portão do pátio uma hora mais cedo e conduzindo os condenados diretamente dos refeitórios para o trabalho ou para a extremidade do pátio mais distante do portão, para que eles não pudessem se reunir e formar um funil.

Tão logo a contagem acabou, Earl foi para o pátio e observou as fileiras que saíam dos pavilhões para o refeitório, até que viu um jovem negro esbelto com uma tez *café au lait*, que era membro dos Panteras Negras. Era uma certeza que ele estaria envolvido com os planos de greve, ou pelo menos saberia quem estava. Earl também sabia que o homem não era um fanático racial. Quando ele se aproximou, Earl acenou, caminhou em direção a ele e contou-lhe o que havia escutado. — Se é que vai servir para alguma coisa — concluiu. O negro agradeceu.

Quando ele se afastou, viu Tony Bork tendo seu cigarro aceso por outro prisioneiro que estava próximo. Earl fez um breve aceno e começou a se afastar, mas Tony o chamou com um gesto. O pátio estava escuro, exceto pelos holofotes, e os detentos fluíam por ele em rota para os pavilhões.

Quando Earl chegou perto, abaixando ligeiramente a cabeça porque era mais alto que Tony, o encanador pôs uma das mãos sobre o seu ombro. — Meu amigo — disse ele —, aquele que eu lhe apresentei hoje, está com problemas...

— Aposto que sim — disse Earl, suspirando. — Algum babaca de Sacramento devia levar um pé na bunda por mandá-lo para cá... entre os animais.

— Alguém o serviu numa bandeja para Psycho Mike...

— O porto-riquenho? — Earl interrompeu.

Tony balançou a cabeça. — O cheirador de cola, sim. E ele está armando para cima do cara. Fez alguns favores a ele, trapos legais etc., antes que Ron percebesse o golpe. O rapaz se tocou do que estava acontecendo e está tentando recuar, mas Psycho agora está recorrendo à força e ele tem aquela ganguezinha.

— Esse garoto, o Ron, é mulherzinha?

Tony sacudiu a cabeça. — Não, cara, mas você sabe como são as coisas. Ele não tem nenhum comparsa ou...

— E quanto a você? Está tentando traçá-lo?

— Você sabe que eu não curto essa merda. Eu gosto dele e estou tentando lhe dar apoio moral... mas parece que eu vou para o comitê muito em breve e tenho a condicional numa boa mira. Além disso, eu não sou um cara durão.

— Então você quer me botar no jogo, não é?

— Alguém vai pegá-lo, ou levá-lo a pedir custódia preventiva ou fazer com que ele mate alguém. Por que você não o livra dessa?

— Eu preciso de um garoto tanto quanto de um coração ruim. Um garoto bonito é uma passagem para a encrenca... e eu estou velho demais para correr atrás disso. Porra, faz dois anos que eu nem apronto contra Tommy the Face. Estou virando um idiota punheteiro.

— Ele é dez vezes mais esperto e mais classudo que os vagabundos daqui. Eu estava pensando naquele jovem loiro que os rapazes de Psycho Mike arrancaram do ônibus no ano passado — promoveram uma curra, fizeram-no tirar as sobrancelhas e depois o venderam para aquele velho pervertido. O garoto acabou na ala psiquiátrica.

— Que se foda. Não é da minha conta. Se um imbecil é fraco por aqui ele tem que dançar. Eu cheguei quando tinha dezoito anos e ninguém me fodeu. Eu sequer sorri durante dois anos.

— As coisas eram diferentes na época... um cara podia defender a si próprio. Não havia gangues naquele tempo. Ele não é um matador, mas também não é um covarde.

Earl sacudiu a cabeça e se recusou a continuar ouvindo, mas quando deu as costas sentiu os músculos de suas mandíbulas tensas ao lembrar o que Tony havia descrito. Criado em reformatórios, acostumado a lugares sem mulheres, Earl, como todos os outros com tais antecedentes, não era contrário a bichas e garotos bonitos. Depois de vários anos sem uma mulher, um substituto podia excitar com a mesma intensidade. Mas Earl era contrário à força e, ainda mais do que isso, abominava a prática de comprar e vender jovens rapazes, um fenômeno de anos recentes. Por um momento pensou em pedir a Ponchie (que ele conhecera por toda a vida), ou Grumpy, ou Bogus Pete, todos da poderosa Irmandade Chicana, para ferrar Psycho Mike. Não que isso fizesse algum bem; com Mike eliminado (isso era fácil), outros tomariam seu lugar.

— Que porra eu tenho a ver com isso? — Earl murmurou, vendo a figura de Paul trabalhando com uma vassoura numa valeta aberta que atravessava o pátio ensombrecido. Ele foi ver se Paul tinha notícia de alguma droga. Seria mais fácil atravessar o dia seguinte se estivesse tranqüilizado pela heroína.

Mais tarde naquela noite, enquanto o clac, clac, clac das celas sendo trancadas reverberava pelo pavilhão, Ron Decker estendeu-se no beliche superior de sua cela. Um cotovelo elevou seu tronco quando ele se deitou de lado, enquanto espalhadas à sua frente, como se fossem referências, estavam as cartas de Pamela, o cartão de Natal mandado por ela, um dicionário escolar surrado e uma fotografia dela tendo como pano de fundo um campo de flores silvestres cor-de-rosa. A última carta, em papel para correspondência amarelo-pálido com um toque de perfume, era estudada enquanto ele escrevia. Adorava as cartas dela, pois tinham um talento para o humor e as nuances e às vezes incluíam uma página de poesia evocativa. Às vezes as cartas faziam-no imaginar uma pessoa inteiramente distinta daquela de que lembrava, e ele rasurava a memória para responder à autora. Ron tinha dificuldade com a palavra escrita. Era adequadamente educado, mas carecia de experiência para transmitir pensamentos com a caneta. Escrevera mais desde a detenção do que em todos os anos anteriores da vida. Ele queria fazer de suas cartas um diário, e aquela em que estava trabalhando tentava transmitir o que ele via e experimentava. Descreveu o aspecto hediondo de San Quentin, mas não podia contar a ela sobre a violência e a paranóia generalizadas, nem sobre a expectativa da greve. Uma carta com informações perturbadoras podia ser devolvida pelos censores. Contou a ela que o comitê de classificação o havia designado para a fábrica de móveis e que teria de se apresentar pela manhã. Estava infeliz com a idéia de lixar verniz de cadeiras o dia todo, mas não havia nada que pudesse fazer a respeito no momento. Contou-lhe que tinha um companheiro de cela agradável, sem se estender no fato de que era uma bicha de quarenta e cinco anos. Escreveu-lhe que estava desiludido com as personalidades que encontrara, que havia esperado pelo menos alguém com inteligência, mas ali estavam os fracassos tolhidos do submundo, agressores, viciados de sarjeta, assaltantes de postos de gasolina e os que haviam cometido estupros e assassinatos estúpidos. Mestres do crime pareciam não existir. Queria contar a ela sobre os jovens criados nos reformatórios, que tinham suas psiques tão deformadas que as instituições penais e seus valores eram toda sua vida e cujo status fora construído sobre a violência. Queria contar-lhe sobre o racismo que ultrapassava o preconceito para se tornar obsessão — de ambos os lados — e como isso o estava afetando por ser objeto de ódio assassino simplesmente por ser branco. Tal coisa despertava como resposta o medo e a semente do ódio.

Nenhuma dessas coisas podia ser escrita, por isso ele finalmente assinou a carta. Estava pondo-a no envelope quando o sistema de alto-falantes disparou: "As luzes se apagarão em dez minutos!". Ele girou no beliche para que pudesse pôr a carta sobre as grades para a última coleta de correspondência. Depois saltou para o chão. Jan a Atriz, assim chamado porque vivera dez anos como mulher tempos atrás, estava com as per-

FÁBRICA DE ANIMAIS 71

nas cruzadas no beliche inferior, dedos esvoaçando e puxando o fio enquanto trabalhava numa manta que venderia por noventa dólares na loja de artesanato dos visitantes ou por cinco tabletes de ácido, vinte baseados ou dois papelotes de heroína, no pátio.

Ron deu um passo até o fundo da cela e apanhou sua escova de dentes, com os olhos fixando-se no reflexo do espelho. Era estranho ver seu cabelo tão curto e penteado para trás — mas sem repartir; alguém havia lhe dito que poderiam pensar que a repartição era coisa de maricas. Ele riu de tal ignorância mas seguiu o conselho.

Jan a Atriz puxou uma caixa de papelão de baixo do beliche e começou a depositar nela os utensílios de tricô. — Como está indo o problema com aquele Psycho Mike?

Ron cuspiu a espuma da pasta de dentes. — Tenso. Ele queria saber por que eu o estava evitando... e alguma coisa sobre dever a ele.

— Eu podia ter dito a você que ele não era boa coisa.

— Ele foi amigável no princípio... e eu não conhecia ninguém. Devia ter sabido.

— Que vai acontecer agora?

— Eu vou ficar longe dele.

— E se isso não funcionar? Ele tem amigos e isso pode se tornar sério.

Ron sacudiu a cabeça. Ele não estava com medo de Psycho Mike, não de verdade — e no entanto, de certa maneira, estava. E era humilhante estar preocupado com alguém tão estúpido. Que fosse ceder ao que Mike queria (ele se interrompeu antes de imaginar completamente aquilo) era impensável. Já sabia o que iria sofrer se fosse para a custódia preventiva e rejeitava essa idéia. Ele estava disposto a lutar se necessário, mas podia presumir quanto suas chances seriam pequenas contra um grupo. Se usasse uma faca — Tony havia lhe oferecido uma — isso estaria resolvido, mas ele recusou essa opção por dois motivos: isso significaria no mínimo uma negativa na modificação da sentença pelo juiz, e mesmo que saísse impune, a visão do aço penetrando a carne humana era revoltante. Quando terminou suas abluções, Jan estava à espera para usar a pia. A cela tinha menos de um metro e meio de largura e o espaço ao lado dos beliches era tão pequeno que eles ficaram peito a peito quando ele passou. Os dedos de Jan roçaram sua virilha e ele instintivamente puxou seu traseiro para trás. — Porra!

— Experimente, você vai gostar — disse a bicha, a paródia desgastada pelo tempo de um rosto feminino se contorceu com o sorriso e o desejo.

Ron saltou rapidamente para o beliche de cima, com as pernas balançando sobre a borda. — E isto é considerado um lugar para caras durões. Todos são depravados de alguma espécie. Uau!

Jan se voltara para o espelho, tentando fazer com que seu cabelo fino cobrisse uma porção do crânio. — Não, eles não são. Infelizmente.

— Juro que parecem ser.

— É só porque você é jovem, carne fresca.

Ron corou intensamente. Quando as luzes se apagaram (embora não estivesse realmente escuro porque a iluminação de fora do cárcere lançava para dentro uma luminosidade quadriculada pelas grades), Ron pôde ver a escuridão da baía depois do pavilhão, e além da escuridão cintilavam as luzes das colinas de Richmond. Era um insulto pôr a feiúra de uma prisão num cenário tão belo. Isso ampliava o tormento de ser um morto caminhando em meio a tanta vida. Ocorreu-lhe outro pensamento e ele esticou a cabeça por sobre a borda do beliche, onde podia ver a palidez sem feições do rosto de Jan.

— Diga-me, eu estava pensando em pedir para um certo cara olhar meu caso hoje... um cara mais velho com a cabeça raspada, Earl Copen. Sabe alguma coisa dele?

O risinho de Jan foi imediato. — Se eu conheço Earl Copen? Querido, ele foi meu companheiro de cela anos e anos atrás, quando eu cheguei aqui. Por poucas semanas. Ele me arrombou.

— Arrombou você. Ele também, argh.

— Ah, ele é só mais um detento. Ele esperou até que as luzes se apagassem e...

— Poupe-me dos detalhes.

— Você não está interessado na minha vida amorosa?

— Não particularmente.

— Earl era só um garoto na época. Ele próprio estava só a um passo de vantagem dos lobos, mas era um selvagem filho-da-puta. Stoneface, o diretor adjunto, era tenente naquele tempo, e eu lembro que Earl virou a mesa em cima dele e passou um ano no buraco. E lembro de algum lobo de olho nele com aquele olhar...

— Eu conheço o olhar.

— Earl perguntou o que ele estava olhando... e o cara disse "Eu quero comer você". Earl disse que acabaria com a raça dele se tentasse. O cara era um lutador peso meio-pesado e Earl era magrelo como você. Eles ficaram de se encontrar atrás do bloco depois do café-da-manhã. Quando o cara entrou, Earl estava no quinto andar com um grande balde de água, do tipo que o zelador do passadiço usa para encher os galões. Isso pesa cerca de trinta quilos quando está cheio. Não sei se estava. Earl o deixou cair, e ele teria feito a cabeça do cara sair pelo cu se tivesse acertado em cheio, mas passou por um triz e espatifou o tornozelo dele. Desceu correndo as escadas com um martelo de carpinteiro para finalizar o serviço, mas aquele babaca conseguiu escapar, com o tornozelo quebrado e tudo. Ele ficou com medo de sair do hospital. Earl podia tê-lo fodido na época.

— Ele não me causou essa impressão... de ser louco e tudo o mais.

— Ah, ele é gente boa. Eu converso com ele. É inteligente e parece cansado. Quando você chega na metade da casa dos trinta, tende a se acalmar. Isso é ser velho para um detento. Ele está farto de cumprir pena.

— Eu o vi encostado numa parede com alguns jovens. É a gangue dele?

— Provavelmente parte da Irmandade Branca. Ela não é uma gangue... não a gangue de alguém. Eles não vêem nem Deus como chefe. Eu vi uma porção de homens perigosos aqui, mas nunca uma penca deles reunida numa gangue.

— E quanto à Irmandade Mexicana?

— É a mesma coisa. Talvez pior. Estão em maior número. Mas eles se dão bem com os amigos de Earl. Aqueles garotos — diabos, alguns deles têm quase trinta — adoram Earl. Paul, também.

— Quem é Paul?

— O cara de cabelos brancos, parece ter uns cinqüenta.

— Eu não o vi. — Quando girou o corpo e pressionou a cabeça contra o travesseiro, Ron decidiu manter-se afastado de Earl Copen. Advogados de cadeia existiam em abundância. Earl era imprevisível demais. Tudo o que eu preciso é de um relatório disciplinar grave, pensou ele. O juiz jogará as chaves para longe.

CAPÍTULO **5**

Quando o toque de alvorada acordou Ron, o terreno do lado de fora das janelas do pavilhão estava coberto de neblina. A borda da praia, a vinte metros de distância, estava totalmente invisível. A neblina não avançava sobre os pavilhões até o grande pátio, mas o pátio de recreação inferior estava encoberto. A área da fábrica ficava além do muro do pátio de recreação inferior; tinha seu próprio muro.

Ron se vestiu e lavou-se em silêncio, pois Jan nunca se levantava antes da liberação das 8h30, chegando ao trabalho com meia hora de atraso. Ele era funcionário do supervisor educacional, que chegava às nove, por isso ninguém comentava. Tony Bork também não tomava café-da-manhã, por isso Ron parou ao lado das grades e esperou para comer sozinho, pensando nos rumores da greve, imaginando se um piquete seria organizado, que fecharia o pátio inferior para todos.

O refeitório estava anormalmente tranqüilo, o costumeiro rugir de vozes tornou-se um zumbido baixo, exagerando o tilintar dos talheres contra as bandejas de aço. Parecia que

FÁBRICA DE ANIMAIS 77

menos homens que o normal estavam comendo. O corredor de Ron estava entre os últimos a sentar.

Ron engoliu sua comida, despejou sua bandeja e caminhou para dentro da fria luz cinzenta da manhã. Uma fileira de guardas esperava logo depois da porta do refeitório, com os cassetetes na mão. Empoleirados na passarela de vigia sobre o portão do pátio estavam um guarda e um patrulheiro rodoviário, um deles com uma arma de efeito moral, o outro com um lançador de granadas de gás lacrimogêneo. Ron parou, surpreso. — Trabalhadores das fábricas, desçam a escada — falou um sargento alto, mexendo a cabeça para indicar o portão aberto. — Todos os demais atravessem o pátio.

Em menos de cinco batimentos cardíacos, os olhos de Ron planaram até o outro lado do pátio, onde quase dois mil detentos esperavam. A multidão dividiu-se em forma de L no ponto onde os pavilhões leste e norte se encontravam. Os negros estavam, como de costume, ao longo da parede do pavilhão norte. Ron não sabia se deveria atravessar o portão ou juntar-se ao aglomeramento. Uma das opções podia fazer dele um fura-greve e provocar a retaliação de outros detentos; a outra podia colocá-lo em embaraço com os oficiais.

— Siga em frente — disse-lhe um guarda, e naquele momento três prisioneiros saíram do refeitório atrás dele e viraram sem hesitar para atravessar o portão. A saída deles não provocou zombaria ou vaias da multidão, por isso ele abaixou a cabeça e os seguiu.

A neblina o encontrou na escada. As figuras à sua frente tornaram-se vagos perfis e desapareceram simultaneamente. Ele não conseguia ver os muros da prisão. Seguiu a estrada que contornava o pátio inferior; o portão da área industrial ficava a quatrocentos metros de distância. Nenhum guarda estava à vista; mesmo em dias ensolarados, quando não havia encrenca, no portão havia vários deles.

Então ele se virou e seguiu a estrada pela base do muro, sentindo-se estranho na paisagem cega. Dois detentos apareceram, marchando em sua direção, com seus gorros puxados sobre os ouvidos e as mãos enfiadas nos bolsos.

— Ei, irmão branco — disse um deles quando o alcançaram —, você pode voltar. Os crioulos bloquearam este portão. Ou outro riu, o crocitar de um corvo, exibindo espaços onde deviam estar os dentes. — Os porcos malditos foram espertos e abriram o portão do pátio mais cedo. Os macacos foram mais espertos e bloquearam este portão. Com essa merda de neblina, pior para os porcos.

— Ninguém está indo trabalhar? — Ron perguntou.

— Eles tão esperando lá a uns cem metros, aguardando pra ver o que acontece. As pessoas bloqueando o portão estão mais pra frente.

— Acho que vou ver.

— Eu aprendi a ficar longe de pontos quentes. Alguma merda é capaz de respingar por lá. Eu quero ficar sem isso.

— Não fique muito tempo. Stoneface vai ficar puto como um árabe. Vai querer matar alguém, e os detentos têm todos a mesma cor para ele.

— É a cor da merda — disse o seu amigo, e eles se retiraram pela neblina em direção ao grande pátio.

Curiosidade e excitação salpicadas de medo se apoderaram de Ron quando ele prosseguiu até a retaguarda da multidão. A distância ele ouviu uma voz com sotaque negro gritando: — Eles podem me matar! Eu não sou um cão de merda!

Ron deu alguns passos para a esquerda, onde uma cerca margeava o outro lado da estrada que partia do muro. Havia espaço para se espremer por ali e ele o fez, indo até a frente, a dez metros de distância.

No lado oposto à multidão havia um grupo de cerca de cinqüenta, reunido como uma malha fina. A maioria dos rostos era negra, mas havia alguns poucos brancos ali. Alguns dos grevistas tinham tacos de beisebol e pedaços de cano. Um negro atarracado estava à frente dos grevistas, exortando os trabalhadores: — O que vocês vão fazer? Venham para cá. Nós estamos todos juntos. Não tenham medo!

Um prisioneiro branco ao lado de Ron sacudiu a cabeça. — Eu iria para lá se não fossem todos negros. Os putos dos meus parceiros cairiam em cima de mim se eu fizesse isso.

FÁBRICA DE ANIMAIS 79

Ron correu os olhos pelo topo do muro. Um único guarda vestindo um sobretudo se erguia numa silhueta, com seu rifle pendurado como um falo em meia-bomba. Os diretores saberiam o que estava acontecendo? O que iriam fazer?

O frio era insidioso. Por não haver vento, não era cortante; em vez disso, corroía lentamente como um ácido. Ron começou a tremer e bater os dentes. Ele desejou que alguma coisa acontecesse, imaginando se deveria marchar de volta para o pátio. Um movimento tumultuoso no agrupamento de trabalhadores fez com que ficasse na ponta dos pés e esticasse o pescoço. Um chicano gorducho de meia-idade estava abrindo caminho com um cartão amarelo levantado acima da cabeça. Ele caminhava de maneira resoluta em direção aos grevistas. O cartão amarelo era um documento de controle que tinha de ser assinado por seu supervisor antes que ele pudesse deixar a prisão sob condicional. — *Yo vaya... la lebere esta mañana.*

A linha de frente dos grevistas se abriu como lábios para engolir o homem sem protestar, mas um momento depois as vísceras se agitaram e trituraram, e Ron ouviu o bater de golpes e um grito gorgolejante. Sua excitação desmoronou, substituída pelo horror. — Meu Deus, eles o estão... matando. — Ele lutou para conter a náusea.

— Ele devia ter esperado — disse o prisioneiro ao lado de Ron. — Eu teria esperado. Agora ele vai sair pelos fundos... num caixão.

A multidão em torno de Ron subitamente se comprimiu contra ele, dividida por alguma força que não podia ver. Então ele viu. Homens de capacete com máscaras de plexiglas abriam caminho, brandindo longos cassetetes. Um homem caiu. Não era um grevistas, mas o sangue esguichou de sua cabeça enquanto ele lançava as pernas para o alto. Os guardas estavam em formação.

O jovem detento ao lado de Ron saltou para a cerca. Ron foi atirado contra ela. Ele lutou, virou-se, enfiou os dedos nas malhas do aramado e escalou. O campo de beisebol ficava do outro lado. A neblina proporcionava um tipo de esconderijo.

A cela de Earl no quinto pavimento era um poleiro com vista para o pátio. Pouco antes das oito da manhã ele olhou para fora. A horda de detentos encostados nas paredes do pavilhão estava parada em silêncio. Ele avistou seus amigos a meio caminho. Eles haviam se reunido no momento de um possível distúrbio, mas parecia que aquela turbulência havia passado. Earl pôs seu casaco e suas luvas e saiu da cela. Quando passou pela rotunda encontrou outros homens, mais tímidos, entrando. Mas Earl havia observado e aquilo parecia seguro. Ele correu os olhos pela passarela de vigilância. Meia dúzia de guardas estava ali, portando suas armas casualmente a não ser por um sargento — um halterofilista com uma submetralhadora Thompson cruzada sobre o peito.

Earl caminhou pela retaguarda da multidão até que viu os cabelos vermelhos de Baby Boy. Então abriu caminho até onde seus amigos estavam.

Todos os outros detentos estavam silenciosamente sérios, mas o bando sorria e gargalhava, vivendo em meio à ameaça do caos, que Paul estava reduzindo ao absurdo.

— Tudo o que eles querem é uma puta branca e um Cadillac. Isso é bem razoável depois de tudo que os brancos fizeram com eles... veja aquele porco. — Ele apontou para o guarda rechonchudo de bochechas rosadas encarando a multidão a quinze metros de distância. O guarda não conseguia decidir como segurar seu cassetete: ao seu lado, atravessado sobre o peito, atrás de suas pernas, com uma ou ambas as mãos — e ficava olhando nervosamente para a cobertura protetora do atirador. — O idiota não sabe se se caga ou se tapa os olhos — alguém acrescentou.

Bad Eye chamou a atenção de Earl e levou dois dedos à boca, pedindo um cigarro. Earl começou a procurar em seu bolso quando o anúncio flatulento de um rifle ecoou, seguido de uma arma de som mais oco, uma escopeta ou um lançador de gás lacrimogêneo usando carga de escopeta. Os dois mil homens no pátio caíram imediatamente num silêncio absoluto, congelados, como se seus corações disparassem para um

FÁBRICA DE ANIMAIS 81

batimento mais rápido e a atmosfera pulsasse com a tensão. O guarda gorducho recuou um passo e os atiradores sacudiram sua descontração.

Até mesmo Paul ficou em silêncio.

Uma figura veio abrindo caminho pelo portão, mudou bruscamente o passo para uma caminhada e tentou absurdamente parecer relaxado. Os guardas começaram a se aproximar dele, mas então vieram outros e eles os deixaram atravessar. Dois negros saíram da neblina, um conduzindo o outro, cuja mão segurava um trapo encharcado de sangue sobre a testa. Eles viraram à esquerda, dirigindo-se aos seus irmãos. Dois guardas foram impedi-los, mas um maciço lamento espontâneo que se transformou num rugido os deteve — uma muralha sonora. E, como hesitaram, a multidão de negros se adiantou, envolvendo os recém-chegados enquanto os guardas recuavam. Os atiradores apoiaram as armas sobre os ombros, apertando os olhos nas miras, mas os negros pararam.

O coração de Earl disparou como as asas de um pássaro. Corpos se agitaram de encontro a ele, impedindo sua visão. Ele viu alguns brancos e chicanos correrem do portão para o aglomeramento e segundos depois chegou a notícia de que um chicano havia sido pisoteado até a morte pelos negros.

A multidão dividida por raças agora se afastava, como organismos que se repelem mutuamente. Earl quase caiu, mas T.J. agarrou seu cinto e o manteve ereto. O som de vozes era semelhante ao mugir de uma manada antes de um estouro.

Momentos depois o combustível derramado da loucura se incendiou. Um bum soou de um lançador de gás lacrimogêneo, e a granada descreveu um arco descendente até o espaço entre as turbas, afastando-as ainda mais quando explodiu, girando e rodopiando enquanto expelia sua fumaça ameaçadora. Novamente Earl foi fustigado e teve de lutar para manter o equilíbrio. Era como pelejar para manter a cabeça acima d'água num mar tempestuoso. As partículas atingiram seus olhos e um fluido começou a correr deles e de seu nariz. — Filhos-a-puta... idiotas — ele xingava em silêncio.

Como bestas irracionais movidas sem um propósito, os mil

e duzentos prisioneiros chicanos e brancos descreveram uma curva em sentido horário, de modo que se encontraram encostados à parede do refeitório. Deslocados da parede do pavilhão norte pelo gás lacrimogêneo, os negros estavam onde os brancos estiveram, ao longo do pavilhão leste. Os dois grupos, mil e duzentos brancos e oitocentos negros, encaravam um ao outro pelos duzentos e trinta metros de espaço aberto. Uma centena de prisioneiros foi comprimida contra o portão do pavilhão norte, tentando inutilmente ficar longe de encrenca.

— Recolher! Recolher! Toque de recolher! — disparou o alto-falante.

— Abram a porra dos portões — disse alguém perto de Earl. Ambos os lados estavam agora dispersos. Os amigos de Earl colaram-se uns aos outros, e seu medo tornou-se fúria. Ele tinha certeza de que os oficiais haviam deliberadamente transformado uma greve num confronto racial.

Uma das janelas do refeitório foi quebrada. Depois outra. Homens berravam em furor. Pilhas de bandejas de aço inoxidável estavam sendo passadas para as mãos erguidas de brancos e chicanos. Depois vieram outras coisas que serviriam como armas — espremedores de esfregão, peças da máquina de lavar louça, pesadas conchas de madeira usadas nos barris da cozinha.

Do outro lado do pátio os negros estavam despedaçando bancos para conseguir grandes lascas de madeira. Earl não fez nada, sabendo que os grupos nunca chegariam um ao outro atravessando a terra de ninguém. Os rifles e submetralhadoras erigiriam uma intransponível barreira de morte.

Um detento deu um encontrão em Earl para saltar até a janela e pegar algo. Ele aterrissou no pé de Earl quando caiu.

— Imbecil! — vociferou Earl, batendo com as palmas das mãos no peito do homem e jogando-o para trás. O detento chocou-se com alguém atrás dele e se livrou de cair. Seu rosto já estava contorcido de raiva pelos negros. O palavrão que dirigiu a Earl foi abafado pela multidão agitada e aos berros, quando ele se retesou para dar o bote. Earl deu um passo para trás, levantando um dos braços, com a intenção de atacar por

FÁBRICA DE ANIMAIS 83

sob o golpe se pudesse. Queria ter uma faca. O detento avançou sem ver T.J., tampouco Earl o viu até que o poderoso halterofilista brandiu uma bandeja de aço em cheio como se fosse um bastão de beisebol. O homem investiu de encontro a ela, e os pés prosseguiram enquanto a bandeja encobria o seu rosto. Seus ombros atingiram o chão primeiro e demorou alguns segundos antes que o sangue saísse de sua carne esmagada. Suas pernas tremiam em espasmos.

Bad Eye apareceu de algum lugar e plantou uma botina com biqueira de aço contra a cabeça do homem, num golpe tão duro quanto era capaz de desferir. T.J. lhe fez a louvação de um tapinha nas costas.

O tumulto tornou impossível conversar, mas eles abriram caminho por entre a multidão em direção aos outros membros da Irmandade, a alguns metros de distância, deixando a figura supina para ser pisoteada — ou para morrer, não fazia diferença.

As duas turbas gritavam uma contra a outra, brandindo armas improvisadas.

Bad Eye colocou as mãos em concha no ouvido de Earl. — Nós vamos pegar os negros filhos-da-puta desta vez. Eles só têm alguns bastões.

Earl não disse nada, mas olhou novamente para os atiradores. Ambas as turbas começaram a avançar uma contra a outra e a submetralhadora disparou três rajadas curtas, arrancando nacos de asfalto como em pontos de costura. Depois os rifles deram uma saraivada. Balas varreram a área aberta e as turbas estacaram e recuaram. A artilharia silenciou os gritos.

Um negro se contorcia no chão. Obviamente um guarda havia atirado contra a multidão e não à frente dela. O negro segurava sua coxa e tentava se levantar. Dois negros começaram a se adiantar para ajudá-lo, mas uma bala silvou sobre suas cabeças para obrigá-los a recuar.

Parte da histeria fora drenada. Olhos vidrados começaram a se espremer e a loucura deu lugar a perguntas sobre o que fazer, o que estava para acontecer.

— Atenção no pátio! Todos os presos ao lado do refeitório se dirigirão para o pátio inferior.

O brado desafiador em resposta foi uma sombra de poucos minutos antes. Alguns homens gritaram e agitaram seus punhos, mas teriam feito o mesmo se lhes tivessem dito para permanecer imóveis ou ir para casa. As bombas de gás lacrimogêneo voaram sobre eles, pousando sob a marquise além da periferia da multidão. O gás fez com que os detentos se chocassem uns contra os outros, lançando uma reverberação através da turba e comprimindo os corpos novamente. A rota de fuga atravessava o portão. Eles não podiam seguir pela estrada porque o esquadrão tático, usando viseiras, estava à espera com bastões e cassetetes, por isso se precipitaram escada abaixo, alguns caindo até que outro corpo os detivesse.

Foram arrebanhados como gado para dentro da neblina que ficava mais rala. Tudo era cinzento sob o céu sem luz; os muros pareciam suaves na neblina, delineados por silhuetas sem face portando rifles. O pátio inferior era grande e os detentos se espalharam como água numa superfície plana. Todos procuravam por um amigo, sentindo que aquela era uma situação perigosa, pois não havia guardas no terreno e os que estavam sobre os muros encontravam-se longe demais para ver o que estava acontecendo. Era uma chance de acertar velhos rancores. A lei da brutalidade fora substituída pela ausência total de lei.

A Irmandade se reuniu perto da parede da lavanderia da prisão. Ou pelo menos a maior parte dela, cerca de trinta homens, todos mais jovens que Earl e Paul, mas todos com rostos enrugados e amargos e olhares duros. A maioria era perigosa, embora alguns fingissem, usando a Irmandade como proteção. Aqueles que contavam entre eles respeitavam e escutavam Earl e Paul tanto quanto a qualquer outro. Eles tinham de dar ouvido a T.J. e Bad Eye.

A temperatura estava congelante. Como não havia vento, levou algum tempo para que o frio penetrasse, mas logo os detentos estavam batendo os pés, tentando se manter aquecidos, e vapor saía de suas bocas e narinas. Fracamente, eles ouviram os alto-falantes no grande pátio ordenarem que os negros entrassem para os pavilhões para o toque de recolher.

— Típica merda — disse alguém. — Deixar os negros entrar enquanto nós congelamos nossos rabos aqui fora.

— Poorra! — disse Paul. — Quanto você aposta como os porcos cascas-grossas não estão moendo os miolos deles a porradas?

— Os porcos têm medo deles — disse Bad Eye.

— É daí que vem o ódio, baby — do medo.

— E da malícia dos brancos — falou Earl com amargura, pensando em como os oficiais haviam transformado uma greve contra eles num confronto racial pelo simples expediente de separar os dois grupos e deixar que a natureza seguisse seu curso.

— Eles que se fodam — disse Bad Eye. — Eu odeio crioulos e porcos... mas os porcos não estão ameaçando me matar só por andar por aí, e os crioulos estão...

— O garoto marcou um tento — disse Paul. — Você é mesmo um jovem filho-da-puta sabido — disse ele, agarrando o braço de Bad Eye e sacudindo-o jocosamente. — Como você ficou tão esperto?

Earl era incapaz de discutir com Bad Eye. Era impossível não ser racista — qualquer que fosse sua cor — onde negros e brancos assassinavam uns aos outros indiscriminadamente. Ainda assim, sentia desgosto pelas manchetes do dia seguinte, que gritariam "Tumulto racial em San Quentin". Nenhuma palavra seria impressa sobre o protesto contra as condições do local. Ele acendeu um cigarro, curvou os ombros e fixou o olhar no lado oposto do cânion do pátio.

Revoadas de gaivotas mergulhavam, pairavam e descreviam círculos sobre suas cabeças, emitindo gritos agudos. Os mil e duzentos prisioneiros tiritantes agora estavam calados, espalhados pelo campo de beisebol, a maioria deles na área esquerda, o ponto mais distante do muro com os homens armados. A lavanderia onde o grupo de Earl se encontrava ficava na área mais central do campo. O edifício os escondia do outro muro. Mais guardas com armas aceleravam o passo no horizonte. Talvez três dúzias estivessem posicionados para um tiro limpo.

Alguns detentos haviam puxado os bancos da guarita da terceira base e estavam acendendo uma fogueira.

Earl viu Ronald Decker em pé, com Tony Bork, atrás da segunda base. As mãos do jovem estavam enfiadas nos bolsos e ele pulava para cima e para baixo para ativar a circulação. Vinte metros atrás dele, aparentemente despercebido, estava Psycho Mike e três de seus cúmplices mal-encarados. Eles estavam de cócoras, levando até suas bocas trapos apertados nas mãos — cola de sapateiro, Earl sabia — e olhando na direção de Ron. Earl percebeu o que estavam pensando. Estavam criando coragem para um ataque.

Num impulso repentino, Earl se afastou da parede da lavanderia e caminhou até Ron e Tony, que o viu chegando e avisou o jovem. Ron tinha olhos cândidos e bem abertos; não tentava parecer durão como tantos jovens no presídio, como o próprio Earl havia feito no seu tempo. Enquanto se aproximava, olhou para além deles, pousando o olhar inexpressivamente em Psycho Mike; mas a combinação do olhar e de sua atitude entregou a mensagem. — Vamos até a lavanderia — disse a Tony. — É mais quente.

Tony olhou para Ron, que deu de ombros. Quando começaram a se dirigir para a lavanderia, Earl olhou por cima do ombro para os cheiradores de cola, inclinando a cabeça para o lado e projetando o queixo desafiadoramente.

O bando de jovens detentos durões olhou o recém-chegado; eles teriam erguido uma sobrancelha caso tal expressão não estivesse fora de seu repertório. — Não seja tão cruel, Earl — disse um deles, com a voz irreconhecível, fazendo Earl corar e alguns outros rirem. Ele não queria embaraçar o jovem, mas Ron aparentemente não havia captado a insinuação.

— Ninguém iria acreditar nisso — falou Ron.

— Ninguém se importa.

— Eles mataram aquele homem... chutaram ele até a morte... por nada.

— Ele foi um maldito otário por tentar cruzar uma linha de piquete com crioulos enfurecidos.

Ron sacudiu a cabeça. Ele tremia e tinha as mãos enfiadas

nos braços. — Quanto tempo vão nos manter aqui?

— Só Deus sabe. Estão pensando a respeito — e Earl estava pensando que Ron era bonito. — Você estava aqui?

Ron contou o que tinha visto, como se o ato de descrever pudesse apagar parte do horror que ainda estava dentro dele. Earl escutou, apreciando a precisão e a economia das palavras de Ron, sem as costumeiras obscenidades dos detentos a cada poucas sílabas. O modo de falar indicava uma mente aguçada e lógica.

Simultaneamente, Earl observou Psycho Mike e sua gangue, mas eles tinham ido para onde um agrupamento havia se reunido ao lado do fogo e olhavam na direção da lavanderia.

— Isto é realmente um estudo sobre a estupidez — disse Ron.

— O quê?

— As raças caindo umas sobre as gargantas das outras, dando aos guardas uma desculpa para praticar tiro ao alvo.

— Eu tinha quase o mesmo pensamento... mas não é tão simples, tão preto no branco, para fazer um trocadilho infame. É algo que ninguém consegue controlar... e ninguém pode deixar de se envolver. Eu explicarei para você algum dia... o que eu penso.

Baby Boy aproximou-se de Earl. — Ei, mano — disse ele —, olhe aquela parada. Os rapazes de Ponchie vão detonar alguém.

— Ele apontou para o campo onde um chicano alto e pálido passava sorrateiramente pela multidão desordenada em direção ao denso grupo em volta do fogo. Seu boné estava puxado para baixo, seu colarinho erguido e ele se movia de modo furtivo. Flanqueando-o havia outros dois. O trio estava obviamente à caça de alguém.

— Talvez a gente deva ver se eles precisam de uma mãozinha — disse Bad Eye. — São nossos aliados.

— Eles não precisam de ajuda nenhuma — falou T.J.

Ron sentiu a tensão elevada e olhou na mesma direção, para o grupo em volta do fogo, tentando reconhecer quem estava para ser atacado.

— Aposto que vão pegar o Shadow — disse Earl, tocando o

braço de Ron. — Aquele cara alto e magro usando calças brancas. Ele os sacaneou por dinheiro... deu um passo em falso. Eles estavam armando para agarrá-lo.

O chicano do meio, com boné, mantendo a cabeça abaixada para esconder o rosto, parou a três metros das costas da vítima, puxou uma longa faca de baixo de sua camisa e avançou correndo na ponta dos pés. Três passos e a arma desceu, enterrada até o cabo nas costas do homem. Ron grunhiu involuntariamente, como se tivesse sentido o golpe. A vítima foi impulsionada para a frente e para o meio do fogo, com as mãos estendidas por reflexo para interromper a queda. Os dois homens na retaguarda olhavam em volta, com as mãos por dentro das camisas. O agressor girou o corpo para se afastar no momento em que deu o golpe, começando a andar com indiferença, como se estivesse passeando, mas dirigindo-se à lavanderia. Ron perdeu-o de vista, olhando para o homem que lutava para sair das chamas e das brasas quentes, com o cabo da faca envolvido em fita adesiva projetando-se do meio de suas omoplatas.

Os homens em volta do fogo haviam se retirado, evitando encrenca.

Ron esperou que o homem caísse. Tinha de estar morto. Mas ele se levantou, começou a andar em círculo, uma das mãos tateando inutilmente para alcançar o que estava em suas costas. Então ele subitamente começou a se afastar, para fora da área do diamante do campo de beisebol em direção à escada e ao hospital.

— Uggggh — grunhiu Earl. — Essa foi a coisa mais repugnante que eu já vi. Ele estava com uma lâmina de trinta centímetros dentro dele.

O homem que havia dado a punhalada passou pela Irmandade, sorriu, fez uma saudação com o punho fechado e seguiu em frente. Ron viu uma gangue de chicanos mais afastada ao longo da parede da lavanderia, à espera de seus comparsas.

— Essa não foi a maneira certa de cobrar — disse Ron sarcasticamente. — Ele não pode pagar no necrotério.

— Ele não pode pagar de modo algum. Está quebrado. E

aqui não há juizado de pequenas causas, então isso foi uma lição para os outros.

Ron não disse nada.

Um sol pálido insinuou-se através da cobertura de nuvens sem elevar perceptivelmente a temperatura. Agora três fogueiras estavam ardendo. Alguns membros do bando queriam invadir a lavanderia para se aquecer ou achar combustível para que pudessem começar seu próprio fogo.

Stoneface foi até o muro, com um megafone a pilha na mão. — Atenção no pátio inferior! Todos os prisioneiros entrarão em fila no gramado da esquerda...

Um indiferente arremedo de comemoração foi a resposta. Os homens estavam interpretando seus papéis, sua fúria ardente havia muito esfriara. Estavam prontos para ir para suas celas — e muitos se alvoroçaram para obedecer à ordem.

Não tiveram chance. Stoneface fez um sinal. Sem aviso, os rifles e escopetas começaram a disparar e as balas caíram como uma chuva. O chumbo das escopetas extraiu retalhos do gramado. Alguns homens foram derrubados, como se recebessem o tapa de um punho invisível, e outros mergulharam para o solo ainda que este não oferecesse nenhuma proteção.

Uma janela acima da cabeça de Ron se desintegrou e um chocalhar como o de um punhado de pedregulhos veio das imediações. Ele se viu deitado sobre o pavimento, e Earl entoava: — Merda, merda, merda...

A artilharia ecoou nas paredes. Parecia se prolongar para sempre, mas na verdade durou apenas trinta segundos. Quando parou, o silêncio exacerbava os lamentos dos feridos e os gritos de gaivotas frenéticas se debatendo por um céu de algodão.

Todos os detentos à exceção de um tinham os rostos virados para o solo, e a exceção corria encurvada segurando a barriga no ponto onde havia sido baleada.

Stoneface ergueu o megafone: — Vocês têm trinta segundos para formar filas no gramado do campo externo.

Nenhum grito de desafio respondeu à ordem; os homens se

apressavam, mas entre dentes eles maldiziam, e seus olhos estavam tomados de um ódio amargo. O esquadrão tático, os patrulheiros rodoviários e outros guardas estavam a postos. Eles portavam cassetetes, porretes, escopetas e latas de spray irritante. Enquanto se fechavam em volta dos detentos, Stoneface falou novamente, ordenando que se despissem até ficar de cuecas. Todos obedeceram; a escolha era isso ou mais balas. Uma dúzia de homens ainda jazia sobre a grama e o pó, alguns se mexendo, outros não. Um deles perdera a parte de trás da cabeça. As gaivotas mergulhavam para catar o que havia espirrado de seu crânio.

Agora os detentos eram conduzidos escada acima numa fila — ou numa corrente caótica. Era um estouro guiado de corpos seminus. Guardas e patrulheiros estavam nos flancos, golpeando com bastões e cabos de escopeta. Os guardas, antes aterrorizados pela besta coletiva, agora davam vazão ao ódio engendrado por aquele terror. Muitos que normalmente eram decentes tornaram-se brutais. Alguns detentos que vacilaram foram imediatamente atacados.

Earl perdeu-se de seus amigos e de seus sentidos. Ele lutava para manter os pés firmes e se impulsionar para a frente. Uma vez ele escorregou e caiu de joelhos na escada e a coronha da escopeta de um patrulheiro rodoviário se chocou contra sua espinha, fazendo-o gritar involuntariamente e impulsionando-o para cima apesar da dor. Queria lutar, mas isso não valia as conseqüências.

Nos pavilhões os homens subiam as escadas correndo em fila indiana até os passadiços. A polícia brandia bastões enquanto eles passavam. Quando um caiu, foi surrado por vacilar.

Earl entrou em sua cela e caiu no beliche, ofegante e suado. Depois de alguns minutos começou a rir. — Isso quebrou para caralho a monotonia — disse ele, rindo novamente.

Uma hora mais tarde as estações de rádio de San Francisco davam boletins de notícias que os detentos podiam escutar com seus fones de ouvido. Oficiais comunicavam que quatro prisioneiros haviam sido executados e dezenove feridos em uma altercação racial entre detentos brancos neonazistas e militantes negros. A situação agora estava sob controle com todos os prisioneiros em suas celas. Os cabeças estavam sendo isolados e haveria uma investigação.

Durante toda a tarde e o anoitecer, Earl ouviu grades de segurança sendo erguidas e portas de celas sendo destrancadas, e depois o som abafado de golpes e corpos caindo. Às vezes apelos de "Chega" ou guardas gritando "Crioulo encrenqueiro babaca... você é durão mesmo?"... E mais golpes.

Cem homens foram arrebanhados, três quartos deles negros. Alguns foram para o Centro de Ajustamento, outros para a segregação na seção "B". Os duzentos prisioneiros que já estavam na seção "B" ouviram os espancamentos e ficaram possessos, espatifando latrinas com o expediente de acender fogo sob a porcelana e chutá-la; as latrinas desmoronavam. Eles atiravam os cacos pelas grades. Queimaram colchões e arrancaram os catres de seus rebites nas paredes. Uma jovem dama e seu valete que estavam em celas adjacentes usaram os catres para escavar através dos doze centímetros de concreto que os separavam. Os guardas não podiam percorrer os corredores para a contagem porque os presos atiravam jarras contra as grades, espalhando cacos de vidro. Mangueiras e gás lacrimogêneo foram dirigidos contra eles — a seção "B" era uma massa de colchões queimados e encharcados, camas quebradas, janelas estilhaçadas, pintura chamuscada, latrinas fragmentadas e prisioneiros lamentavelmente molhados. Somente a dama e seu valete estavam felizes.

Nenhum alimento foi servido no primeiro dia. No final da tarde seguinte, dois sanduíches frios foram distribuídos para cada homem. Isso continuou por mais dois dias e depois os prisioneiros foram liberados para refeições "controladas" duas vezes ao dia, cinqüenta homens de cada vez, sob os olhos vigilantes de muitos guardas. Detentos negros e brancos olhavam uns aos outros com todos os sentimentos possíveis exceto a afeição, mas a segurança era rígida demais para qualquer incidente.

Na manhã seguinte alguns detentos designados para funções-chave foram liberados. Earl ainda estava entre os cobertores, bebendo café e fumando quando o tenente Seeman apareceu do lado de fora das grades, com o chapéu inclinado, as mãos enfiadas nos fundos bolsos de um longo casaco verde.

— Ei, vagabundo, pronto para ir trabalhar? — perguntou Seeman, olhando simultaneamente de um lado para outro do corredor. Não vendo ninguém, pescou uma carteira de Camel do bolso de seu casaco e jogou-a pelas grades até o catre.

Earl sentou-se, pegou os cigarros mas não disse nada; agradecimentos não eram esperados. — Quantos estão saindo?

— Apenas uns poucos hoje — o secretário do capitão, os trabalhadores da cozinha — alguns deles da equipe do refeitório dos oficiais. Fitz, é claro. Mas eu posso tirar você daí se quiser.

— Nãh, chefe. Vou esperar até amanhã. Arruinaria minha imagem estar entre os primeiros a serem liberados depois do que aconteceu aqui.

— Mas não é uma... — Seeman terminou com um bufar raivoso de contrariedade. — Se eles fizessem uma investigação... Kittredge e eu estaríamos sendo rebaixados. Nós sabíamos que todos estavam congelados e queriam entrar. Eu estava tão puto que quase perdi a cabeça. Quero dizer... porra, eu posso ver que o rebaixamento é tão duro quanto necessário se alguém merece, mas atirar em homens desarmados que não estavam fazendo porra nenhuma além de queimar alguns bancos de madeira... É melhor eu calar a boca ou vou ficar puto novamente.

— Eu sairei amanhã se houver mais alguns. O que você faz aqui durante o dia?

— Estou fazendo uma porção de horas extras. Um monte de gente está fazendo isso nos últimos dias. Uma prisão não funciona sem o trabalho dos presos.

CAPÍTULO **6**

Os homens que dirigiam a prisão de seus escritórios com ar-condicionado fora dos muros, os homens com rostos jamais vistos pelos detentos, decidiram que o fim de semana era um bom momento para abrir as celas. A imprensa esquecera o confronto em poucos dias, e duas semanas já tinham se passado. Os pavilhões de honra e os trabalhadores indispensáveis séguiam a agenda normal sem problemas havia vários dias. Os agitadores conhecidos estavam em segregação. *Bonnie e Clyde* era o filme programado para o fim de semana, e os oficiais sabiam que nada pacifica mais um detento que um bom filme.

Ron saiu para o café-da-manhã com todos os outros. Jan a Atriz tinha ido trabalhar depois de três dias em regime fechado, e Ron aproveitava as horas de solidão diurna. Ele havia cessado de se incomodar com o regime fechado, que o teria incomodado se tivesse prosseguido por meses. Mesmo antes da segunda-feira de loucura, ele preferia o período na cela acompanhado de livros, cartas e pensamentos ao pátio superlotado, onde se sentia fora de lugar e em evidência. A violência coletiva

FÁBRICA DE ANIMAIS 95

havia reforçado sua aversão, não tanto quando ela aconteceu, porque o episódio foi rápido demais para algo além de uma reação de sobrevivência, mas sim depois que o choque se dissipou e ele se sentiu seguro em sua cela. Os gritos animalescos e os epítetos raciais ergueram-se anonimamente da colméia de celas e fizeram Ron pensar em bestas selvagens rosnando em suas jaulas. Seu desprezo pela estupidez e sua simpatia pela condição oprimida das pessoas negras nos Estados Unidos foram suplantados pelo medo. Durante o regime fechado, ele tinha de passar pelo corredor entre grupos de jovens negros. Podia sentir o ódio deles como se fosse uma irradiação de calor. Ele desviava os olhos, com o estômago embrulhado, e no santuário de sua cela o medo era a semente da qual brotava o carvalho do ódio — e ele não gostava de sentir tal ódio. Não gostava da completa idiotice da prisão e tentava ocultar-se dela.

No sábado, porém, ele saiu. Permanecer na cela teria atraído a atenção, provavelmente dos guardas, que pensariam que ele tinha algum problema, e certamente dos detentos, que pressentiriam seu medo, e o interpretariam como fraqueza e tentariam explorá-lo. Quando ele saiu do refeitório para o pátio, quase quatro mil presos circulavam pelo cânion entre os pavilhões. As paredes verde-pálidas eram banhadas por um sol quente cor de manteiga derretida. Seus olhos se apertaram e ele tentou focalizá-los na claridade. Esperava um silêncio tenso depois das semanas de regime fechado, e especialmente depois que o último encontro entre prisioneiros negros e brancos fora tão feroz, mas em vez disso ele foi envolvido pelo som da hilaridade, as vozes possuíam um timbre de festa, e um som de rock'n'roll saía dos alto-falantes. Os rostos eram radiantes e animados, embora um tanto macilentos por semanas de regime fechado. Amigos que não se viram durante o confinamento davam tapinhas nas costas uns dos outros, abraçavam-se e riam. Os únicos sinais visíveis dos distúrbios recentes eram três atiradores extras e a segregação voluntária dos negros na porção nordeste do pátio.

Ron andou com os olhos baixos, evitando colisões, procurando um rosto conhecido. Todos os outros pareciam ter um amigo ou pertencer a um grupo. Ron trazia uma brochura com ele para o caso de não encontrar um de seus poucos amigos. Jan a Atriz estava parada no sol com duas outras bichas. Ron se desviou do trio. Ele tentava igualmente ver Psycho Mike e sua gangue; também na esperança de evitá-los.

— Ei, rapaz — alguém chamou bem ao seu lado. Ele se virou e ali estava Earl Copen a um metro e meio de distância. O detento mais velho estava sentado numa base de concreto à qual se fixava a pilastra do telheiro. Ele vestia uma blusa azul-marinho desbotada, com as mangas amputadas aos farrapos acima dos ombros. Ele precisava se barbear por inteiro, menos na cabeça. A barba por fazer em seu queixo era cinzenta, mas o crânio nu brilhava com uma película de óleo. Seu rosto feio tinha um contagiante sorriso cálido, e seus olhos eram atentos. Ron instantaneamente recordou sua resolução a respeito de Copen e as histórias que Jan havia contado. Simultaneamente, seu sentimento de solidão evaporou. Foi até ele. Earl parecia ser a pessoa mais à vontade no pátio da prisão.

— Vejo que você sobreviveu à tempestade de merda — disse Earl.

— Foi apavorante.

— Esta é a primeira vez que você sai?

— Ã-hã. Porém eu não me importei. O que há de novo por aqui?

— Só detentos mal-encarados. — Earl olhou para ele com mais atenção. — Você está precisando de sol.

Ron baixou os olhos, ignorou o comentário. — Quando você saiu?

— Porra, na semana passada. Eu? Eu sou um prisioneiro de honra.

O modo lacônico com que Earl falou, mais·do que as palavras, conferiu à sua fala um calor bem-humorado, humano. Nos meses que estavam por vir Ron iria aprender que Earl possuía diversos vocabulários e selecionava o que queria de acordo com quem ele conversava e com o tema tratado. Ele podia usar aquela voz suave e anasalada e exagerá-la até a bufonaria — ou podia liberar as irradiações obscenamente perversas de um dobermann raivoso. Quando falava sobre lei ou literatura, usava uma dicção perfeita, uma voz melíflua e uma precisa seleção de frases. Sossegado e amigável no momento, estava interessado no jovem, mas não em demasia. Ele estava mais para o indiferente do que para o intenso. Quando soube que Ron estava designado para a área industrial — a dois centavos a hora — perguntou se ele gostava do trabalho.

— Meu Deus, não! Mas foi onde a classificação me pôs. O que se pode... — Ron ergueu o ombro para finalizar a explicação.

— Se isso valer um maço de Camel, vá para a enfermaria na segunda-feira. Procure um enfermeiro detento chamado McGee. Ele fica logo na entrada da clínica... um cara grande com cerca de quarenta e cabelos grisalhos. Ele vai colocar você em licença médica por trinta dias. Na verdade, por um pacote ao mês você não tem que trabalhar nunca. Mas é melhor conseguir alguma coisa. Onde você trabalha é meio caminho andado para uma pena tranqüila.

— E a outra metade?

— Onde você mora.

— Qual o nome do cara?

— McGee. Ivan McGee.

O velho condenado e o jovem ficaram conversando à sombra do abrigo, indistinguíveis dos quatro mil que pululavam no pátio, duas vozes perdidas no oceano de som. Ron era articulado quando tinha algo a dizer, mas não era loquaz por natureza, e nesse meio não familiar ele havia se tornado ainda mais reticente. Não foi senão até mais tarde que ele percebeu que Earl o fazia falar com mais facilidade, sobre seu caso, sobre Pamela, sobre sua situação. Esquecida estava a desconfiança, a sensação de estar fora de lugar. Earl parecia interessado em seu sucesso no tráfico de drogas, e ele contou com algum orgulho como havia começado a vender trouxas de dez dólares e se expandido até ficar rico em um ano. Era delicioso recordar aqueles dias de glória. Ele sabia que havia feito mais dinheiro como criminoso que noventa e oito por cento daqueles que estavam à sua volta, homens que ele agora tinha de temer. O rosto de Earl indicava seu interesse. Numa ocasião ele corrigiu Ron sobre a ética da prisão. Ron usava o termo "presidiário", Earl interrompeu: — Ã-hã, irmão. Um "presidiário" é um vadio fraco e dedo-duro. "Detento" é o termo que companheiros de fé preferem. — Esta correção foi a primeira pequena lição gentilmente dada, a precursora de muitas outras.

O pátio inferior se abriu e a pressão dos corpos foi aliviada quando os homens desceram para sentar nas arquibancadas, deitar na grama, jogar handebol e ferraduras ou tocar violão. As filas da cantina estavam andando. E homens vinham do aglomeramento em volta da cantina carregando fronhas com mantimentos.

Paul Adams e Bad Eye se aproximaram. O último tinha dois cartuchos marrons de onde as partes superiores de caixas de leite apontavam. Paul tinha um litro de *buttermilk* aberto e um pacote de salgadinhos. Ele e Bad Eye olharam para Ron com curiosidade momentânea, fazendo um cumprimento de cabeça. Este lembrava deles do pátio inferior durante o conflito, mas não recordava o nome de Bad Eye. O de Paul ele lembrava; o homem de cabelos brancos sobressaía entre os jovens ainda mais do que Earl.

Os recém-chegados interromperam a conversa. Ron não havia se dado conta de quanto ele apreciava conversar com Earl. Agora experimentava uma decepção passageira.

Earl ofereceu a Ron um pacote de salgadinhos e o *buttermilk*, mas este fez uma careta e declinou. — *Buttermilk*, blarg.

— Também há pão doce e leite — ofereceu Bad Eye, indicando o pacote.

— Não, obrigado — disse Ron.

— Vai fundo — disse Bad Eye, elevando a voz.

— Fica frio, jovem — disse Paul, contraindo a boca e sacudindo a cabeça. — Você sempre quer forçar alguém a aceitar um presente. Talvez ele não esteja com fome.

— Não estou — disse Ron.

— Não faça cerimônia se estiver — disse Bad Eye. Depois se voltou para Earl — Vamos, nós temos de ir ao ginásio. O irmão T está levantando uns pesos e tem um pouco de cerveja na sala do equipamento. Ele vai ficar mais puto que um camicase se nós não aparecermos logo.

— Quer fumar erva? — Earl perguntou a Ron.

— Não, obrigado. Eu gostaria, mas tenho de encontrar alguém aqui em alguns minutos.

— Fique à vontade. — Ele deu um tapinha nas costas de Bad Eye e depois virou-se para sair.

Observando as figuras partirem, Ron teve um sentimento misto de perda e ciúmes porque os outros eram incluídos e ele não. Por falta de alguma outra coisa para fazer, ele vagou sob a alta marquise onde uma dúzia de detentos havia espalhado jornais e expunham grande número de livros em brochura para o troca-troca semanal. Eles também vendiam, uma carteira de cigarros para cada dois livros, às vezes apenas um, dependendo do título e das condições.

Ron estava olhando os livros quando alguém tocou seu ombro. Ele se virou — e o mesmo aconteceu com seu estômago. Psycho Mike o encarava, o rosto moreno desprovido de expressão a não ser pelos olhos maliciosamente brilhantes. Ron conteve o surto de aflição, sabendo que qualquer sinal de fraqueza atrairia a agressão. A surpresa destruiu sua resolução de blefar e depois lutar se necessário.

— Você tem me evitado, *ese* — disse Psycho.

— Nós estivemos em regime fechado até esta manhã — falou Ron.

O porto-riquenho balançou a cabeça, mas não havia escutado, não se importava; sua mente se fixara em suas próprias intenções. A multidão era fechada em volta deles, e ele estava ansioso e inquieto.

— Vamos, *ese*. Eu quero conversar com você. Você está com um problema.

Psycho Mike fez um aceno de cabeça e abriu caminho através da multidão, mas olhava Ron pelo canto dos olhos com uma cautela animal. Ron seguiu-o sem protestar, com pensamentos turbulentos, consciente da fraqueza em suas pernas, contrariado pela ordem peremptória mas com medo de se recusar. Talvez se pudesse contornar o problema.

Eles se aproximaram da parede do refeitório onde havia poucos detentos. Alguns dos amigos de Psycho Mike estavam espalhados ao longo da parede, com os rostos fixados em permanentes máscaras de dureza, observando os dois homens se aproximarem. Psycho Mike parou pouco além do alcance dos ouvidos de seus amigos.

— Tem um cara falando mal de você — disse Psycho Mike.

— Quem é ele?

— Um sujeito branco no bloco oeste... disse que você é um rato.

A palavra caiu como uma descarga elétrica, uma acusação tão terrível para um detento quanto uma sentença de morte, e praticamente a mesma coisa. — Isso é loucura! Não é verdade! — então a indignação foi superada pelo medo. — Eu nem mesmo conheço ninguém aqui — ele grasnou.

— Eu não sei, *hombre*... nós temos de vê-lo... tirar isso a limpo. Veja, se você é um rato e andou sujando meu nome por andar à minha volta... — as palavras se apagaram numa ameaça silenciosa enquanto ele balançava a cabeça para dar ênfase.

— Bem... foi um engano. Como nós o encontramos? Eu não quero que meu nome seja fodido.

— Nós vamos até o bloco oeste depois do almoço. Eu disse a ele que levaria você. — As palavras eram geladas de ameaça.

— O bloco oeste está fora dos limites. Nós não podemos pegá-lo aqui no pátio?

Psycho Mike sacudiu a cabeça. — Não, nós temos de ir até lá depois do almoço. O porco regular no portão do refeitório faz revezamento e não sabe quem mora lá.

Os olhos desfocados de Ron estavam voltados para a ponta de seus sapatos e seus lábios se comprimiam como se tivessem sido tocados por um caqui, mas a expressão escondia a sensação opressora de ter caído numa armadilha. Suas mãos estavam enfiadas nos bolsos, úmidas de suor. Temporariamente esquecida estava sua repugnância por Psycho Mike.

Os detentos perambulavam, tratando de seus próprios interesses, e o bando de Mike observava a conversa que eles não

FÁBRICA DE ANIMAIS 101

podiam ouvir. Ron ergueu a cabeça e apesar do seu dilema, ou talvez porque ele o tornasse mais aguçado, chocou-se com as tediosas cores monocromáticas — edifícios verdes sombrios, denins azuis mortiços. A ausência de sol tornava tudo cinzento.

Eles permaneceram sem falar durante um minuto, Ron olhando para outro lado mas atento ao olhar fixo de Psycho Mike. Então os apitos da polícia sopraram, indicando que era hora de formar filas para o almoço ou evacuar a área. Aqueles que não estavam comendo podiam ir para o outro lado do pátio ou para o pátio inferior. Um guarda se aproximou, enxotando os detentos como se fossem galinhas.

— Vamos comer — disse Psycho Mike.

Ron aceitou fazer a jornada até o pavilhão oeste, mas se revoltou contra a idéia de comer com o homem. — Não estou com vontade. Eu vou dar uma volta pelo pátio inferior, pôr a cabeça no lugar. Encontrarei vocês depois do almoço.

— Aqui mesmo. Você vai estar aqui. — A ameaça por trás da ordem foi evidente.

Enquanto descia as escadas, Ron observou o campo onde balas haviam chovido da última vez que ele viu. Agora uma multidão animada de setecentos prisioneiros assistia a uma partida de futebol intramuros. Chuteiras escavavam a grama manchada de sangue e Ron ficou espantado com a rapidez com que os detentos esqueciam. Ele escutou a música de um grupo de jazz. A distância, o monte Tamalpais estava coroado de cúmulos.

Ron não sabia o que fazer. Ele não tinha razões para duvidar da história de Psycho Mike, embora ela fosse absolutamente irracional. Não conhecia ninguém no pavilhão oeste. Perguntou a si próprio se os agentes da narcóticos não teriam armado contra ele. Eles lhe haviam oferecido um acordo leve e ficaram furiosos quando ele recusou. Não, isso era loucura. Era apenas um equívoco que seria corrigido quando visse o homem. Mas e se o cara persistisse? Ron sabia que o código exigia que fizesse o homem se retratar ou cometesse uma violência contra ele, numa espécie de julgamento pela força. Sem uma retratação ou uma punhalada, a acusação seria tomada como verdade. Ele seria um pária ultrajado e alguém — um psicopata de vinte anos ansioso por reputação — podia enfiar uma lâmina em sua espinha. Podia ir até o escritório do pátio e pedir para entrar em regime fechado, mas isso seria tomado como uma confissão. Ele se viu na porta do ginásio quando o que estava escondido no fundo de sua mente veio à tona. Ele exporia a história a Earl, pedindo conselho. Não pediria ajuda, mas sabia que esperava por isso.

O ginásio, o edifício mais novo da prisão, tinha um guarda para dentro da porta verificando os cartões de direito especial. Enquanto Ron exibia seu cartão para a inspeção, varreu com os olhos o vasto salão. Negros altos e elásticos vestindo calções vermelhos estavam jogando basquete de meia quadra. Chicanos e brancos assistiam a jogos dentro das duas quadras a quatro paredes de handebol. As plataformas de levantamento de pesos estavam cheias de grupos de exercícios, cada um com três ou quatro homens. Ron viu T.J., lembrou-se do rosto de traços marcados da lavanderia durante a greve. Agora o halterofilista estava de torso nu, seus músculos irrigados e ruborizados pela corrente sangüínea. Seus braços maciços eram desfigurados por tatuagens de cadeia. Ele estava sentado na ponta de um banco estofado, com dois outros homens junto dele. Estendeu-se de costas, levantou os braços até onde um suporte continha um halteres de barra olímpica, em cada extremidade da barra havia cinco pesos circulares de vinte quilos. Totalizava bem acima de duzentos quilos. Os dois assistentes ergueram os pesos do suporte e os seguraram até que as mãos estendidas de T.J. conseguissem agarrá-lo. — Certo — disse ele. Os outros soltaram. O peso veio abaixo, voltou a subir com aparente facilidade, tornou a descer e depois subiu lentamente, os grandes braços tremendo por um segundo até que os cotovelos se travassem com firmeza. Os dois homens o tomaram e puseram de volta no suporte. Ron exalou o ar, dando-se conta de que estivera prendendo a respiração.

— Dá-lhe, Superhonky — disse um espectador, trazendo um sorriso e uma piscadela de T.J., que se levantava com os braços estendidos ao lado do corpo e os vasos sangüíneos dos ombros inflados em cristas proeminentes.

Ron subiu na plataforma, atravessando o grupo de homens. T.J. o viu se aproximar e fez um impassível movimento de cabeça em cumprimento.

— Onde está Earl? — Ron perguntou.

— Estão todos na sala de equipamento — disse T.J. — E não estão aprontando boa coisa. — Quando Ron hesitou, T.J. jogou a cabeça para apontar com os olhos na direção de um largo mezanino na extremidade do ginásio. Um terço dele era aramado com uma tela estreita e ali ficavam os uniformes de futebol e beisebol. O resto do mezanino era uma sala de televisão.

Margeando a quadra de basquete, Ron subiu a escada e bateu na porta, golpeando a tela com o pulso. O interior da área era invisível porque os cabideiros dos uniformes foram arranjados para deixá-lo oculto.

Um chicano esguio, sem camisa e com o peito nu exceto por um medalhão pendente, apareceu de trás dos uniformes. Suas feições eram magras, lembrando um furão, mas seus olhos amendoados estavam prontos para o riso fácil. Antes que Ron pudesse falar, o chicano gritou para trás por cima de seus ombros. — Earl, aquele rapaz está aqui.

A resposta foi inaudível, mas o chicano tirou o cadeado e abriu a porta. Atrás dos uniformes havia uma área com mesa de pingue-pongue e cadeiras. Meia dúzia de detentos se espalhava por ali, e um doce odor de álcool vinha de uma cobertura plástica para colchão sobre a mesa. Ela estava cheia de líquido e polpa de laranjas e sua abertura dobrada permanecia voltada para cima. Paul Adams mergulhava uma lata de um galão dentro dela e vertia o conteúdo num copo plástico. Ele entregou a lata para o chicano sem camisa que havia aberto a porta.

— Grande Vito, baby — disse Bad Eye de um canto. — Não fique muito bêbado. Você perde o controle fácil demais.

— Cara — disse Paul. — O grande V tem a pica igual à de um cavalo. É melhor não mexer com ele. Mostre a ele, V.

Vito sorriu maliciosamente mas não disse nada. Estava muito ocupado bebendo.

Earl Copen estava numa cadeira inclinada de encontro à única parede sólida, com uma jarra de café cheia de bebida caseira na mão. — É, eu lembro que Vito mandou aquela bicha para o hospital com o cu arrebentado no ano passado.

— Seus filhos-da-puta, vocês têm mentes sujas — disse Vito. Bad Eye estava junto ao saco de bebida. Ele olhou para Ron, que estava parado perto da porta. — Quer um pouco? É birita boa para caralho.

Ron sacudiu a cabeça, sentindo-se pouco à vontade e deslocado. Aqueles eram homens volúveis, e meio bêbados eram mais imprevisíveis que o normal. Ainda assim, aparentemente não havia incômodo por sua presença. Ninguém olhava para ele com hostilidade. Ele atraiu olhar de Earl e fez um gesto de que queria conversar. Earl deixou a cadeia cair com o ruído e acompanhou Ron para fora. A sala atrás dele era barulhenta.

— Eu gostaria de emprestar uma faca — Ron falou sem preâmbulos.

— Ei! — disse Earl, erguendo ambas as mãos. — Mais devagar. Eu não posso dar uma ferramenta a você se não souber contra quem ela vai ser usada. Eu entreguei uma a um cara uma vez e ele apunhalou dois dos meus amigos da Irmandade Mexicana. E eles poderiam querer me matar se tivessem descoberto... ainda que eu não soubesse de nada. O que há? Psycho Mike está criando problemas?

— Não, não ele diretamente, mas... — e Ron contou a história, a princípio hesitante e formal, mas depois numa disparada. Earl escutou com o esboço de um sorriso, mas seus olhos ficaram mais apertados e a pele em torno deles tremulou.

Quando o Ron acabou, ele se deu conta de que o rosto de Bad Eye estava colado à tela da porta, como um peixe no vidro de um aquário. Ele estivera escutando sem ser notado.

— Eu sei que tenho que dar fim nesse tipo de conversa — concluiu Ron.

— Você acha que ele precisa de uma faca, Bad Eye? — Earl perguntou.

FÁBRICA DE ANIMAIS 105

— Sim... para espetá-la naquele porto-riquenho imundo por tentar esse golpe batido.

Earl olhou Ron diretamente nos olhos. — Ele quer enganálo para que você vá até o bloco oeste. Lá só existe um tira no edifício todo. Eles iam puxar você para dentro de uma cela e estuprá-lo.

Ron corou, furioso com tal enganação e constrangido por sua própria ingenuidade.

— Não é tão grave — falou Earl. — Deixe-me ir conversar com o cara.

O fardo sobre os ombros de Ron ficou mais leve, mas ele não queria envolver Earl e também não queria ficar em dívida. Sem saber o que dizer ou o que desejar, Ron não respondeu.

— Fique aqui — disse Earl.

— Eu não quero que você lute minhas batalhas por mim.

— Eu não vou, cara. Se achasse que arranjaria encrenca eu não iria. Mas ele está fazendo um jogo e eu estive fazendo jogos por aqui durante dezoito duros anos. É mais fácil se você não estiver presente.

— Eu vou — disse Bad Eye.

— Vá se foder — falou Earl com um sorriso afetado. — Você está bêbado e é exagerado demais até quando está sóbrio. Nós não queremos uma guerra por uma bobagem.

— Ele pode não gostar que você se envolva.

— Eu vou levar Superhonky. E Ponchie, se puder encontrá-lo... só para ficarem à vista e parecerem durões. Se formos ter algum problema, você estará lá... pois eu sei que você não vai deixar nada acontecer comigo. Eu botei você de pé.

Quando Earl desceu a escada do mezanino, Bad Eye perguntou a Ron se ele queria entrar. Ron declinou.

Do lado de dentro, Bad Eye repetiu a história para Paul e Vito.

— Earl está tentando comer aquele garoto? — Vito perguntou.

— Nãh — disse Paul. — Ele pode pensar que quer, mas não vai forçá-lo. Earl não tem nenhum cão desse tipo dentro dele. O que aconteceu foi que aquele garoto encontrou um amigo.

106 EDWARD BUNKER

— Uma ova! — disse Bad Eye. — Earl é um velho lobo em pele de cordeiro.

— Pare com isso! Ele ficou seu amigo quando você ainda mal fazia a barba.

— Eu era mal-encarado e briguento desde que era um bebê.

— Ok, mal-encarado... mas ainda assim não é um gesto muito esperto de Earl. Alguém tão jovem e de boa aparência é uma bomba-relógio neste lugar. Há um monte de animais aqui. Há alguns loucos filhos-da-puta...

— Nós somos tão loucos quanto qualquer outro — disse Bad Eye.

— Certo... mas você sabe que não há ninguém tão forte aqui. Nós não conhecemos todos os psicopatas. Quero dizer... vocês sabem o que eu quero dizer.

Eles sabiam — qualquer idiota pode matar você.

Psycho Mike e seus asseclas estavam entre os últimos a deixar o refeitório. Apesar do dia ensolarado, as golas de suas jaquetas estavam viradas para cima. Eles andavam desleixadamente numa arrogante truculência.

Mas víboras não mandam aviso, pensou Earl, e cobras corais são belas. Ele estava parado nas imediações, apoiado numa pilastra de ferro do galpão enquanto T.J. e Ponchie permaneciam a vinte metros de distância, numa simulação de conversa desinteressada.

Earl caminhou casualmente em direção ao grupo de Psycho Mike, pensando que aqueles garotos haviam assistido a filmes de motoqueiros em demasia. Manteve as mãos expostas para mostrar que não estava armado — entretanto, não teria posto as mãos por baixo das roupas mesmo que estivesse; isso revelaria o trunfo. Ele pensava que teria de ser delicado, deixar a ameaça implícita sem expô-la, tomar cuidado para não ferir egos inseguros. Pretendia resolver aquilo sem violência — não que tivesse medo da violência, quando necessária, mas queria sair da prisão uma vez mais sem ter de fugir.

Os olhos de Psycho Mike estavam em cima dele; sua expressão estava dura e ele havia percebido os aliados de Earl, embora eles não dessem nenhuma indicação de estar envolvidos.

— Com licença, Mike — disse Earl. — Eu preciso conversar com você. — Ele se posicionou entre Psycho Mike e sua gangue, separando-os, depois se afastou alguns passos. Mike caminhou com ele, cautelosamente.

— Eu soube daquele cara no bloco oeste que está sujando o nome de Ron.

— E daí, *ese*?

— E daí que isso é besteira.

— Ele tem que fazer alguma coisa a respeito. Isso está me deixando malvisto.

— Eu sei que não é verdade... e o garoto está pronto para cortar fora a cabeça do cara. Ele tem uma faca. — Earl fez uma pausa, notou um tremor de surpresa nos olhos de Mike. — Pessoalmente, eu não quero vê-lo metido em problemas. Ambos somos amigos dele. Nós podemos ir lá e ver o cara... fazer o que tem de ser feito. Talvez você não esteja tão envolvido... não sei. Se não estiver, diga-me quem é o cara e T.J., Ponchie e eu iremos vê-lo.

Earl falou com tal sinceridade que Psycho Mike ficou confuso. Não podia ter certeza de que fosse um truque e seu esquema havia gorado. Ele não tinha medo de Earl, a quem realmente não conhecia e achava velho demais para ser durão, mas sabia de T.J. e Ponchie e das irmandades branca e mexicana. O ego de Psycho Mike teria exigido que ele firmasse pé num franco jogo de poder, mas a estratégia de Earl deixou-lhe uma saída.

— O que você acha? — Earl perguntou.

— Nós não temos que fazer isso. Eu vou ver o cara e chamar-lhe a atenção. Eu achei que algo estava estranho, porque ele é de Sacramento, não de L.A. Ele confundiu Ron com outra pessoa.

— Eu ficarei realmente agradecido, mano — disse Earl. — Odeio ver encrenca séria a troco de nada.

Psycho Mike grunhiu de forma não comprometedora. Ele fora ludibriado e estava certo de que Earl tinha os mesmos planos que ele para o jovem. Por que outro motivo um condenado endurecido se poria numa saia-justa por um garoto bonito? Earl não sabia quais eram suas intenções a respeito de Ron, nem por que se envolvera. Teria bufado de escárnio à menção de altruísmo e ficaria irritado se fosse acusado de tentar fazer do garoto uma mulherzinha. Naquele momento, porém, estava atordoado pelo relaxamento da tensão. Ele desceu os degraus entre seus amigos, deu um tapinha nas costas de Ponchie e agradeceu-o por ter ido junto. Eles se conheciam desde o abrigo de menores, mas estavam em grupos diferentes e Ponchie não tinha obrigação de se envolver nos problemas de Earl.

— Você não precisava de mim, *carnal*. Poderia meter o pé na bunda de todos eles.

— Talvez... mas às vezes é melhor ser uma raposa que um leão. Sua presença lá foi a garantia de que nós poderíamos brincar sem imprevistos.

Quando eles alcançaram o pátio inferior, Ponchie se afastou em direção a alguns chicanos reunidos em volta de um trio com violões cantando *rancheros*.

— Esse cara é bom — disse T.J.

— Firme e corajoso — disse Earl. — Mas ele fica mais selvagem à medida que fica mais velho. Era mais sossegado quanto tinha vinte e dois.

— Porra, eles o tornaram um cão raivoso nestes lugares. Acontece o tempo todo.

— Às vezes você é bem perspicaz, velho rapaz do campo.

— Que diabo quer dizer essa "pers-porra"?

Quando eles atravessaram a porta do ginásio e viraram à direita, viram Paul, Bad Eye, Vito e Ron sendo conduzidos escada abaixo do mezanino por três guardas, o último deles carregando o saco de bebida caseira nas costas. Alguns dos outros prisioneiros no ginásio pararam para observar a detenção. Umas poucas vaias dispersas soaram, mas foram mais para manter a formalidade que por verdadeira indignação.

Quando prisioneiros e guardas cruzaram a quadra de bas-

FÁBRICA DE ANIMAIS 109

quete e se dirigiram à porta, Earl e T.J. tiveram de se afastar para deixá-los passar. Paul foi o primeiro, gingando tranqüilamente, como se os guardas não existissem. Ele deu de ombros ao passar. Vito foi o próximo, ainda sorrindo com um ar travesso. Ele piscou. Bad Eye, porém, estava ruborizado e com um olhar furioso. — Esses babacas dizem que eu estou bêbado — falou enquanto passava. Ron foi o último, com seu rosto sombrio, mas fez um cumprimento de cabeça com a sugestão de um sorriso.

— Aquela outra encrenca está resolvida — Earl disse para Ron.

— Não fale com eles, Earl — disse o guarda com o saco, um sargentinho atarracado com tufos de pêlos encrostados de ranho saindo do nariz. Ele era notório por sua halitose e por alcagüetar outros guardas. Abominava prisioneiros influentes como Earl.

T.J., que compartilhava a cela com Bad Eye, disse: — Bem, caramba, pelo menos eu posso bater punheta em paz por alguns dias.

— É, eles estarão fora em uma semana. Me pergunto por que pegaram Ron. Ele nem estava lá dentro quando nós saímos. Ele não estava enchendo o pote.

— Cara, você está parecendo um pai. Ele pode passar uma semana no buraco. Que porra. Isso vai fazer bem a ele.

— É, acho que sim. — Mas Earl estava pensando na situação de Ron quanto à corte, que o juiz iria chamá-lo de volta, e embora essa fosse uma infração trivial, era um modo ruim de começar. Além do mais, a intervenção com Psycho Mike parecia ter gerado responsabilidade; por ter ajudado uma vez, ele estava obrigado por algum motivo a ajudar novamente — se pudesse. Se ao menos fosse algum outro puto de sargento, pensou ele. Podia influenciar alguns guardas veteranos, e outros podiam ser influenciados por Seeman. Mas alguns sentiam prazer em contrariá-lo e gostariam de pô-lo na solitária se pudessem pegá-lo.

T.J. foi até a plataforma de levantamento de peso, onde obteve o relatório de uma testemunha do flagrante. Alguém devia ter dedurado, pois o sargento e dois guardas haviam se dirigido diretamente à sala de equipamentos. Ron Decker estava sentado no alto da escada e quando os guardas atravessaram o ginásio ele se levantou e bateu no aramado. Foi detido como olheiro.

Earl bufou e sacudiu a cabeça. — Foi um gesto nobre, mas inútil. Eles não podiam ter guardado tanta bebida em trinta segundos.

— Ele fez o que devia fazer. Eu o respeito por isso.

— Assim também agiu a Brigada Ligeira... Ah, que porra, talvez eu possa fazer algo, não pelos camaradas. Eles estão mortos.

— Eu vou ter que lhe dar uma porrada. Você está armando para cima daquele garoto... e vai se meter numa porção de problemas. Nós podemos simplesmente estuprá-lo. Ele é mesmo bonito. Eu não acharia ruim... huummm.

— Ouça, rapaz, você não vai fazer isso — falou Earl, mas seu tom eliminou qualquer ordem de suas palavras. T.J. adorava Earl, faria qualquer coisa por ele, incluindo matar, mas receber uma ordem de qualquer um para fazer ou não fazer alguma coisa era motivo automático de revolta. Earl agia do mesmo modo, mas os anos haviam polido suas arestas grosseiras; ele geralmente conseguia esconder seus sentimentos dos guardas e seus amigos não davam ordens. Todos eles tinham o mesmo ponto de vista sobre a autoridade.

— Mas então o que você vai fazer, chupar o pau dele?

— Ele não deve gozar nada além de mel, bonito como é.

— Você já tem tempo suficiente aqui dentro para se dar esse direito.

— Vale tudo se o amor for verdadeiro e você não for descoberto, arruinando a sua imagem. — Earl mal pensava em suas palavras; elas eram parte de uma rotina padronizada sobre sexo na prisão. Era uma crença cômica de que depois de um ano atrás das grades era permitido beijar um garoto ou uma bicha. Depois de cinco estava bem tocar punheta para eles para "deixá-los no ponto". Depois de dez, "bater um bolo" ou "troca-troca" era aceitável, e depois de vinte valia tudo.

Assim dizia o gracejo. Não era uma verdadeira reflexão sobre o etos, que condenava qualquer coisa que não ignorasse a fisiologia masculina. Refletia, porém, um cinismo generalizado sobre os papéis representados na privacidade de uma cela. Muitos caras durões eram pegos em flagrante delito. Earl pensou no que poderia ser feito. Fitz iria datilografar um relatório disciplinar no escritório do pátio. Depois que o sargento assinasse, ele ou Fitz poderiam roubá-lo. Isso era feito com freqüência em pequenas infrações nas quais o guarda em questão não verificava os resultados da audiência disciplinar. Às vezes um funcionário simplesmente os colocava "em lugar errado", de modo que se houvesse reclamação ele poderia simplesmente tirá-los de uma gaveta ou descobri-los perdidos entre outros papéis em sua mesa. A falha aqui era dupla: aquele sargento iria verificar para saber o que havia acontecido, e todos os quatro homens estavam na segregação.

Talvez Seeman pudesse convencer o sargento a revogar o relatório? Não, o sargento estava sob a supervisão do tenente Hodges.

— O que nós precisamos é de um adiamento — disse Earl; depois percebeu que T.J. se afastara. Olhando à sua volta, Earl o viu enterrando socos no pesado saco de pancada. Não estava usando luvas e os nós de seus dedos logo ficariam em carne viva. Ninguém o tomaria por Sugar Ray Robinson, mas suas mãos eram relâmpagos e os golpes, devastadores.

Quando T.J. voltou, ele perguntou: — E agora?

— Tem alguma droga?

— Nada, droga nenhuma. Um pouco de erva, mas eles querem vendê-la — para nós. Isso é ultrajante. Preferiria cheirar cola.

— Você, Paul e Bad Eye.

— Vamos lá para fora jogar um pouco de handebol. Eu posso chutar a sua bundona nisso — especialmente quando você está todo inchado.

— Você se sai bem para um velho. Mas hoje vou ferrar você.

— Ok, Músculos, pegue sua luva. Esteja na quadra quando eu voltar.

— Para onde você está indo?

— Eu tive uma idéia para tirar a Ronnie da...

— Ronnie! Meerrda!

— Vá se foder — disse Earl, sorrindo enquanto saía do ginásio.

CAPÍTULO **7**

Quando Earl virou a esquina e viu o escritório do pátio, recordou que Big Rand estava em férias por uma semana. O guarda confessara que estava indo a Tahoe sem sua mulher para encontrar uma secretária do edifício de administração externo.

— Eu queria que o grande palerma estivesse aqui — Earl disse para si mesmo. Em vez disso, Joe Pepper, apelidado Agente Dog pelos detentos, estava em serviço. Na verdade, seus pés estavam sobre a mesa, com as solas furadas. Ele era todo policial em seus modos, mas não muito ameaçador porque era preguiçoso e burro. Achava que Earl Copen que era um prisioneiro modelo.

Quando Earl entrou, viu o sargento de mau hálito na mesa do escritório do tenente, escrevendo seu relatório num bloco amarelo. Fitz estava datilografando e não percebeu Earl, que olhou por cima do ombro do secretário diurno e viu que ele trabalhava minutas do último encontro do Clube Cultural Indígena. Earl inclinou-se sobre ele disse: — Vamos ver o tanque dos peixes.

FÁBRICA DE ANIMAIS 115

Fitz mantinha-se afastado de encrencas porque não queria prejudicar suas chances de condicional. Ele queria sair e ajudar seu povo. Mas tinha um prazer indireto nas intrigas de Earl. Ele pôs a capa da máquina de escrever e pegou uma fatia de pão seco de uma gaveta. Cumpriu a sua lida diária de alimentar os peixes enquanto eles conversavam.

As pelotas de pão caíam na água, atraindo a tribo dos peixes dourados, enquanto Earl lhe contava seu plano, clarificando os últimos retoques em sua mente enquanto falava. Quando acabou, ele perguntou: — Acha que vai funcionar?

Fitz balançou a cabeça. — Provavelmente. As coisas podem sair errado, mas seria má sorte. É realmente engenhoso. Ele vai verificar os resultados, mas jamais retornará para ver que é um relatório diferente. Se fizer isso, nós estaremos afundados na merda. Tente protelar a datilografia para que ele assine um pouco antes de deixar o serviço. Mas se não puder, que se foda. O secretário do capitão estará de olho nisso.

— Você sai mais cedo — disse Earl. — Eu entro às três.

Na seção "B" os guardas conduziram uma revista superficial, mal olhando enquanto os quatro detentos se despiam e passavam pela dança ritual de exibir fendas e orifícios. Um a um eles foram postos nas primeiras quatro celas solitárias do andar inferior. Na cela de Ron havia um imundo colchão listrado no chão com dois cobertores em desordem sobre ele. Tanto a instalação elétrica quanto a latrina haviam sido arrancadas da parede, deixando cicatrizes de concreto nu em torno dos buracos. Havia luz suficiente apenas para enxergar atravessando pelas grades. A abertura de um galão era coberta por uma revista — a latrina. A pia ainda estava no lugar, revestida de fuligem. Eles devem tê-la esquecido, pensou Ron. Ele ouvira que os homens na seção "B" haviam queimado e destruído suas celas durante a primeira noite da greve.

Assim que os guardas partiram, detentos vieram conversar com Bad Eye, Vito e Paul. Eram homens em segregação que haviam sido liberados para trabalhar. Ron dobrou os coberto-

116 EDWARD BUNKER

res para formar um travesseiro e se deitou. Ele podia ouvir vozes, fragmentos de palavras e risos freqüentes. Perguntou-se por que não se sentia pior. Esperava estar terrivelmente deprimido, mas em vez disso sentia-se vazio. Talvez tanta tensão durante tanto tempo tivesse minado a capacidade de sentir emoções.

— Ei, Ronnie — chamou Bad Eye.

Por um momento Ron hesitou, sentido desagrado pelo diminutivo; então Bad Eye gritou novamente e ele respondeu:

— Sim.

— Está tudo bem? — Bad Eye perguntou.

— Eu estou bem.

Vários detentos passaram pela cela, incluindo alguns negros com expressões severas. Ninguém disse uma palavra. Na cadeia eles geralmente tentavam testá-lo de algum modo, e mesmo na prisão alguns haviam se aproximado dele — e ele os recebera com frio distanciamento, vendo que aquilo era realmente hostilidade mais do que camaradagem. Agora eles apenas olhavam e seguiam em frente, e ele sentia que isso se devia ao fato de ele ter sido preso com Bad Eye e os outros.

Um detento sem camisa apareceu, seu torso corpulento era uma colagem de tatuagens azuis, muitas desenhadas tão toscamente quanto as pinturas de um escolar. Ele empurrou para dentro uma pilha de revistas com um maço de cigarros e palitos de fósforo sobre ela. — Aqui está, irmão.

— De onde veio isso?

— Da Irmandade... eu. Estou com o T.J. e Bad Eye. Eles me chamam Tank. Como está Earl?

Ron se perguntou como o homem sabia que ele conhecia Earl. — Ele está bem.

— Cara bom. Tem muito bom senso. — Quando tudo havia atravessado as grades, Tank apoiou-se nelas e pediu um cigarro. — Eu não trouxe nenhum para mim.

Tank acendeu um cigarro e perguntou há quanto tempo Ron estava em San Quentin. Era uma conversa de apresentação, ligeiramente formal mas não intranqüila. Então, por algum motivo, Tank estava contando sua história. Ele havia fugido do reformatório, para onde fora mandado por vadia-

FÁBRICA DE ANIMAIS **117**

gem crônica e por roubar um carro. Foi mandado para uma prisão juvenil onde matou um homem e foi sentenciado à morte. Depois de um ano no Corredor dos Condenados, conseguiu um novo julgamento e declarou-se culpado em troca de uma sentença perpétua. Agora estava com vinte e cinco anos e estava na cadeia havia onze, os últimos seis na segregação em Folsom e San Quentin. Havia uma franca e quase infantil ingenuidade em suas maneiras. Um ano antes a referência casual ao assassinato teria deixado Ron perplexo, causado um surto de temor. Agora ele lamentava pelo jovem, que tinha sua idade e era mais experiente e ignorante do que ele, e que não conhecia nada da vida além da prisão, cujos desejos eram concernentes à prisão e cuja idéia de liberdade era sair para o grande pátio com seus "irmãos". Ele parecia ter incluído Ron automaticamente naquele círculo, e por algum motivo isso fez com que este se sentisse bem.

— Você precisa de mais alguma coisa? — ele perguntou.

— O colchão está imundo. Você tem lençóis?

— Você não está autorizado a tê-los aqui no andar inferior, mas eu vou trazer alguns. Ponha o cobertor sobre eles. Vou trazer café, também.

Quando Tank partiu, Ron se jogou novamente sobre o colchão, sentindo-se feliz. Ele sabia que era ridículo sentir-se tão bem no buraco. Entretanto, pela primeira vez desde sua chegada, ele se sentiu aceito. Ainda não havia se misturado, mas sentiu-se forte; era bom ter amigos, ser querido, pertencer a um grupo, ter alguém para fazer algo simples como trazer cigarros e café.

Um momento mais tarde, quando os trabalhadores foram recolhidos para a contagem, ele conversou com Paul, que explicou que eles iriam para a corte disciplinar pela manhã e provavelmente pegariam cinco dias.

A refeição da noite estava fria, mas Ron estava faminto e a engoliu. Depois ele folheou as revistas, na maioria velhas Playboys com as fotos de mocinhas nuas removidas a navalha. Vários artigos eram interessantes. Ele encostou a cabeça nas grades para aparar a luz listrada com as páginas.

A seção "B" estava continuamente em algazarra. Conversas eram gritadas do quinto para o primeiro andar, geralmente por meio de um intermediário. Tinha-se de gritar para ser ouvido na próxima cela. Ron tentou se desligar da cacofonia e esperou que ela se aquietasse mais tarde. Ele teve um sobressalto, surpreso, quando alguém correu até sua cela, bloqueando a luz.

— Tome — disse o detento, enfiando a mão pelas grades e derrubando alguma coisa sobre o chão de concreto. A figura já se havia ido antes que Ron pudesse ver quem era. A "coisa" era um bilhete enrolado em fita adesiva. Ron começou a arrancar a fita com repugnância; provavelmente era uma proposta doentia de algum pervertido. Ele já havia recebido tais bilhetes na sua cela regular, pedindo que ele amarrasse uma toalha nas grades se estivesse interessado.

Quando viu que era de Earl, sorriu de sua própria paranóia. O bilhete dizia:

Faça o comitê disciplinar
ler o relatório em voz alta
e declare não culpado. Conte
a Paul que eu o alistei
nos Alcoólicos Anônimos.

Ron rasgou o bilhete em pedaços e voltou-se para fazê-los descer com a descarga até ver o buraco onde antes estava a privada. Ele jogou o bilhete na lata, que segurou com uma das mãos enquanto mijava dentro dela. — Se eles quiserem pescá-lo daqui, que sejam bem-vindos. — Ele se perguntou o que as instruções de Earl significavam. Não se incomodou em repassar o resto da mensagem a Paul. Não valia a pena lutar contra a gritaria à sua volta.

Depois das 10h30 o barulho caiu um ou dois decibéis e do atoleiro sonoro Ron começou a reconhecer certas vozes pelo timbre e apanhar fragmentos de conversa. Acima dele, talvez no segundo corredor, ouviu uma voz argilosa de negro dizendo que gostaria de matar todos os bebês brancos, enquanto seu interlocutor concordava que essa era a melhor maneira de lidar com as bestas — antes que elas crescessem. Um ano antes Ron teria sentido compaixão por qualquer pessoa tão consumida pelo ódio, e sempre que os brancos casualmente usavam a palavra "crioulo" ele ficava incomodado. Agora sentia os tentáculos do ódio espalhando-se através de si próprio — e meia hora mais tarde ele sorriu quando uma carga de vozes começou a entoar: *"Sig Heil! Sig Heil! Sig Heil!"* A ladainha abafou todos os outros por dez minutos e quando acabou houve uma calmaria temporária na tempestade de som.

— Irmão James — gritou uma voz de negro. — Você ouviu essas bestas brancas?

— Sim, irmão... a hora deles está chegando.

— A hora da mãe da sua Titia Jemina é que está chegando, bugio.

— Ouça a besta, irmão.

— Ele não vai dizer seu nome. Qual seu nome, branquelo?

— Me chame de sinhô, tio — disse a voz numa grosseira paródia de xerife sulista. Ela ergueu uma salva de gargalhadas brancas.

O ódio tomado de medo pelo negro próximo foi subitamente superado pela repugnância. Aquilo era doentio. Duzentos homens ocupavam as celas distribuídas em terraços, cada cela tão idêntica à outra como os compartimentos de uma colméia. Cada homem estava em situação pior que a de uma fera no zoológico, tinha menos espaço — e ainda assim tudo o que aqueles homens faziam era odiar outros que eram igualmente párias. Porém sabia que não diria nada, não podia dizer nada, ou os brancos o fariam em pedaços — assim como por ajudar os negros, ele vira um hippie na cadeia agir de forma amigável. Foi espancado e estuprado. Aquilo era uma doença endêmica, e ele a estava contraindo.

Finalmente, Ron caiu num sono agitado, pensando em Pamela, enquanto as vozes continuaram até as altas horas da madrugada.

No andar da seção "B" havia uma construção de blocos de concreto que servia de escritório. A estrutura tivera janelas uma vez, mas vidro quebrado em demasia fizera com que elas fossem substituídas por chapas de metal. O comitê disciplinar encontrava-se no escritório.

Ron e Bad Eye pararam com um guarda para fora da porta. Paul e Vito, que já haviam recebido sentenças de sete dias, estavam totalmente despreocupados quando saíram de volta para suas celas.

Uma voz de dentro chamou: — Decker.

Ron começou a entrar, mas o guarda o parou e apalpou à procura de armas. Em Soledad um detento havia entrado no comitê disciplinar, puxado uma faca e mergulhado por cima da escrivaninha para matar um administrador de programa.

Três homens sentavam atrás de uma mesa, solenes como prelados com seus ternos baratos e fora de moda. Sobre a mesa repousava uma pilha de pastas de papelão, cada uma contendo um arquivo. O nome de Ron estava no arquivo mais fino de todos.

— Sente-se, Decker — disse o homem do meio; sua cabeça parecia brotar sem pescoço dos ombros estreitos. Ela era encimada por finos cabelos grisalhos cortados muito acima das orelhas. O rosto era lívido e os olhos castanhos e liquefeitos eram magnificados por trás de óculos de aros de metal. O crachá no bolso de seu casaco dizia "A.R. Hosspack, Administrador de Programa", e ele era obviamente o responsável.

Quando Ron contornou para se sentar cuidadosamente na cadeira de encosto reto, sentiu o cheiro de colônia barata. Estava particularmente intenso porque ele já havia se desacostumado de tais odores.

Um tenente negro ao lado do administrador do programa encontrou a pasta de papelão correta, abriu-a e passou-a para o centro. O terceiro homem era mais jovem, com cabelos muito mais longos; ele não tinha crachá.

— Nós temos um relatório disciplinar aqui — disse Hosspack. — Você quer que nós o leiamos?

— Por favor — disse Ron.

— Você é acusado com D-onze-quinze, uso de estimulantes ou sedativos. "No sábado, 1º de fevereiro, estando em serviço como sargento do pátio inferior, o autor fez uma patrulha de rotina no ginásio dos prisioneiros e encontrou o prisioneiro DECKER no alto dos degraus do mezanino perto da porta da sala do equipamento. Ao entrar na sala do equipamento, o autor encontrou vários prisioneiros bêbados e de posse de cinco galões de bebida caseira (ver relatórios suplementares). O autor acredita que Decker estava montando guarda."

Ron ficou atônito. Estava faltando o fato crucial de que ele havia batido na porta e avisado os que estavam dentro. Earl havia de algum modo...

— Como você se declara? — perguntou Hosspack.

— Não culpado. Eu... — ele deixou a frase no ar.

— Mas o relatório é acurado — disse o terceiro homem. — Você não encontrou nada falso dele, encontrou? — sua voz tinha uma agudeza efeminada, um tom queixoso, assim como os movimentos da mão quando ele falava. Ron estava para saber que a maioria dos detentos, eles próprios grosseiramente masculinos em cada frase e movimento, achavam que ele era bicha.

— Ele é acurado, mas eu não era sentinela. Eu só estava lá para assistir televisão quando eles a ligassem. — Ron estendeu as mãos com as palmas para cima, para dar ênfase. Ele quase acreditou na mentira. — Não havia ligação entre mim e o que quer que estivesse acontecendo.

O tenente negro pareceu balançar a cabeça, como se acreditasse. Hosspack não ergueu os olhos enquanto Ron falava. O administrador do programa estava lendo o arquivo. — Você está aqui há apenas um mês — disse ele, fazendo o arquivo deslizar para seu colega mais jovem. — Está cumprindo bastante tempo.

— Sim, senhor — disse Ron.

— Vá lá para fora — disse Hosspack. — Nós vamos discutir isso.

Ron saiu e fechou a porta.

— O que aconteceu? — perguntou Bad Eye.

— Sem conversa — disse o guarda antes que Ron pudesse responder. Por isso ele ergueu os ombros para mostrar que não sabia.

Em menos de dois minutos seu nome foi chamado e ele voltou, sentando-se quando o tenente fez um gesto de cabeça para a cadeira.

— Vamos considerar você não culpado — disse Hosspack.

— Nós simplesmente não temos o suficiente para agir de outra forma.

Hosspack ignorou o agradecimento, largou seu lápis sobre a mesa e entrelaçou as mãos por trás da cabeça, durante todo esse tempo estudando Ron por trás dos óculos com seus olhos castanhos liqüefeitos.

— Qual a sua idade? — perguntou Hosspack.

— Vinte e cinco.

— Você parece mais jovem. Está tendo algum problema? Alguém exercendo pressão sobre você?

Por um segundo Ron se perguntou se eles sabiam a respeito de Psycho Mike, mas percebeu que Hosspack apenas sabia como as coisas provavelmente são na prisão. Ron sacudiu a cabeça. — Não, senhor.

— Isso é estranho — disse Hosspack.

— Nós temos uma porção de animais aqui — disse o tenente negro. — Eles vão comer você vivo.

— Eu cumpro minha própria pena — disse Ron, sabendo que cumprir a própria pena era a máxima definitiva da prisão, tanto para detentos quanto para oficiais.

— Você sabe a que nós estamos nos referindo, não sabe? — disse o homem mais jovem.

— Eu tenho sido alertado desde que estava na cadeia. — Sorrindo, ele acrescentou meio farsescamente — Acho que isso é exagero.

— Não, não é exagero — disse Hosspack. — Eu trabalho há vinte anos nestes lugares e já vi milhares de casos. Não aceite favores... não contraia obrigações.

— Eu ouvi a respeito disso, também — disse Ron, pensando no velho condenado na cadeia.

FÁBRICA DE ANIMAIS 123

— Também há a manha de San Quentin — disse o tenente. — Primeiro você arranja um amigo. Ele não faz avanços. Depois você é pressionado por alguma outra pessoa, talvez uma gangue. Eles querem criar caso, de modo que você acha que está diante de uma situação de violência. Você não pode recorrer a nós, assim você acha, então você vai até o seu amigo e ele aparece como um cavaleiro numa armadura reluzente... põe a própria vida em risco, assim você acredita. Então ele coloca a situação para você — baixe a guarda ou ele joga você para a gangue.

Ron corou, constrangido, com raiva, fortemente ofendido por eles tentarem fazê-lo parecer fraco e indefeso. — Não se preocupem — disse ele. — Ninguém vai me fazer de mulherzinha e eu não estou fugindo. Se vocês querem me ajudar, tirem-me da fábrica de móveis.

— Você tem de ficar lá por seis meses — disse o homem mais jovem. — Ninguém gosta de lá, mas você não está em sua casa.

— Não vamos entrar em temas secundários — disse Hosspack. — Meu alerta é por que você foi apanhado com algumas verdadeiras preciosidades — caso você os conheça. Bad Eye Wilson é explosivo como dinamite. Vito Romero injetaria mijo se achasse que isso o deixaria chapado e Paul Adams... ele era um inútil quando eu vim trabalhar aqui, e fica pior a cada ano desde então. Esse definitivamente não é o grupo a que você quer se associar para manter sua barra limpa e sair daqui. — Ele fez uma pausa, esperando uma resposta que não viria; depois se voltou para o tenente. — Algo mais?

— Há alguns bons programas aqui — disse o tenente. — Você pode desperdiçar seu tempo ou fazer com que ele valha a pena. Você aprender um ofício, ir para a escola, juntar-se a alguns grupos. Nós não estamos aqui para ferrar você. Se tiver qualquer problema, venha me ver. Eu estou aqui para ajudar se puder.

Ron balançou a cabeça como se estivesse levando a sério o conselho, mas queria perguntar sobre o fuzilamento assassino sem provocação e os espancamentos no pátio inferior. Tinham tais coisas sido "ajuda"?

— Isso é tudo — disse Hosspack, indicando com a cabeça que Ron podia ir. Com uma das mãos na maçaneta, Ron voltou-se. — Quando eu serei liberado?

— Assim que eles notificarem o controle para fazer um passe para sua mudança de cela.

Quando Ron saiu, Bad Eye ficou ereto no lugar onde estivera apoiado contra a parede. — Que aconteceu?

— Não culpado.

— Porra, foi uma conversa bem demorada para isso.

Ron deu de ombros, mas enquanto caminhava de volta para a cela, contornando as incontáveis amostras de lixo que tornavam o chão um beco do gueto, o comentário de Bad Eye fez com que ele se sentisse culpado. Ele não havia insinuado nada, mas o código dos detentos tinha um veio de paranóia. Assim como um juiz não precisava apenas de probidade, mas de uma aparência de probidade, um detento precisava não meramente de solidez, mas ter uma inquestionável aparência de solidez. Detentos não se permitiam longas conversas com oficiais se pudessem evitá-las.

A porta da cela bateu e foi trancada. Paul gritou: — O que aconteceu na alta corte?

— Eles me absolveram.

— Você não fez nada... olhe, eles vão libertá-lo em alguns minutos. Diga a Earl para nos mandar alguns cigarros e café.

— Ele sabe como introduzi-los aqui?

— Ah, sim, ele sabe. Ele faz o chefe dele trazer, e ninguém mexe com o Grande Seeman.

Ron dobrou os cobertores, empilhou as revistas e esperou. Poucos minutos depois pôde ouvir Bad Eye xingando, sua voz se tornando mais alta à medida que ele se aproximava entre dois guardas. A porta tilintou ao fechar e ele gritou para Paul: — Aquele filho-da-puta do Hosspack e aquele crioulo do Capitão Meia-noite... nem sequer tocaram no assunto da bebedeira. Eles ficaram perguntando sobre aquele assassinato, aquele do qual eu me livrei. Hosspack disse que não ia deixar barato... Eu poria fogo na cela se tivessem deixado alguma coisa!

— Não deixe que eles o provoquem.

— Me provocar! Aqueles filhos-da-puta me detiveram. Eles vão rever a sentença em noventa dias! Eu vou ficar nesta merda por um ano!

Ron estava em silêncio, mas se perguntou como a sanidade de alguém podia resistir um ano na seção "B"; ainda que ele soubesse que alguns homens haviam sido trancados ali por vários anos.

Ron Decker deu as costas ao guichê do escritório de custódia para olhar para a praça ensolarada. Meia dúzia de detentos se demorava ao lado do tanque de peixes que dava para a capela, enquanto o som da música de órgão se propagava de dentro dela. Earl estava sobre o muro do tanque. Usando um blusão com mangas cortadas e muitos buracos ele não era o Beau Brummel[1] de San Quentin. Sua cabeça estava lisa e lustrosa sob o sol amarelado, mas havia um restolho de barba cinzenta em suas mandíbulas. Ron começou a se aproximar, incapaz de conter o sorriso de júbilo para seu novo amigo — e então ele o apagou, imaginando se Earl seria realmente um amigo. Quando chegou, Earl estendeu o braço para um aperto de mãos, e então simultaneamente o abraçou. Por um segundo Ron ficou paralisado, não acostumado a tais gestos entre homens, e também pensou em tudo o que ouvira a respeito de Earl. Mas não havia tempo para ruminar sobre isso naquele momento.

— O que aconteceu aos outros?

Ron contou-lhe e Earl sorriu até ouvir sobre Bad Eye. Então ele baixou os olhos e sacudiu a cabeça. — Eles são umas putas sujas e hipócritas. Eles o estão transformando num louco de verdade e depois vão matá-lo pelo que fizeram.

---

1 George Bryan Brummell (1778-1840) ou Beau Brummel, como era mais conhecido, foi conselheiro de moda masculina durante a Regência Inglesa, quando o príncipe George governou a Inglaterra durante o período de incapacidade mental de seu pai, o rei George III. Brummel é tido como o introdutor do terno masculino acompanhado de gravata, em vigor até nossos dias. (N. do T.)

Ron estava impaciente para perguntar: — Aquele relatório... como você...

— Shhh — disse Earl, olhando em volta, fingindo preocupação com bisbilhoteiros. — Essa merda é ultra-secreta. Quer mesmo saber?

— Claro que eu quero saber.

— Isso é ótimo, porque é brilhante demais para não contar vantagem a respeito. — Então Earl contou a ele sobre o roubo do relatório original, a confecção de um segundo relatório com algumas mudanças e depois a falsificação da assinatura do sargento.

Era bem simples enquanto Earl explicava, mas parecia inacreditável que um detento pudesse fazer tais coisas. Não combinava com o que Ron achava que sabia sobre a prisão antes de ir para lá.

— Até um pobre idiota aprenderia a se virar se estivesse aqui há tanto tempo quanto eu. — Havia algo de tocante na amarga autodepreciação de Earl, sua consciência da trivialidade de tais feitos. — Vamos para o pátio — disse ele. — Nós não estamos autorizados a permanecer aqui.

Quando seguiam pela estrada, eles encontraram o sr. Hosspack empurrando um carrinho com os arquivos em direção ao portão frontal. Quando ele passou pelos dois detentos seus olhos límpidos moveram-se rapidamente de um para outro. Ele olhou para Ron e balançou a cabeça várias vezes em um silencioso "Hum-hum, agora eu vejo que você esteve mentindo o tempo todo". Ele ignorou Earl.

— Ele me disse para ficar longe dos seus amigos — disse Ron.

— Aposto que sim. Ele não me odeia, não pessoalmente, mas acha que eu não valho duas moscas mortas e deveria ser trancafiado pelo resto da minha vida, e sob o ponto de vista dele pode estar certo. Ele não faz contra mim metade das coisas que eu faria contra ele se tivesse chance.

Quando entraram no pátio, Ron sentiu-se ainda mais em evidência do que antes. Se sua boa aparência jovial parecia contrastar com o meio, o contraste era exacerbado pela sua companhia, que estava na outra extremidade do espectro. Ron viu, ou imaginou ter visto, detentos olharem para ele e depois para a pessoa com quem ele estava; pareciam olhares com conhecimento de causa. Esses putos são como comadres de uma cidadezinha, pensou ele.

Do outro lado do pátio ele viu Psycho Mike seguindo em outro sentido.

— Quando você o vir — disse Earl —, siga caminho e nem mesmo olhe para ele. E, em geral, olhe por onde anda aqui. San Quentin tem muitos pontos cegos e uma boa quota de tarados. Eu não quero ter que arrancar fora o coração de algum idiota se isso puder ser evitado.

— Por que... por que você está fazendo tudo isso? — Ron disparou.

— Na verdade eu não sei.

— Eu não sou veado... não vou ser seu garoto.

O rosto feio de Earl se acendeu; quando ele o fazia seu sorriso era completo e radiante e varria para longe a feiúra. — E que tal se eu for o seu garoto?

— Você está louco.

— Apenas solitário. Eu adoto cães e gatos sem dono, também. Nós discutiremos a dinâmica da coisa mais tarde.

CAPÍTULO **8**

A segunda-feira começou como um típico dia de San Quentin, tão nublado que toda luz era cinzenta e mesmo sem nuvens levava até a metade da manhã para que o sol subisse acima dos edifícios. Ao meio-dia estaria radiante, e durante o crepúsculo seria glorioso, mas então os detentos estariam em suas jaulas, incapazes de aproveitá-lo.

Às oito da manhã a sirene uivou a chamada para o trabalho. O portão corrediço do pátio se abriu e foi como se a barragem de uma represa tivesse desmoronado. Uma lagoa de detentos escoou *en route* para a área industrial. Esse era o primeiro dia completo de trabalho desde a greve, e os rostos refletiam prazer em voltar para teares, serras e empilhadeiras. Ron havia escutado várias queixas sobre a perda salarial; seis *cents* por hora compravam um frasco de café solúvel barato e duas latas de tabaco Bugler no final do mês. Muitos detentos não precisavam de mais nada. Muitos não tinham recursos além da fábrica para obter até mesmo isso.

Ron esperava tensão, possivelmente um silêncio quando a sirene evocasse as balas e a brutalidade. Mas ninguém parecia recordar as mortes e os espancamentos. As mentes haviam se apagado como um quadro-negro sob um pano úmido. Em dez minutos apenas alguns condenados ainda estavam no pátio, a equipe de limpeza serpenteando com pás de lixo de cabos longos e vassouras pequenas, dando pinceladas em cascas de laranja e embalagens de cigarro vazias. As gaivotas davam mergulhos.

Ron cruzou até o pavilhão sul, exibindo seu passe para o hospital ao guarda na entrada, uma pesada porta de aço cravejada de rebites.

Os detentos se acotovelavam quando Ron entrou, avançando para dentro de uma clínica hospitalar que parecia uma estação de ônibus na hora do rush. Circulando por ali havia dúzias de detentos em seus uniformes, e coletivamente eles pareciam tão saudáveis quanto um time de futebol. Poucos condenados vestindo blusas verdes entravam e saíam dos consultórios à esquerda. Numa meia porta os detentos se enfileiravam para obter seus cartões de consulta e depois esperar em duas outras filas para visitar a dupla de médicos. Na verdade, havia dois médicos e uma fila. Um deles estava sendo boicotado. Os cabelos, a cabeça e as roupas desse médico estavam em tal desalinho que davam a impressão de que ele havia enfrentado um ciclone. Ele gritava e gesticulava em uma vã tentativa de fazer os detentos entrarem em sua fila. Um negro jovem e magro com um lanudo cabelo afro foi pego. Pelos gestos era possível dizer que se queixava das costas. Em menos de um minuto ele estava agitando os braços e gritando; o médico respondia aos berros.

Uma escrivaninha abarrotada ficava sobre uma plataforma logo na entrada da porta, mas não havia ninguém atrás dela, e o detento designado como funcionário dali era quem Ron deveria ver. Ele correu os olhos pela aglomeração à procura de um detento vestindo blusa verde com "uma cachola careca como a bunda de um bebê, a não ser por um pouco de ruivo sobre as orelhas... e sobrancelhas de John L. Lewis[1] da mesma

---

2 Líder trabalhista dos Estados Unidos morto em 1969, presidente do Sindicato Nacional dos Mineiros de 1920 a 1960 e do Congresso das Organizações da Indústria de 1935 a 1940. (N. do T.)

cor". O homem assim descrito passou tão perto que Ron não o percebeu até que estivesse na escrivaninha, com dois maços de cigarros numa das mãos e um cartão de consulta na outra. Um segundo detento o acompanhava, parou ao lado de Ron, mas não lhe deu atenção. O atendente jogou os cigarros numa gaveta da escrivaninha, pôs o cartão de consultas na máquina de escrever, datilografou algumas linhas rápido como uma rajada de metralhadora e arrancou o cartão. Inseriu o cartão menor e datilografou novamente. A coisa toda levou menos de um minuto. — Ok — ele disse ao detento ao lado de Ron —, leve este cartãozinho para o porco assinar.

— Tem certeza que está legal? Eu não posso encarar uma acusação.

— Esse é o diagnóstico de duas carteiras de cigarro, úlcera duodenal, e você vai ganhar leite três vezes ao dia.

— Eu vou para o comitê.

— Olhe, o médico assinou a ordem. É tão legal quanto a Suprema Corte.

Ron observou enquanto o detento levava o cartão para o guarda, que o assinou sem olhar o que estava escrito. Ron olhou novamente para o homem atrás da mesa. — Diga-me, você é Ivan McGee?

— Eu mesmo, rapaz. O que posso fazer por você? — A face redonda de veias vermelhas e perdida em excesso de carne possuía os mesmos olhos predatórios que Ron havia visto em tantos detentos, olhos que eram simultaneamente ferozes e velados.

— Earl Copen me disse para consultar você a respeito de uma licença de trinta dias.

— Você é amigo de Earl?

— Ã-hã. E eles me enfiaram na fábrica de móveis.

— Estou vendo por que você quer uma licença. Desconfio que Earl arranjará uma mudança de emprego antes que você precise de outra.

Uma luz piscou no cérebro de Ron, uma consciência de como os detentos veriam os favores que Earl estava lhe fazendo. Podia ver essa especulação nos olhos de McGee naquele

FÁBRICA DE ANIMAIS 131

momento, e por um instante desejou se retirar em fúria. Aquilo estava em todo lugar, era doentio — e humilhante.

— Tem um cartão de consultas? — McGee perguntou.

— Não.

— Já teve alguma consulta?

— Não.

McGee preencheu um cartão de consultas em branco, usando a identificação de Ron para ver o nome e o número. — Você é mesmo um calouro — disse ele. — A tinta desse número ainda nem secou. — Ele puxou o cartão. — Um deslocamento do ombro deve mantê-lo ocioso por trinta dias.

— Isso não é doloroso?

— Não do jeito como nós fazemos. — Apanhando alguns formulários e o cartão de consultas, McGee acenou para que Ron o seguisse através da clínica e tomasse um corredor para o hospital propriamente dito. O portão de grades obstruía a metade do corredor, vigiado por um guarda de meia-idade numa cadeira, que abriu o portão quando McGee se aproximou.

— Ele está comigo — disse McGee ao guarda agitando os documentos para indicar Ron.

— Para onde?

— Raio X.

O departamento de radiografia ficava num canto do segundo andar. O hospital inteiro era um mundo separado dos pavilhões e do grande pátio. Ficava até mesmo fora dos muros, embora tivesse sua própria cerca encimada por arame farpado, e o circuito das torres de vigilância velasse sobre ele, também. O piso era lustrado e os detentos por quem eles passavam sorriam um civilizado "bom dia".

No departamento de radiografia dois detentos estavam jogando xadrez. Um era branco, o outro negro. Isso assombrou Ron.

— Nós precisamos de um ombro deslocado aqui — disse McGee.

— Estamos aqui para suprir as necessidades — disse o detento negro.

Segundos depois, um haltere de dez quilos foi providenciado. Ron foi orientado a segurá-lo enquanto permanecia em pé na frente da máquina de raios X.

— É só deixá-lo pendente — disse o detento branco. — Fica abaixo da foto, mas o ombro vai parecer solto pelo deslocamento. Nós chamamos isso de síndrome de York.

Quando estavam descendo as escadas, Ron perguntou — Quanto eu devo?

— Nada.

— Cara, eu devo algo a você! — disse Ron.

— Se você insiste, me dê uns dois baseados. Mas você não precisa. Earl e eu nos conhecemos há muito tempo...

— O que eu faço agora?

— É só ir para o pátio. Isto estará na folha de movimento desta tarde.

Dez minutos depois Ron estava no pátio sem nada para fazer. O lugar ainda estava deserto e passavam apenas alguns minutos das dez. As filas para o almoço não se formavam até as onze. Quatro jovens condenados estavam perto da cantina, dividindo dois potes de sorvete. Ron reconheceu-os como participantes do grupo da parede da lavanderia, o grupo de Earl, mas não era seu papel juntar-se a eles. Não tinha mais nada para fazer, por isso foi para o escritório do pátio.

— Earl — o guarda imenso gritou quando Ron perguntou por ele. — É melhor aquele maldito viciado fodido e filho de uma puta nunca mais dar as caras se souber o que é bom para ele. — O guarda puxou um porrete do bolso de sua calça e golpeou a mesa com ele. Isso deixou a madeira marcada. — Oops — disse ele, voltando o olhar para o escritório do tenente e depositando alguns papéis sobre a mácula. Então, para Ron, ele disse: — Não ligue para mim. Eu sou louco. Earl não está aqui. Ele dorme até a porra do meio-dia e não vem trabalhar antes de três e quarenta e cinco.

Ainda sem nada para fazer, Ron atravessou a praça até a capela, parando por um minuto para observar o peixe dourado de cauda longa no tanque. O capelão católico tinha uma biblioteca no seu escritório externo, administrada por um prisioneiro funcionário. Embora abarrotada com tratados religiosos simplistas, ela também tinha alguns trabalhos filosóficos e biografias. Em um artigo da Esquire Ron vira uma referência às obras de Teilhard de Chardin. Encontrou um escrito pelo teólogo existencialista e sentou para lê-lo até a hora do almoço ao lado do tanque de peixes.

Quando Ron atravessou o portão, viu Earl, T.J. e um homem que ele não conhecia no final da longa fila do almoço. Estava incerto se devia se aproximar até que T.J. o chamou com um amplo aceno. O sombreado cinzento da barba por fazer de Earl era maior do que no dia anterior e agora estava também em sua cabeça. — Resolveu aquilo? — ele perguntou.

Ron fez que sim. Earl ignorou-o e continuou escutando a história que um recém-chegado contava, um homem chamado Willy que acabara de ser transferido de Folsom. Ele estava descrevendo o assassinato de alguém chamado Sheik Thompson, e a história obviamente causou satisfação a Earl. Os matadores o apanharam enquanto atravessava um corredor e quebraram suas pernas com um bastão de beisebol. Enquanto estava caído eles o esfaquearam até a morte. — Bem no barracão do recreio. O treinador estava lá — do lado de dentro — e não podia passar por eles para sair. Por pouco ele não cagou nas calças. Não conseguia nem soprar o seu apito. Quando acabou, ele correu para fora gritando como um veadinho.

— Ele é um veadinho — disse Earl. — Mas é difícil acreditar que eles finalmente mataram aquele animal do Sheik. Houve uma dúzia de tentativas pelo que eu sei. Ele era um filho-da-puta durão.

— É... É — disse o narrador, recordando de algo com excitação. — Quando os porcos conduziram Slim e Bufford pelo pátio todo mundo... todo mundo os ovacionou de pé. Inacreditável pra caralho. Até os guardas estavam sorrindo, e ele era um dedo-duro filho-da-puta, também.

De repente, a fila do almoço deu uma guinada para a frente, desatando os nós de homens que falavam. A conversa acabou. Ron estava na frente de Earl e atrás de T.J. Depois do almoço o pátio ficou cheio até a sirene para o trabalho da tarde. Ron se viu em meio a quase vinte detentos, uma reunião da maior parte da Irmandade. A imagem de uma horda de leões em repouso passou por sua mente. A maioria estava num semicírculo em volta do homem de Folsom, Willy, que havia comido com eles. Ele contou outras histórias sobre o que estava acontecendo em Folsom, respondeu a perguntas sobre como membros da Irmandade e outros estavam. Foi apresentado e apertou as mãos daqueles que não conhecia. Earl e T.J. estavam fora do círculo em conversa particular com um homem pequeno e irascível chamado Bird, que parecia irritado. Pelas posturas e maneiras deles, Ron concluiu que estavam acalmando o homem. Ele sentiu-se deslocado e se perguntou se alguém estaria questionando sua presença em silêncio. Depois relaxou de certa forma, quando Baby Boy se aproximou e lhe deu um tapinha nas costas antes de ouvir o recém-chegado.

Poucos minutos depois, Earl tocou seu ombro. — Vamos jogar um pouco de handebol.

— Eu não consigo nem acertar aquela coisa.

— Vá se foder com toda essa choradeira. Eu mesmo jogo terrivelmente. Vou arranjar umas luvas para você.

Ron acompanhou-o sem entusiasmo, esperando do lado de fora do pavilhão norte enquanto Earl entrou para apanhar as luvas. — Aqui estão — Earl disse quando retornou, entregando um par de luvas enrijecidas — vão amaciar depois que você suar nelas por alguns minutos. — A sirene para o trabalho soou quando eles cruzaram o pátio inferior em direção às quadras abertas de handebol. — Ninguém estará lá — disse Earl.

— Nos fins de semana há seis milhões de mexicanos na quadra. — Ele começou a lançar a pequena e dura bola de borracha preta na parede com um movimento fluido e suave, como os arremessos iniciais de aquecimento de um lançador de beisebol. Os músculos se alongariam até que ele pudesse tensioná-los sem romper nada.

— O Bird parecia irritado — disse Ron.

Earl fez uma careta e pôs a língua para fora. — Bird queria matar o encanador. A pia dele está fodida, e o cara não a conserta. Nós o convencemos a deixar disso, mas...

— Ele mataria alguém por causa disso?

— Ah, sim... e rápido se ele achasse que o cara o estava ferrando deliberadamente.

Ron sentiu-se menos chocado do que teria ficado dois meses antes.

Eles jogaram handebol durante uma hora, boa parte da qual foi gasta para recuperar a bola quando Ron a perdia, pois ela possuía tremenda elasticidade e rapidez. Da primeira vez que a bateu, ele quase desistiu. Ela o aguilhoou cruelmente, mesmo através da luva. Mas logo sua mão cessou de doer e ele gostou da sensação do ar fresco aspirado para seus pulmões pelo exercício. Ele havia ficado com sua camiseta folgada e uma brisa gentil refrescava sua transpiração. Estava se divertindo. O sol se fora e ele esqueceu que estava na prisão.

Depois de uma hora, a exaustão se instalou. Eles foram até a borda da quadra de handebol e sentaram, usando o muro como apoio. A camiseta molhada grudou em seu corpo e deixou uma umidade escura na parede. Earl também estava corado pelo sol e suando, embora bem menos. — Você tem que dar uma caminhada para se refrescar.

— Muito cansado — respondeu Ron; depois deu um tapinha no pneu de carne que caiu por cima do cinto de Earl quando ele sentou. — O que é isso?

— Cadeia boa.

— Com essa comida?

— Bem... toda noite, quando você está na cela, eu me enfio na cozinha. Ninguém fica lá além da equipe de limpeza, um par de tiras e meu chapa tenente. Nós abrimos os refrigeradores e cozinhamos. — Ele arremessou a bola e deixou que ela rolasse até uma parede a cinqüenta metros. Logo abaixo de sua clavícula esquerda, parcialmente oculta pelos pêlos do peito, havia uma cicatriz branca de dez centímetros de comprimento.

— Alguém pegou você, também? — Ron perguntou.

— É, quando tinha dezenove anos e achava que era o filho-da-puta mais durão do mundo. Agora eu sei que todo mundo pode morrer. Não, eu sabia que não era tão durão, mas queria que todos os outros pensassem que era. Nós tínhamos um pequeno bando — não como as gangues de hoje em dia — e três de nós tínhamos ido detonar a cabeça de um cara... Você quer ouvir isso?

— Claro... histórias de violência fascinam quase todo mundo.

— Você vai encontrar uma boa porção delas aqui... Como eu dizia, nós encurralamos esse cara na seção "A". Ela não era de regime fechado naquela época. Ele tinha uma lâmina, mas nós estávamos em três. Outro cara tinha ficado de lado e eu não prestei nenhuma atenção nele. Devia ter prestado. Ele puxou uma faca e enfiou no meu peito. — Earl deu um grunhido. — Uns cinco centímetros mais para baixo e teria atingido meu coração. Ele acertou um pulmão e o sangue começou a sair pela minha boca. Eu comecei a correr para o hospital e passei chutando pela porta. Quando acordei, tinha tubos enfiados em mim e uma máscara de oxigênio. Vou dizer uma coisa, se eles levam você com vida para o hospital, eles o salvam. Nós temos alguns cirurgiões que são os maiores especialistas do mundo em feridas de faca.

— O que aconteceu com o cara que fez isso?

— Fugiu... entregou-se e deu a faca a eles. Não o processaram porque eu não testemunharia. Mas ele sabia que tinha de se afastar do pátio ou meus parceiros o apagariam.

— Você voltou a vê-lo?

Earl riu. — Não durante um bom tempo. Ele foi transferido para Soledad, matou um cara e foi para Folsom. Nossa bronca aconteceu há quinze anos. — Earl deu uma risadinha. — Você já o conheceu.

— Quem?

— Meu amigo McGee, do hospital.

— McGee! Você está brincando!

— Ã-hã... ele mesmo.

— E quanto a manter a reputação? Não consigo imaginar alguém como você deixando isso passar.

FÁBRICA DE ANIMAIS **137**

— Como é possível ficar puto durante quinze anos? Eu estive nas ruas duas vezes e ele não saiu. Ele não toca nesse assunto. Nem mesmo T.J. e Bad Eye sabem... só Paul. Eu não tenho medo dele, e quando ele foi transferido há uns dois anos isso passou pela minha cabeça. Eu quase me armei, mas estou ficando velho e fraco. Eu quero sair para as ruas uma vez mais. Se alguma coisa acontecer e eu não puder contornar, faço o que tem de ser feito. Não vou deixar ninguém me foder... Além do mais, isso me ensinou duas coisas: que todo mundo é mortal e a respeitar todo mundo.

Ron digeriu a história e ergueu os olhos por sobre o guarda com um rifle em cima do muro até o colar de nuvens em torno do pico do monte Tamalpais.

— Você disse que iria me contar o porquê... por que você tem me ajudado.

— Quer mesmo ouvir isso?

— Sim — disse ele enfaticamente. — Eu não sou veado. Já estou em obrigação com você, mas não vou pagar sendo seu garoto, mulherzinha ou seja lá como vocês chamam isso. Eu não poderia viver comigo mesmo.

— Cara, eu não...

— Eu estou paranóico. Sinto como se tivesse de proteger meu pau com uma das mãos e meu rabo com a outra. Estou desconfiado de qualquer um que seja amigável. Eu vejo isso em todos os olhos.

— Você não viu nos meus.

— Não... porque você é muito mais matreiro que a maioria deles.

Earl afastou os olhos, pensativo, então, quando ele respondeu, a fala anasalada e lacônica e os barbarismos gramaticais haviam desaparecido. — Tudo bem, eu vou explicar... da melhor forma que puder. Há algum tipo de homossexualidade envolvida, psicológica se não física... se quiser chamar assim. É a necessidade de sentimentos — de sentir — que pode ser dirigida a uma mulher. Francamente, se você fosse feio, eu provavelmente não estaria interessado.

Ron sentiu um tremor incontrolável. Não gostou daquilo;

isso o diminuía. Ele tentou interromper, mas Earl ergueu uma das mãos.

— Mas esse é um problema meu, não seu. Mesmo o pouco que eu vi me mostra que você não é burro nem fraco...

— Eu apenas não estou no meu elemento aqui. Isto é novo para mim.

— E a maioria de nós cresceu nisto. Seja como for, eu preciso de alguém... um amigo. Eu adoro T.J., Bad Eye e Paul, mas é diferente. Eles não preenchem uma certa necessidade. Por isso eu sou seu amigo. Não estou armando para cima de você. Eu não sou o pior filho-da-puta por aqui, nem de longe, mas meus amigos são realmente maus. A prisão é um mundo à parte e você tem de construir uma vida afastado do mundo lá fora. Eu não tenho uma família, por isso meus amigos são minha família. Se você tentar viver em ambos os mundos, ficará louco.

— Mas se este se tornar todo o seu mundo, você esquecerá como se sair bem lá fora.

— Isso acontece para muitas pessoas, e você se transforma aqui... se sobreviver. Talvez você possa me fazer pensar nas ruas. Venha, vamos levantar. Eu tenho de tomar um banho e me aprontar para o trabalho... não que eu faça alguma coisa.

— Eu não posso tomar banho até a noite.

— É, você ainda está no bloco leste. Talvez nós possamos providenciar sua mudança.

— Isso exige nove meses de conduta limpa. Eu ainda não estou aqui há dois.

— Mas eu estou aqui há dezoito calendários e sei como conseguir que as coisas sejam feitas. Nós provavelmente poderemos arranjar melhores acomodações para você em uma semana ou duas.

Juntando suas camisas, eles marcharam em direção ao grande pátio. Os vastos pavilhões dominavam o horizonte como ameias de castelos sobre os penhascos de uma montanha. Enquanto subiam os degraus um mexicano parou Earl e contou-lhe que alguém estava vendendo heroína da boa no pavilhão oeste.

FÁBRICA DE ANIMAIS **139**

No pátio, Earl bateu nas costas de Ron e desapareceu pavilhão adentro. Ron experimentou uma sensação de perda, dando-se conta de quão rapidamente a dependência estava aumentando e suspirou em aceitação. Ele encontrou um banco ao sol e voltou a ler o livro que havia retirado da biblioteca da capela.

Agora que não precisava ir para a fábrica de móveis, Ron seguia o exemplo de Earl de dormir durante o café-da-manhã e sair na liberação do almoço. Comia aquela refeição com Earl e às vezes com T.J. ou alguns outros. Ele gostava dos amigos de Earl, da camaradagem cálida, e ainda assim jamais se sentia inteiramente tranqüilo. A intranqüilidade aumentava até o desconforto quando muitos deles se juntavam num grupamento, por isso ele os evitava quando se reuniam, descobrindo que tinha de ir para a biblioteca, a capela ou algum outro lugar. Earl observava seu nervosismo e o entendia, mas geralmente ele próprio permanecia com o bando. Às tardes, depois da chamada de trabalho, eles iam jogar handebol ou sentar-se no pátio inferior para conversar. As conversas eram mais profundamente pessoais que quaisquer outras na vida de Ron. Ele não estava acostumado a analisar seus relacionamentos com sua mãe, Pamela ou por que depositava um peso tão absoluto no dinheiro, que era uma obsessão para ele. Falava sobre sua vida do lado de fora e podia dizer que Earl o respeitava. Ele contou uma mentira, achando que agradaria a Earl; foi em resposta à pergunta se ele era comprometido com o crime. Ele respondeu: — Sim — mas a verdade era que ele não sabia. Seu futuro era incerto; o barro ainda não estava duro.

Earl explicou por que às vezes se afastava de Ron. O relacionamento improvável estava sujeito a ser visto por muitos detentos como o de um gilete e seu garoto. — Eu os corrijo — disse Earl. — Mas não posso conter três mil e quinhentos detentos individualmente... e se eu fizesse isso seria um "Acredito que protestais em demasia". Por isso, quanto menos atenção eu atrair sobre você, melhor.

— O que eles pensam não poderia me importar menos.

— Por um lado você tem razão, mas por outro não. Você pode passar muitos anos entrando e saindo destes lugares. Nunca se sabe. Se você vestir uma carapuça de veado, irá carregá-la para onde for. Pode durar vinte anos a contar de hoje. Essa é a segunda pior coisa para ser rotulado depois de um dedo-duro. Tudo que um homem tem na prisão é sua reputação diante de seus pares.

Ron achou que era um exagero. Tanto quanto lhe era permitido conhecer a verdade, não importava o que detentos ignorantes pensavam. Nos meses que estavam por vir, sua atitude mudaria. Ele aprendeu que um bom nome era importante, e isso de maneira crítica. Ele viu um homem com amigos ser estapeado e não fazer nada a respeito. Os amigos lhe viraram as costas e o homem dali em diante foi obrigado a pagar com suas provisões por proteção, até que por fim deu entrada na custódia preventiva e foi transferido. Qualquer sinal de fraqueza era um convite à agressão, e o maior desses sinais era ser comido. Viu um jovem de boa aparência com cabelos loiros de classe média chegar, e os lobos caírem sobre ele. O recém-chegado não tinha amigos. Dentro de um mês ele estava vestindo jeans colados ao corpo e sem os bolsos de trás. Suas sobrancelhas estavam delineadas e em seus olhos algo havia morrido. Os jovens mexicanos violentos que haviam transformado o loiro em mulherzinha acabaram por "vendê-lo". Ron então ficou feliz que Earl se preocupasse tanto com as aparências quanto com a realidade.

No sábado, depois de duas semanas convivendo com Earl, ele atravessou o portão do pátio no final da tarde. Um tenente de queixo quadrado com o quepe inclinado para o lado estava parado com um sargento alto. O tenente gritou: — Ei, Decker.

O crachá do tenente dizia "Seeman" e Ron soube que era o chefe de Earl. Ainda assim, ficou constrangido. O pátio estava cheio de detentos e era sempre embaraçoso ser visto conversando com um guarda.

— Você é amigo de Earl, não é?

— Sim, senhor.

— Eu conversei com o tenente do bloco norte, tentando conseguir que você se mude. Ele me deve um favor e está de acordo... só que alguém andou escrevendo cartas denunciadoras ao diretor sobre pessoas saltando as listas de espera. Mas... tem um jeito. — Ele piscou. — Nós designamos você como zelador de um corredor... se não se importar de levantar às seis da manhã para servir água. Quando estiver lá por algum tempo, nós conseguimos uma mudança de emprego para você. Não precisa se mudar depois de já estar lá. Que tal lhe parece.

— Está ótimo, tirando o fato de que eu ainda tenho duas semanas de licença médica.

— Tenho certeza de que você conhece alguém para cuidar disso. — O tenente sorriu.

Ron retribuiu o sorriso, fez um cumprimento de cabeça e começou a se afastar.

— Mais uma coisa — disse o tenente. — Earl me contou que você não é o garoto dele. Eu não me importo. Isso é problema seu e dele, mas não o meta em problemas. Ele tem estado limpo até aqui e nós vamos deixá-lo sair em mais ou menos um ano se ele se mantiver assim.

— Eu não vou metê-lo em problemas — disse Ron, e enquanto se afastava a afirmação foi reforçada em sua própria mente. A última coisa no mundo que ele queria era causar problemas a Earl. O detento mais velho já era o melhor amigo que ele jamais tivera, como um irmão mais velho, talvez um pai. Era difícil para Ron, mesmo em silêncio, articular a palavra "amor" quando isso envolvia outro homem, mas ele conseguiu dizê-la para si próprio.

Uma semana mais tarde, Ron carregou seus pertences num carrinho de plataforma com rodas de ferro e mudou-se para a última cela do quinto pavimento do pavilhão norte. Consumista por natureza, ele já tinha mais posses que Earl, incluindo pinturas a óleo compradas de prisioneiros artistas. Um deles era um grande quadro impressionista da prisão vista da

142 EDWARD BUNKER

baía, o outro era de um barqueiro indiano com um turbante asqueroso, pupilas distendidas e uma permanente protuberância desfigurante em sua mandíbula, resultado de manter chumaços de folhas de coca dentro dela ano após ano. Na primeira noite em que a pintura esteve com ele, um negro se aproximou, passou os olhos e seguiu em frente, retornando minutos depois. — Diz aí, cara, o que você tá fazendo, tirando sarro da dor de dente de um mano? — O tom era acusador. Ron explicou, mas ressentiu-se pela necessidade de fazê-lo. Ele entendeu a suspeita do negro, mas paranóia era uma doença. Depois disso virou a pintura para a parede. Quando Earl ouviu o fato, ele riu. — Isso não é nada. Em Soledad eles têm conflitos raciais por qualquer coisa. Um deles aconteceu porque um carro branco no comercial de TV da Shell tinha melhor desempenho do que o carro preto.

No pavilhão norte, Ron começou a trabalhar como zelador matinal do pavimento. Às cinco da manhã um guarda o acordava batendo com uma chave nas grades. Ele podia ir para o café-da-manhã então, mas nunca o fazia. Às 5h30 ele enchia o tambor de cinqüenta galões com água quente e o empurrava pelo passadiço com um carrinho, enchendo as latas pelas grades com uma mangueira. Tinha de fazer três viagens. Quando as outras celas eram destrancadas depois das seis, ele varria e esfregava, e uma vez por semana recolhia os lençóis das grades, fazendo uma lista de quem os havia deixado. Até as duas da tarde ele mantinha a pesada chave para deixar os homens daquele pavimento entrar e sair de suas celas, embora depois de alguns dias ele conhecesse os que moravam ali e lhes entregasse a chave. A maioria deles trabalhava, por isso o único tráfego era durante a hora do almoço. Não era um serviço realmente duro e Ron tinha menos aversão ao trabalho do que o detento médio. Isso lhe dava tempo para ler, para exercitar sua mente, para fugir da feiúra prevalente e ver a paisagem inesgotável de homens articulados. Em questão de semanas ele acumulara uma caixa de papelão cheia de brochuras, muitas trazidas por Earl, que sacudia a cabeça em fingido desdém sempre que encontrava Ron lendo entretenimento frívolo. Este rapidamente deixou de apreciar o lixo; isso não poderia moldar sua mente como Dostoiévski, Hesse, Camus e Céline, que eram os favoritos de Earl. Ron sempre havia presumido que Jack London escrevia livros para crianças até que Earl lhe deu *O Andarilho das Estrelas* e *O Lobo do Mar*. Ele gostava de ouvir Earl falar sobre livros. As maneiras do homem mais velho mudavam. Ele se tornava entusiasmado e sua gramática, precisa. Não tinha interesse em outras formas de arte que não a literatura, mas não gostava necessariamente de tudo que era aceito como grandioso. Ele desgostava de Dickens e Balzac e achava que Thomas Wolf não devia ser lido por ninguém acima de vinte e um anos. Em três meses Ron lera mais do que em toda a sua vida prévia. Ele sentiu sua mente se expandir, suas percepções se tornaram mais agudas, pois cada livro era um prisma refratando as verdades infinitamente variadas da experiência. Alguns eram telescópios; outros microscópios. Uma vez Ron quis levar seus livros para a feira de trocas no sábado de manhã, mas T.J. estava por perto quando ele mencionou isso. — Garoto — disse ele —, cê não sabe que a gente é gângster e desordeiro? Se queremos livros, por Deus, a gente vai lá e pega. Você pode passar os seus para a frente se quiser, mas que se foda toda aquela merda de bricabraque. — Freqüentemente era difícil dizer quando T.J. estava brincando, mas Ron não foi para a feira. Nem deu os livros a ninguém. Mais tarde ele os vendeu por três embalagens de cigarros e uma carteira feita à mão.

Uma manhã ele passou pela cela de Earl e o encontrou lendo *The Happy Hooker*[2].

— Lendo literatura séria? — disse ele.

— É educativo para caramba.

— Deixe-me vê-lo quando você acabar.

— Ã-hã, jovem demais. Esta dama é depravada.

— Porra!

---

1 De Xaviera Hollander, já publicado no Brasil com o título *A Aliciadora Feliz*. (N. do T.)

— Agora você quer ser um punheteiro idiota. Foi isso que eu criei. Vai ficar com pêlos nas mãos.

— E quanto a você?

— Eu já sou louco. Tenho de ser. Vou continuar voltando para cá. Eu devo gostar disso, também, não acha?

Ron sacudiu a cabeça, mas sentiu-se culpado, pois não podia negar que qualquer um que continuasse voltando para a prisão tinha de ser um idiota, ou doente, ou alguma outra coisa. Até mesmo Earl. Ainda que Earl fosse seu professor, sua família entre os muros, seu amigo. Era desleal ter tais dúvidas.

O emprego de zelador do pavimento também lhe dava tempo para escrever cartas, duas ou três por semana para Pamela, e uma em semanas alternadas para sua mãe. E uma ao mês para Jacob Horvath. As respostas de Pamela se tornaram menos freqüentes e mais curtas. Vito conseguiu uma máquina de escrever portátil avariada por conta de uma dívida e vendeu-a a Earl por um pico, depois ela acabou na cela de Ron e era ele quem a usava.

Embora Ron nunca ficasse à vontade no pátio repleto, perdeu temporariamente o seu medo. Os ataques à faca diminuíram por algum tempo depois da greve e quando eles atingiram novamente um pico, Ron, que normalmente teria se identificado com a vítima, sabia que seus companheiros eram o bando de brancos mais mortal de San Quentin e isso lhe dava um sentimento de poder — até um dia na hora do almoço. Ele e Earl haviam acabado de sair do refeitório e estavam caminhando sob a marquise, para onde a maioria dos detentos fora levada pelo sol quente. Earl atirava pelotas de pão amassado para as gaivotas e parecia completamente relaxado e alheio ao fluxo do pátio. De repente, ele agarrou a manga de Ron à altura do pulso e o empurrou com o ombro, mudando sua direção como um cão pastor teria feito com um carneiro.

— Vamos embora... rápido!

— Hã? — Mas Ron o acompanhou, afastando-se vigorosamente de onde eles estavam parados. Pelo canto do olho ele

FÁBRICA DE ANIMAIS **145**

viu uma agitação de movimentos a poucos metros de onde eles estiveram. Olhou com mais atenção. Um grande chicano rodopiava como um cão tentando caçar a própria cauda, com a mão crispada sobre o peito, onde o cabo envolvido em fita preta de uma faca se projetava para fora. Sua boca estava aberta em forma de O, como se estivesse bocejando, mas o sangue voava para fora. A multidão se afastava dele. Ron viu um chicano pequeno e escuro fugindo com a cabeça baixa, confundindo-se na multidão. O chicano grande o viu e começou a dar perseguição, mas depois de dois passos sua marcha enfraqueceu — e repentinamente os seus joelhos se entregaram.

Os apitos começaram a balir, os atiradores estavam mirando, guardas avançaram e cinqüenta homens estavam cercados. Os guardas começaram a coletar os cartões de identificação. Se Earl não tivesse puxado Ron, ambos estariam no grupo.

Agora Earl e Ron estavam fora da marquise, sob o sol, e Earl estava furioso. — Pobre Pete — disse ele. — Ir para a fita a troco de nada. Filho-da-puta!

Então Ron lembrou-se do grande chicano, alto, de riso fácil, que freqüentemente parava para cumprimentar Earl, Paul e T.J. Pete fora importante na Irmandade Mexicana. Se um homem como Pete podia ser assassinado tão casualmente... — Ninguém vai procurar vingança? — Ron perguntou.

— Se eles puderem pegar o cara. Para quê? Pete vai continuar morto. Eles retalham alguém por causa de sapatos... porra de sapatos! E o cara não os pegou... provavelmente não podia pegá-los. Eu sempre digo isso aos nossos amigos selvagens. Cedo ou tarde algum idiota vai chegar de mansinho e fazer isso. Todo mundo pode morrer. Todo mundo sangra. E todo mundo pode matar na situação propícia.

Trinta minutos depois o corpo havia partido e o asfalto tinha um contorno de giz branco onde ele caíra. Logo os pés calçados de borzeguins também iriam se apagar — o último vestígio de um ser vivente.

E a confiança de Ron acabou. Ele nunca gostara do pátio; agora abominava-o e passava o maior tempo que podia na cela, lendo. E onde, contrariando o conselho de Earl, ele freqüentemente cochilava com a porta destrancada, passou a nunca fazê-lo. Alguma outra coisa estava germinando: um endurecimento para a violência. Isso era parte da condição humana; os homens haviam estabelecido as coisas pela espada desde o começo dos tempos, e, embora isso fosse com freqüência estúpido e autodestrutivo, às vezes era o que a situação requeria. E se ele sentia medo, não era mais o medo de estar indefeso.

A rotina de Earl Copen — e rotina é a chave da sobrevivência da prisão — mudou sensivelmente para acomodar a entrada de Ron Decker em sua vida. Earl ainda dormia até tarde, mas agora, em vez de preguiçar em sua cela até a hora do almoço, ele geralmente visitava seu amigo. Às vezes eles jogavam xadrez, e Earl o derrotava seriamente, mas não estava interessado porque preferia conversar. Ainda assim ele encontrava alguma reserva em Ron, uma crença na distância e na propriedade que vinha de seus antecedentes. Earl queria relaxamento total, confiança absoluta. Também queria que Ron se misturasse mais, fosse mais adaptável. Por isso ele investia contra o decoro no mais cru estilo da prisão, tocando sugestivamente na coxa de Ron. — Você deve ter jogado futebol — ele dizia. Ou um clichê de San Quentin: — Quer uma jujuba, garotinho? — Ou às vezes dava tapas em sua bunda ou agarrava sua virilha. No início, Ron corava furiosamente, perplexo e raivoso, mas viu que Earl, T.J. e outros freqüentemente brincavam e caçoavam desse modo, e, embora nunca deixasse de ficar vermelho, percebeu que tais coisas indicavam igualdade e aceitação em vez de más intenções, e começou a gracejar em resposta: — Continue mexendo aí que eu puxo ele para fora.

— Ponha ele bem aqui — dizia Earl, estendendo sua mão.

— Ah, não, não confio em você.

Logo a total descontração chegou, embora Ron jamais fosse tão espontâneo quanto os outros. E Earl o amava como a um filho adotivo. E amava T.J. e Bad Eye, também, como se fossem irmãos mais jovens. Earl amava todos eles do mesmo modo, mas pensava mais em Ron. Desde o princípio ele viu que o jovem esguio, embora pobremente equipado por seus antecedentes para a loucura de San Quentin, tinha forças que faltavam totalmente aos outros, de que ele próprio carecia. Ron podia estabelecer objetivos e trabalhar para atingi-los, enquanto todos os seus outros amigos viviam inteiramente para o momento, psicologicamente incapazes de adiar a satisfação, predispostos à fúria diante de toda frustração. Essas qualidades eram forças em situações que requeriam impetuosidade, mas uma deficiência quando a prudência era exigida. De muitos modos, Ron já era mais competente que ele, mas Earl sabia coisas que Ron não sabia. O mais jovem era um adepto do crime — porque o tráfico de drogas era a atividade em que o dinheiro podia ser feito em maiores quantidades no menor tempo. Não fazia diferença para Earl o que Ron queria, mas Earl queria que ele fosse bem-sucedido, e por isso contou-lhe tudo que sabia sobre crime e criminosos — não técnicas de assalto e arrombamento, mas atitudes e, especialmente, como ler personalidades.

— Você tem cinqüenta informantes, assim diz a polícia no depoimento. Você não está gerenciando um mercado Safeway. Tenha medo. Seja paranóico. Não confie em ninguém de modo algum a não ser que você o conheça... em situações de estresse. Se você está lá fora negociando grande com drogas, é um caminho para fora da cadeia para muitos deles. Ponha proteção sobre você, fique isolado, espere sempre o pior. Paranóia é uma característica necessária a um criminoso.

Earl esboçou a estrutura organizacional que proporcionava o máximo de proteção possível. Do lado de fora, ele devia tomar uma pessoa como parceiro ou lugar-tenente, para manobrar todos os traficantes; e os traficantes deviam ser capazes apenas de contatar o lugar-tenente passando números telefônicos em código por um serviço de recados. Desse modo, se algum deles fosse preso, a coisa toda se dissolveria e seria restaurada em outro local. O serviço de respostas era cego; a única pessoa que poderia dar informações sobre Ron seria o lugar-tenente. O risco ainda existia, mas havia uma barreira que os procedimentos habituais da polícia não atravessariam. Ao mesmo tempo, era importante manter um perfil discreto para evitar atrair um maior esforço das autoridades.

Earl também implantou sua visão a respeito da vida, com sua irrevogável ausência de sentido em um universo indiferente. A mente de Ron era um terreno não cultivado. E ainda mais do que o pragmatismo do submundo e da prisão, mais do que um sistema filosófico, Earl proporcionou uma matriz que o influenciou — embora ele não estivesse imune à crítica de Ron.

Eles geralmente comiam juntos, exceto quando Earl se ausentava para tramar com T.J. e Paul. E à noite Earl às vezes vinha do trabalho para conversar. Filmes eram exibidos para o pavilhão norte no refeitório nas noites de quarta-feira e sábado, e Ron sentava com o bando. Ele gostava dos assentos especiais, uma fila inteira em que nenhum detento sentava sem ser convidado.

Os dias se arrastaram em meses — pela rotina.

Ron não recebia uma carta de Pamela havia semanas, mas, embora isso o deixasse chateado, não era a preocupação excruciante que teria sido meses antes. Depois veio uma carta tendo como remetente o número de uma caixa postal na Cadeia Central de Los Angeles. Ela havia sido presa por drogas e queria dinheiro. A carta não dava detalhes, a não ser que tinha sido por porte de uma onça e que a fiança era de dez mil dólares, mas as palavras gotejavam amarga autopiedade e vituperação. Ron a levou com ele até a praça e observou o peixe mover-se através da água, a fonte jorrar e brilhar à luz do sol. Ele tentou sentir alguma angústia. Não sentiu nada. Leu a carta novamente e ainda não sentia nada — a não ser culpa por sua falta de sentimentos. O tempo e a distância haviam corroído o amor. Não era apenas isso, ele agora via que a maior parte do seu amor havia se construído sobre ilusão; ele se apaixonara por uma puta drogada que era compelida à autodestruição e para atender sua própria necessidade ele a vestira com uma toga branca e a colocara num pedestal. Ainda assim, devia algo a ela? Podia fazer sua mãe mandar algum dinheiro, não a quantidade que Pamela queria, mas o bastante para um advogado ou a caução da fiança.

Naquela noite ele mostrou a carta a Earl e pediu conselho.

— O que quer que sua consciência lhe diga está certo... não o que você acha que as outras pessoas irão pensar. Se ela foi uma boa garota, você deve fazer isso. Se ela foi uma vaca fingida, deixe que ela tome no cu.

— Ela foi uma vaca fingida. Não esteve aqui nenhuma vez.

— O que você fizer está certo para mim. Se estiver errado, ainda assim você estará certo.

Ron tentou responder à carta. O censor mandou de volta. O regulamento impedia a correspondência entre prisioneiros de diferentes instituições sem permissão especial. Ele não tentou obter a permissão nem escreveu novamente.

Numa noite de sábado cinco negros tentaram escapar atravessando um respiradouro no telhado do pavilhão sul e descendo por cordas por uma sombra profunda onde dois pavilhões se encontravam. Eles apostaram que um guarda da torre de vigilância não estaria alerta. Dois desceram sem ser vistos, mas o terceiro homem foi avistado. O alarme enviou três dúzias de guardas vasculhando as dependências da prisão, enquanto a água que a circundava evitou que os fugitivos partissem. Todos foram apanhados dentro de uma hora e obrigados a marchar de volta para dentro nus.

Earl Copen teve de trabalhar datilografando os vários relatórios. Ele perdeu o filme e Ron foi sem ele, ocupando o espaço reservado ao lado de Paul. Enquanto o refeitório se enchia, eles mantiveram conversa.

— Eu soube que você está indo para a colônia agrícola — disse Ron.

— Talvez. Eu cumpri um ano da minha última pena nas Sierras como cozinheiro da colônia e o tenente me quer de volta. Mas eu provavelmente não conseguirei isso antes de ir para o comitê de condicional.

— Quando será isso?

— Uns dois meses. Depende de quando ele se reunirem.

— Existe alguma chance de você sair?

— Hum-hum, quase a mesma chance de um rato numa gaiola com uma cascavel. Três anos por arrombar um cofre com quatro condenações anteriores é menos do que eles precisam para a reabilitação. No próximo ano, se Deus quiser e o rio não subir — a menos que eles estejam querendo justificar a construção de mais um presídio. Um ano eles estavam chorando sobre a superpopulação e a necessidade de uma destinação de trinta milhões de dólares e a porcentagem de condicionais concedidas caiu dois terços. Você já ouviu falar em política pragmática... isto é penologia pragmática. Eu imaginei cumprir cinco ou seis anos quando recebi a sentença. E eu sou o filho-da-puta que pode fazer isso. — Paul terminou com um sorriso torto.

Não muitos meses antes, Ron teria ficado horrorizado à idéia de cinco anos na prisão. Ele nem mesmo pensava em seus próprios seis anos antes de ser candidato à condicional; pensava apenas no juiz chamando-o de volta. Agora cinco anos não eram nem mesmo uma pena longa. Earl havia cumprido cinco anos na sua primeira vez. Bad Eye tinha quase trinta anos de idade e não era livre desde que tinha dezoito. T.J. havia cumprido trinta e nove meses na sua primeira pena, começando quando tinha dezenove, por dar à sua namorada de dezoito anos dez cigarros de maconha. Ele aprendeu técnicas de assalto à mão armada e as pôs em prática semanas após sua condicional. Voltou para três anos por tentativa de assalto.

Paul disse: — Não importa quantos anos você cumpre; quando acaba, não foi merda nenhuma. Não quando você olha para trás. Depois está acabado. A não ser que fique insano — e você ficaria surpreso em saber quantos homens fortes desabam e quantos outros só ficam mais fortes. Um velho em Folsom, Charley Fitz, amassou quarenta e seis anos do calendário. Tinha quase noventa quando saiu. Você acha que alguém tão velho e preso por tanto tempo ficaria nervoso

FÁBRICA DE ANIMAIS 151

demais para superar. Uma ova! Ele avançou para fora e mandou um cartão-postal para cá, dizendo: "Nem uma maldita coisa mudou. Talvez eles se locomovam um pouco mais depressa, mas ainda é a mesma merda!" Ele ficou na história...

Ron sorriu, imaginando se Paul estaria contando a verdade. A veracidade dos fatos significava pouco para ele, se uma boa mentira o fizesse marcar pontos ou fosse mais interessante. E a história de Fitz marcou um ponto.

— Já pensou em se endireitar? — Ron perguntou. — Você não pode se considerar um criminoso de sucesso... Earl também não. Na verdade, vocês dois são desastres.

Paul ficou vermelho, tocado num ponto sensível, mas ainda assim não disposto a protestar por estar vulnerável. Ele podia conseguir dinheiro, mas não conseguia ficar fora da cadeia; e eram necessárias as duas coisas para ser um sucesso. — Nada, não mesmo. É como um jogo de pôquer: você se senta para ganhar e não se levanta enquanto está perdendo.

— Isso é verdade... para os jogadores compulsivos. Mas se você não pode ganhar...

— Eu comecei com cinqüenta anos de expectativa de vida e já queimei trinta. Estou enterrado demais nisso para desistir. O único lugar onde me sinto à vontade é entre ladrões. Eu sou um ladrão e a prisão é o resultado inevitável. Nós não pensamos em ficar fora dela pelo resto de nossas vidas, apenas em quanto tempo haverá entre os aprisionamentos. Se conseguir meio a meio, você é um sucesso. Eu fiquei fora quatro anos da última vez, roubando todos os dias. Eu caguei em penico de ouro durante todos os quatro anos. Vegas, Acapulco, Miami, o pacote completo. Portanto, tenho recordações.

Ron desconfiou em silêncio, pois via Paul como alguém inteligente e talvez competente em crimes menores, mas tão completamente deficitário em perspicácia e autocontrole que o fracasso em qualquer coisa maior era inevitável. Apostou consigo mesmo que tais declarações eram exageros, ornamentados pelo tempo passado num mundo onde os sonhos não tinham limites. Em seguida, porém, Paul demonstrou um discernimento de que Ron não teria suspeitado.

— Talvez um em dez mil saia e consiga isso, ser aceito, entrar para a... — ele fez um gesto com dois dedos de cada mão para indicar aspas — "classe média". Mas a sociedade nunca perdoa e esquece o resto de nós. Ela nos deixará ser livres desde que nós aceitemos ser uns bostas. Ela deixará você engraxar sapatos ou lavar carros ou fritar hambúrgueres. Isso para ex-condenados brancos. Imagine o que é ser negro e ex-condenado, e provavelmente analfabeto. Cem anos atrás você poderia desaparecer. Agora os computadores impedem que você recomece. Em 1903, cerca de duas dúzias de homens forçaram caminho para fora de Folsom, mesmo trocando tiros com um destacamento. Dois morreram lá mesmo, dois outros foram enforcados, mas a maioria deles fugiu e nunca mais se soube deles. Sem dúvida alguns continuaram assaltando, mas muitos deles tiveram de pegar na enxada ou o que quer que os sujeitos direitos fizessem na época, caso contrário eles teriam sido apanhados com o tempo. Mas podiam começar vidas novas.

— Todos os empregadores querem um currículo impresso hoje em dia. Você não pode esconder seu passado. Eles não querem ex-condenados — e o engraçado é que eles têm razão. O babaca sai daqui e está fodido. Especialmente desta prisão. Que se foda a reabilitação... ficar vivo é um emprego de tempo integral. — Ele terminou com um erguer de ombros. — Tem um cigarro?

Ron entregou-lhe um. O refeitório estava quase cheio nesse momento. Os homens vestindo brim tomavam as fileiras. Os negros tinham a seção esquerda inteira. Paul deu uma risadinha. — Um dia eu vou mostrar para você o primeiro retrato de Earl na prisão. Ele parece ter uns quatorze anos e está sério como um câncer.

— Sim, eu gostaria de ver isso. Ele tinha algum... problema?

— Sim e não. Qualquer um tão jovem faz os filhos-da-puta especularem. Mas ele era duro e feroz. Era diferente na época... não havia grandes gangues nem distúrbios raciais. Se um jovem tivesse peito, era muito provável que eles o deixassem em paz. Agora, se não tiver amigos, eles simplesmente o

FÁBRICA DE ANIMAIS 153

estupram e não importa quanto ele é durão. Nem King Kong pode enfrentar quinze ou vinte homens com facas que não apenas não se importam em matar, mas querem fazer isso. Deus sorriu para você quando encontrou Earl. Se ele é seu amigo, é até que a casa caia, ainda que caso contrário seja tão podre e imprevisível quanto qualquer outro. Isso é uma necessidade aqui. Eu estava preocupado que você o metesse em algum tipo de roubada... deixasse que seus problemas se tornassem mais complexos e o prejudicassem. E se ele entrasse numa enrascada, T.J. e Bad Eye iriam ficar loucos, e quando ficam assim os outros também ficam. Mas você é legal.

— Cara, se eu o metesse em problemas... Eu quero vê-lo do lado de fora, mesmo que não consiga imaginá-lo em qualquer outro lugar que não a prisão. Mas fora daqui eu poderia ajudá-lo como ele me ajudou. — Antes que Ron pudesse prosseguir, as luzes do refeitório se apagaram e o facho de luz transportando as imagens lampejou da cabine de projeção para a tela.

CAPÍTULO **9**

Quando a primavera chegou, era visível apenas nos jardins da praça; e lá as flores estavam em botões — rosas, zínias, amores-perfeitos. O resto da prisão conservava sua monocromia morta. Por essa época, Ron estava agitado pelo tédio. Ele estava ambientado, mas não tinha nada para fazer. Sua natureza enérgica não tinha vazão. Ele não estava interessado em jogos ou drogas, a não ser quando eles levavam ao dinheiro, embora visse como esses ícones eram o fermento que amaciava a mente de Earl. Acima de tudo, Ron compreendia que era tempo de arquitetar o construtivo histórico que influenciaria o juiz.

— É, otário, faça alguma coisa por você mesmo — disse Earl.

— Acho que vou freqüentar a escola noturna... fazer um curso de administração imobiliária.

Foi o que ele fez; e também aulas de espanhol. Três entardeceres por semana ele caminhava pelo crepúsculo, nas fileiras de homens, em sua maioria negros, para o bloco educacional. No intervalo, com freqüência visitava Jan a Atriz no escritório cercado de vidro do homossexual. Lá ele conheceu o senhor Harrell, o professor gorducho e de constituição frágil que

FÁBRICA DE ANIMAIS 155

ministrava o "programa de alfabetização" para os iletrados. Clark Harrell também sustentava um grupo chamado Escudeiros que ele esperava que ajudasse a evitar que os delinqüentes voltassem para a prisão, mostrando-lhes seu futuro. Toda manhã de sábado ele levava uma dúzia de jovens para conversar com os detentos. Pediu a Ron que se juntasse a eles e este o fez. Ele não era muito mais velho do que a maioria dos garotos fanfarrões com seus cabelos revoltos e trajes bizarros. A maioria queria mostrar quão durões eles achavam que eram, mas Ron observava como seus olhos esvoaçavam para as silhuetas dos atiradores sobre os muros, o horizonte dos pavilhões e os inevitáveis desocupados na praça, que olhavam provocativamente para eles como se fossem jovens garotas — e que teriam feito pó deles se tivessem a oportunidade.

O grupo se encontrava na sala de alfabetização, que ficava no anexo do bloco educacional. O anexo era de tijolos caiados, construído por volta de 1895, e originalmente havia sido a prisão feminina, depois hospital, em seguida uma capela e por fim sala de aula e depósito.

Alguns dos delinqüentes estavam com medo de conhecer os detentos de San Quentin, enquanto outros estavam ansiosos. Todos tinham ouvido histórias que eram aterrorizantes lições práticas. Bob Wells, um negro que passara quarenta e dois de seus últimos quarenta e três anos na prisão, sempre contava ter cumprido dez anos e voltado por roubo de carro em 1941. Ele recebeu uma sentença adicional pelo porte de uma faca, depois golpeou o olho de um guarda com uma escarradeira e foi sentenciado à morte. Passou oito anos no corredor da morte, observando homens tomarem o elevador para a câmara octogonal, esperando que as apelações se esgotassem. Walter Winchell[1] salvou sua vida atraindo publicidade ao caso, e por fim o governador comutou sua sentença para perpétua

---

1 (1897-1972) Jornalista que criou a modalidade de coluna social que expõe a vida particular de figuras públicas e celebridades, quando trabalhava para o *New York Evening Graphic*. Seus textos, bastante influentes, também expressavam com freqüência opiniões políticas. (N. do T.)

sem possibilidade de condicional. Agora ele estava na metade da casa dos sessenta, sofrendo de uma artrite severa por tantos anos dormindo sobre o concreto na solitária. Estava grisalho, abatido, tinha úlceras no estômago e problemas circulatórios nas pernas. Cheirava a velhice e a morte. Ron observou os jovens ladrões de carros e arrombadores enquanto ouviam. Alguns viam o que podia lhes acontecer, enquanto outros zombavam.

Numa manhã, enquanto o grupo deixava a classe, Clark Harrell pediu que Ron esperasse enquanto ele escoltava os jovens até o portão. Quando Harrell voltou, Ron estava na borda do tanque de peixes, com o rosto voltado para o sol. Harrell falou para atrair sua atenção.

— Um encontro muito bom o de hoje — disse. Ele se impacientava com um botão de bronze de seu blazer, um guarda-roupa imaculado ainda que sem inspiração.

— Muito poucos se convenceram — disse Ron. — Eles não estão preparados para aprender nada.

— É, eu sei. Thomas Mann fez esta observação... a de que nós na verdade nunca aprendemos nada, nós apenas nos tornamos conscientes das coisas quando o momento e o potencial existente em nós coincidem. Ou algo que produza o mesmo efeito. Mas uma hora ou outra isto alcança uma ou duas pessoas. Eu tenho uma dupla na minha classe da escola dominical.

Ron produziu um som de uma leve e surpresa aprovação.

— Onde você trabalha? — perguntou Harrell.

— Bloco norte... zelador do pavimento.

— Isso é um desperdício da sua inteligência. Não é necessário cérebro algum para varrer um corredor.

Ron deu de ombros.

— Meu assistente está de partida e eu preciso de alguém... para tutorar, corrigir provas e outras coisas. O pagamento é de trinta dólares ao mês, mais do que na fábrica, e você estaria fazendo algo útil.

— Quando eu tenho de decidir?

— Ah, em alguns dias.

Ron imediatamente desejou o emprego, sabendo que ele impressionaria o juiz mais do que varrer o corredor, e que teria algum prestígio. Ainda assim ele quis consultar seu mentor primeiro.

Earl nunca ouvira falar de Harrell, o que não era incomum considerando que a prisão empregava quase mil pessoas e que o departamento de educação não fazia parte dos seus interesses usuais. Na tarde seguinte, porém, Earl já sabia um pouco, incluindo o endereço de Harrell e os nomes de sua esposa e de seus dois filhos. — Ele também foi ordenado ministro. A primeira informação que obtive foi de que ele era veado, mas depois descobri que ele não é, pelo menos não abertamente. É só um chefe com uma queda para rapazes bonitos. Todos os seus assistentes eram jovens e delicados, mas ele nunca os cantou... E ele é mula. Não vai trazer drogas ou alguma coisa quente, mas poderá levar cartas para fora e trazer dinheiro. Nós sempre podemos fazer uso desse tipo de coisa. E não atrai nenhuma atenção porque só faz isso para quem trabalha para ele. E para finalizar, quando chegar a hora, nós podemos escrever o relatório para o juiz e ele assinará.

— Então eu devo aceitar o emprego?

— Tão depressa quanto um gato lambe o leite.

Então Ron foi trabalhar como assistente de professor. À primeira visão da classe ele ficou consternado, pois mais da metade deles eram negros e ele havia sido inoculado com as atitudes raciais de San Quentin. Esperava que o ódio ubíquo se derramasse sala de aula adentro. No mínimo, esperava ser testado quanto a fraqueza. Aprendera com Earl que detentos negros com freqüência eram mestres do jogo do blefe. — Alguns conseguem isso tão bem — disse Earl — que você não sabe quem está fingindo e quem é verdadeiramente um filho-da-puta. Mas eles não esperam que os brancos contra-ataquem no jogo. — Ron estava preparado, mas isso foi desnecessário. Nem mesmo sua aparência jovem causou problema. A turma era de voluntários e seus membros eram dedicados, e ele podia ver que tinham interesse. No pátio alguns dos jovens, geralmente militantes negros, faziam-lhe cumprimentos de cabeça ou uma saudação com o punho fechado modificada. Alguns brancos da Irmandade não gostavam disso e ele tinha de explicar, contrariado por essa necessidade. Também teve uma discussão com Earl por isso. — Que se foda! — disse Ron. — Eu não posso continuar com essa insanidade. Nós estamos todos presos aqui, vestindo as mesmas roupas, comendo o mesmo lixo, trancados nas mesmas jaulas.

— Certo, babaca — disse Earl —, mas fale isso a eles. Quando eu vim para cá, uma rusga era assunto pessoal. Podia envolver alguns amigos, mas mesmo isso era pouco comum. Então vieram os negros muçulmanos e os nazis, e, desde que só fodessem uns aos outros, isso ainda não me incomodava. Então eles começaram a apunhalar detentos brancos indiscriminadamente sempre que um deles era esfaqueado, mesmo que o motivo fossem drogas ou algum veadinho. Muitos caras não sabem quando isso começou, mas eu estava aqui. Eu sei. Não gosto disso, mas gosto muito mais disso que do que aconteceria se nós não reagíssemos. Você acha que isso não o envolve. Envolve todo mundo, ambos os lados. Quando a guerra começar, você será uma vítima tão potencial quanto qualquer outro... e os caras que lutam por seu lado não estão atrás de confraternização. E os guerreiros negros são ainda mais racistas. Eu não sou racista... mas esta é uma guerra tribal. Como os Hartfield e os McCoy[2]. Você não pode evitar de nascer de um lado ou de outro. E se você for amigável demais com o outro lado, seu próprio lado o rejeitará... e pode matar você. E são esses os caras que chegariam até mesmo a matar por você, porque você é meu amigo.

Foi a única vez que Earl ficou zangado, e, embora Ron acreditasse que a raiva era irracional, podia ver que a situação

---

2 Os Hartfield e os McCoy foram duas lendárias famílias rivais do Kentucky rural que se celebrizaram por protagonizar uma guerra familiar, numa espécie de conflito feudal interiorano no século XIX. (N. do T.)

FÁBRICA DE ANIMAIS 159

igualmente o era, por isso evitou conversar com qualquer negro no pátio.

Depois de uma semana, Harrell começou a trazer dois lanches, um para ele e outro para Ron. Os lanches consistiam meramente do que costuma vir em sacos de papel, mas as coisas mais simples vindas do lado de fora eram iguarias em San Quentin — maionese era algo de que nem se ouvia falar, assim como pão macio vindo de uma padaria. O pão do refeitório era guardado por vários dias antes de ser servido. Assim os detentos comiam menos. Os sanduíches de atum que Harrell trazia eram tão raros quanto lagosta à termidor no cardápio da prisão. Ron pensou que Earl podia ficar com ciúmes, pois o almoço havia se tornado o único horário durante o dia em que eles sempre viam um ao outro. Em vez disso, Earl sorriu e apertou as bochechas de Ron, uma "gracinha" que fez com que ele corasse. — Porra, tudo bem. Eu vou criar gordura na cozinha toda noite. Agora não tenho mais que me preocupar com você.

Assim, nos dias de semana Ron almoçava com "Clark", na sala de aula. Ele era um homem meticuloso, muito professoral. Ao fim dos dez minutos de intervalo ele realmente saía para o corredor e tilintava um pequeno sino entre o polegar e o indicador para chamar os detentos a voltar para a sala de aula. Ele foi apelidado de "Mamãe", mesmo assim era obcecado em ajudar as pessoas e podia lidar com homens explosivos e aos berros, que não suportavam autoridade.

Embora Ron trabalhasse para Harrell por conseguir manipular o homem, também gostava dele, e sentia uma leve culpa por usá-lo. Earl deu-lhe duas cartas para que Harrell contrabandeasse para fora, uma para um homem chamado Dennis, que Earl descreveu como um "parceiro de mão cheia", depois abraçou Ron e disse: — Mas você é meu filho. — A carta era um pedido de drogas em código; elas chegaram em duas semanas. A segunda carta era para Bobby Gardner na Cadeia Municipal de Los Angeles, pedindo para intimar Bad Eye para seu julgamento se isso fosse possível. A viagem, ainda que em correntes, quebraria o tédio da seção "B" e podia dar a Bad Eye uma chance de fuga. Essa não deu em nada. Bobby fez um acordo sem ir a julgamento por uma sentença na cadeia. Ron endereçou os envelopes de próprio punho e Harrell transportou-os sem questionar.

Vez ou outra, Earl ia até a porta da sala de aula, enfiava a cabeça careca para dentro e acenava para Ron. Sempre que isso acontecia, Harrell ficava rabugento em seguida, embora seu único comentário fosse que Ron estava em companhia "leviana". Os sintomas eram de ciúmes, e Ron sorria perversamente por dentro, pensando "Que vida de merda".

Leva de um a dois anos para que a singularidade da prisão se desgaste de modo que sua realidade horrível possa se infiltrar. Homens que cometem suicídio o fazem ou na primeira erupção de vergonha, dentro de dias ou semanas, ou então depois de uns dois anos, quando tudo se revelou destituído de esperança. Nesse ínterim, não importa quanta agonia o homem possa sentir, ele também experimenta excitação, a excitação de aprender a lidar com uma sociedade fechada que reflete a sociedade livre como um espelho de parque de diversões reflete a forma humana: tudo está ali, porém distorcido. A prisão tem dois conjuntos de leis, Ron descobriu, as da administração e as dos detentos. Para recuperar a liberdade, não se pode ser apanhado violando as da administração, que se assemelham palidamente às restrições da sociedade. Mas para sobreviver é necessário seguir os códigos do submundo. Não é difícil fazer ambas as coisas para alguém que se mantém discreto e sem se envolver. Mas o homem que deseja prevalecer onde quer que esteja, incluindo a prisão, caminha sobre a corda bamba e corre perigo. Quanto a isso, Ron, a não ser por sua boa aparência, teria conseguido facilmente, pois suas vaidades, grandes que eram, não tinham nada a ver com os valores da prisão. Ele havia decidido que era, de fato, ligado ao crime, mas não no presídio. Descobriu que nada vale o transtorno, mas compreendeu que Earl era compelido a jogar qualquer jogo que estivesse ao seu alcance e aceitar a moeda cunhada em seu meio — e Ron viu que seu amigo

FÁBRICA DE ANIMAIS 161

caminhava sobre a corda bamba tão bem quanto qualquer outro. Earl não era um amigo que ele teria escolhido em outras circunstâncias — mas a amizade era, apesar disso, mais profunda que qualquer outra que ele já sentira.

A primavera deu lugar ao revigorante início do verão, e Ron estava ambientado e trabalhando em seu programa para aproveitar os dezesseis meses restantes, quando Earl mostrou-lhe um pequeno recorte de jornal. A legislatura havia aprovado um projeto de lei que restringia a cento e vinte dias a autoridade de um juiz para reconvocar e modificar uma sentença sob o artigo 1168 do Código Penal.

— O que eu faço? — Ron perguntou. — O juiz queria dois anos e eu só estou aqui há oito meses.

— É melhor você fazer alguma coisa. Mande um torpedo para aquele rábula e veja o que ele responde. Ele tem de fazer a moção para o juiz. Se ele não fizer, nós faremos. Você não tem nada a perder.

— O juiz já publicou a instrução. Talvez isso não me afete.

— Não, ele não publica uma instrução. Se você esperar, nós não teremos força.

— Talvez ele nem mesmo peça os relatórios.

— Talvez não... e então você vai esperar mais cinco anos para ver o comitê de condicional. Se não pode com a prisão, não se meta a ser ladrão... Mas nós vamos rascunhar algumas cartas e ver o que acontece. Pode ser que você tenha sorte.

Naquela noite Earl datilografou cartas para o juiz e para o advogado de Ron, anexando uma cópia carbonada de cada uma à outra. Uma semana depois, Jacob Horvath respondeu que a corte estava solicitando os relatórios conforme estipulações do código apropriado — relatório de trabalho, súmula de ajustamento, recomendações assinadas pelo diretor (ainda que o conselheiro as prepare), outras informações pertinentes e, por fim, uma avaliação psicológica.

Earl assumiu o trabalho imediatamente. Um detento secretário falsificou relatórios para demonstrar que Ron freqüenta-

162 EDWARD BUNKER

va regularmente um grupo de aconselhamento e os Alcoólicos Anônimos. — Mas eu não bebo — disse Ron. — Que se foda — Earl replicou. — O preço é o mesmo e mal não faz. — O sr. Harrell escreveu uma carta acalorada sobre quanto Ron contribuiu com os Escudeiros e como ele era um bom trabalhador. O relatório psicológico preocupava Earl. — O psiquiatra está aqui há trinta e cinco anos e ele próprio é um esquizofrênico fodido. Ele tem deixado algumas cartas fora do baralho ultimamente.

— Cara, eu deveria receber uma boa avaliação psicológica. Quero dizer... eu sou a pessoa mais normal neste manicômio.

— É, você deveria... mas dever e receber são coisas diferentes. Mas talvez nós possamos garantir isso. — E Earl garantiu. Um atendente do hospital roubou a requisição para a avaliação e o magro prontuário médico de Ron, que continha os gráficos de alguns testes psicológicos. Estes estavam normais. Ele também providenciou o papel timbrado do chefe da psiquiatria. Earl redigiu o relatório, concluindo: "Este jovem representa uma ameaça mínima para a comunidade. Eu recomendo um curto confinamento em detenção como parte do programa de sursis".

— Ei, eu não quero cumprir tempo algum naquela cadeia de merda.

— Quem está resolvendo isto? Esse é o argumento concludente. Faz com que isso pareça correto e oferece ao juiz mais uma opção para pensar.

— Mas aquela é a cadeia mais fodida do mundo.

— Misericórdia, já descobri um chorão. Suponho que você quer ficar aqui... ir para o comitê de condicional depois de mais cinco anos. Nessa época eu estarei há muito na Broadway.

O relatório com um razoável fac-símile da assinatura do chefe da psiquiatria foi por intermédio do sr. Harrell.

— Agora nós esperamos — disse Earl. — Eu diria que em cerca de seis semanas você estará no ônibus do xerife, voltando para o ensolarado sul da Califórnia.

Eles estavam nos bancos apoiados de encontro à parede do pavilhão, sentados ao sol do entardecer. Era depois do jantar e a maioria dos homens estava indo para dentro enquanto as gaivotas famintas mergulhavam para tragar pedaços de pão.

— Se eu sair — disse Ron — estarei numa dívida fodida com você...

— Ah, idiota, você vai me esquecer da primeira vez que vir uma placa de néon. É a merda de sempre. Existe uma cortina entre aqui e lá fora.

Os olhos do homem mais jovem se umedeceram. — Nem pense nisso, mano. Você é meu amigo. Eu nunca tive um amigo verdadeiro antes. Quando eu sair, você terá o que quiser. Você poderá tomar pico todo dia ou dirigir um Cadillac pelo pátio se eles deixarem que você tenha um.

— A coisa que eu mais quero é que você não seja apanhado. Se for, eu vou fodê-lo quando você voltar. Lembre disso. — Ele fingiu um soco por brincadeira e depois apertou a mão de Ron. — Eu sei que você não vai me esquecer. Apenas mande a droga para que eu possa suprimir a dor.

Os últimos retardatários estavam entrando no pavilhão. Earl levantou-se para voltar ao escritório do pátio. — Eu vou trazer alguns burritos hoje à noite.

— Porra, nós estamos passando tão bem que talvez eu não queira voltar para casa.

— Aposto que você não vai se atrasar para o ônibus, o que você acha?

Earl atravessou o pátio sombrio e deserto em direção ao portão.

CAPÍTULO **10**

Numa tarde cristalina, enquanto o sr. Harrell fazia membros da classe lerem individualmente em voz alta, Ron entregou-se a devaneios em sua mesa ao lado de uma janela aberta que dava para a praça. Ele havia acabado de corrigir os textos de uma prova de ortografia e, enquanto as vozes gaguejantes zumbiam monotonamente ao fundo, olhava para as flores, a fonte e os detentos alimentando os peixes. Logo voltaria para a corte, e não tinha dúvida de que seria libertado. Embora estivesse transbordando de felicidade, essa alegria não era imaculada. Sentia que ainda poderia aprender coisas ali, que nos dez meses em San Quentin ele envelhecera dez anos, tornara-se mais forte. Sorriu consigo mesmo, antecipando intimamente o que faria por seu amigo se o juiz agisse corretamente. Só a carta forjada do psiquiatra era um débito enorme — e era um entre tantos. Nesse lugar horrível Earl havia se tornado seu pai — e T.J., Paul e o ainda segregado Bad Eye, seus primos e amigos.

O sr. Harrell terminou a lição de leitura e era o momento de iniciar as duas horas de filmes educativos. Ron trouxe o proje-

FÁBRICA DE ANIMAIS 165

tor com rodinhas do armário do corredor e preparou o filme. Ele puxou as cortinas e Harrell apagou as luzes. Então Ron tomou o corredor em direção ao fundo, onde sempre sentava. Ele sentiu a mão de alguém bater em sua bunda e uma voz sussurrar: — Você é bem gostoso, baby. — Ele deu um tapa na mão por reflexo e girou o corpo, atordoado demais para sentir uma raiva imediata. Na escuridão ele pôde ver um rosto pálido e soube quem era pelo lugar. Buck Rowan, o corpulento recém-chegado. Ele estava na classe havia uma semana, e Ron o percebera encarando, mas não dera importância alguma até aquele momento. Ele havia se acostumado a olhares fixos. Ron lembrou do sotaque acaipirado e pôde sentir o hálito fétido.

— Você é louco, seu babaca? — Ron disparou.

— Olha só, putinha! Eu vou fazer o seu rabo. Você é uma mulherzinha e eu vou meter meu pau no seu cu.

Ron ficou paralisado por um momento. Era repentino demais, insano demais. Subitamente ele recordou o conselho de Earl sobre não discutir com idiotas até que as coisas estivessem seguras. Ele girou e caminhou até o fundo da sala, alheio às imagens na tela. Tremia e seu rosto estava em chamas. Quase teve vontade de rir. Um ano antes ele estaria tiritando como um coelho sem saída. Agora o medo era pequeno, e mesmo esse estava controlado. Todo mundo é mortal; todo mundo sangra. À medida que os minutos tiquetaqueavam, sua perplexidade atordoante converteu-se em raiva controlada.

Quando o segundo filme começou, ele tomou o corredor lateral e saiu pela porta para mijar. Ainda tentava decidir o que fazer. No toalete ele não conseguiu esvaziar a bexiga. Estava tenso demais. Enxaguou as mãos, borrifou água em seu rosto fervente. — Um homem faz o que tem de fazer — murmurou, e aceitou a possibilidade de matar o imbecil. Isso o abateu, mas não havia indecisão. Tentaria apelar para a razão, mas se isso falhasse...

Quando ele deu um passo para fora do toalete, a porta da sala de aula se abriu e Buck saiu, trazendo alguns segundos da trilha sonora do filme com ele. Seus olhos à procura diziam que ele tinha seguido Ron, que sentiu medo mas não se envergonhou disso. Earl disse que o medo era bom para a sobrevivência e só os tolos eram desprovidos dele. Ron seguiu adiante até a beira da escada. Era improvável que Buck tivesse uma faca — e suas mãos estavam expostas, de modo que ele teria de procurar por ela. Até lá, Ron poderia saltar os degraus e sair para a praça. Buck media alguns centímetros acima de um metro e oitenta e pesava cento e dez quilos. Tinha a constituição de um urso e era grande demais para se combater.

— Você ouviu o que eu falei lá dentro? — ele perguntou. — Eu quero me divertir com você.

— Eu espero que seja uma piada.

— Não é piada. Nós não vamos criar caso, vamos?

— Eu não quero criar caso algum.

— Baby, você é gostoso. Eu estava te olhando e meu pinto ficou duro como aritmética chinesa. Eu não quero ser obrigado a te bater, mas você vai ter que cooperar de um jeito ou de outro.

O rosto de Ron estava inexpressivo, mas em sua mente ele zombava da grosseira estupidez. — Eu não sou bicha. Se você ouviu algo diferente foi mal informado. — Ele soube enquanto falava que as palavras eram lançadas contra o vendaval.

— Besteira! Você é bonito demais. E eu já te vi com aquele cara. Não sou marinheiro de primeira viagem. Já estive em Huntsville e Raiford. Pode ser até que você esteja batendo bolo com aquele professor.

— Eu estou voltando ao tribunal para revisão da sentença. Não quero nenhum problema que atrapalhe isso. — A situação enojava Ron, mas uma parte fria e distanciada de sua mente lhe dizia que Buck estava acostumado a brigas com punhos, pés e dentes. San Quentin tinha um etos diferente. Buck era um urso alheio ao fato de que estava sob a mira de um rifle de alta potência.

— Você pode voltar para a corte. O único modo de haver problemas é se o seu coroa descobrir. Eu vou ter de acabar com a raça dele. Você e eu, é só nós nos encontrarmos em algum lugar.

Ron balançou a cabeça, como se estivesse digerindo a informação, enquanto na verdade olhava para os sapatos de Buck, imaginando os dedos projetados para cima sob um lençol. A porta da sala de aula rangeu. Ron e Buck se voltaram para encarar o sr. Harrell. Os olhos do professor moviam-se rapidamente de um rosto ao outro e era óbvio que ele sentiu a tensão. — Ah, aí está você — ele disse a Ron. — Poderia descer até o depósito de livros e trazer uma caixa que chegou? — Harrell permaneceu nervosamente em seu lugar até que Ron tivesse descido a escada e Buck retornasse para a sala de aula.

Quando Ron saiu para a luz do dia, olhou para o escritório do pátio, pensou em Earl, e prometeu que deixaria seu amigo fora daquele problema. Earl já fizera demais e estava ele próprio muito perto de sair. Ron caminhou até o bloco educacional, mas não estava pensando em apanhar a caixa. Estava certo de que Buck teria de ser esfaqueado, e Ron queria fazer isso — matar um pirado —, mas não tinha confiança em si mesmo. O que T.J. falou? De baixo para cima e logo abaixo das costelas, ligeiramente à esquerda.

Fitz acenou do escritório do pátio, e Big Rand bateu no vidro e mostrou-lhe o dedo médio. Ron fez um cumprimento de cabeça, lembrando que Earl dissera que era quase impossível ser condenado por um assassinato no presídio a não ser que um guarda realmente o visse ou que houvesse uma confissão. Para cada informante disposto a testemunhar pela acusação, uma dúzia de outros testemunhariam que o acusado estava em Timbuctu — e uma disputa sob juramento entre detentos nunca satisfaz o ônus da prova "além de uma dúvida razoável". E houvera dúzias de assassinatos em anos recentes, diante de centenas de testemunhas, sem que ninguém contasse nada mesmo em particular. Muitos secretários detentos podiam descobrir coisas demais.

— É, veremos quem vai se foder — disse Ron, entrando no bloco educacional. O prédio se erguia sobre a rampa que dava para o pátio inferior, de modo que o espaço dos escritórios ficava no andar de cima, enquanto as salas de aula estavam no andar de baixo. Ron foi até a seção dos arquivos sem conversar com os funcionários. Ele vasculhou as gavetas com os números mais novos até encontrar a pasta de Buck. O matuto estava em custódia "cerrada" e morava no piso inferior do pavilhão leste. Essa era a informação que Ron queria, mas ele olhou os dados restantes. Buck Rowan tinha 34 anos, QI normal baixo e alegava educação de segundo grau (não verificada), enquanto tinha notas de quarta série em seus testes de proficiência. Ele havia cumprido uma pena de oito anos no Texas e três anos na Flórida, a primeira por assalto seguido de estupro, a segunda por arrombamento. Estava fugindo da Flórida quando foi preso em Sacramento, Califórnia, por assalto. O retrato era de um criminoso habitual durão, um otário pedindo para ser morto.

Por um momento Ron pensou na iminente apresentação à corte. Podia evitar encrencas pedindo para ser posto em regime fechado. O pensamento partiu tão rapidamente quanto havia chegado. Ele também podia ceder, e essa idéia se foi ainda mais rapidamente. Se alguém fosse comê-lo, teria sido Earl. O pensamento era sardônico, e ele sorriu de como agora podia lidar com isso com humor. Ron sabia sobre as prisões do sul, o trabalho forçado nos campos de algodão e cana-de-açúcar e nas estradas, com dedos-duros como capatazes e detentos com rifles guardando outros detentos. Eles faziam isso e continuavam vivos. Buck Rowan obviamente estava cego para a rapidez com que homens eram mortos em San Quentin; ali havia mais assassinatos em um ano do que em todas as prisões do país reunidas.

Eram quase três da tarde quando Ron atravessou o pátio e entrou no pavilhão norte, subindo as escadas às pressas em direção à passagem de serviço do quinto pavimento. Ele sabia onde ficava o esconderijo das facas longas.

Earl estava chapado de heroína no chuveiro quando Ron entrou no edifício. A área dos chuveiros tinha vista para a escada e Earl viu seu amigo passar apressado. Momentaneamente ele se perguntou por que a Ron estava fora do trabalho tão cedo, mas não sentiu preocupação. Em vez disso, pensou que seu companheiro logo partiria, e, embora houvesse um sentimento de perda, era um pensamento feliz. Eu fiz algum bem a ele, Earl pensou, mas ele me fez bem, também. Eu estou pensando nas ruas... e irei para lá uma vez mais.

Um minuto depois, Buzzard, o mexicano idoso, apressou-se escada abaixo até Earl. — Seu amigo acabou de tirar uma peça do *clavo* — disse ele.

Sem enxaguar completamente o sabão ou secar-se, Earl colocou calças e chinelos e subiu a escada às pressas, carregando o resto de suas roupas e artigos de toalete nas mãos. Ele estava sem camisa e gotas d'água escorriam de seus ombros. A cela de Ron era a única que tinha a porta aberta e Earl estava a vinte metros quando Ron saiu e começou a trancá-la. O mais jovem usava um pesado casaco preto fechado e tinha um gorro de tricô na cabeça, a camuflagem padrão para confusões. Ron ergueu o olhar e seu rosto estava crispado, os olhos, vidrados, e ele pareceu contrariado com a presença de Earl.

— Para que isso? — disse Earl, com o estômago se revirando.

Ron sacudiu a cabeça. Earl se adiantou e apalpou o casaco, sentindo o volume da arma sob ele. — Merda... há algo errado pra caralho.

— Deixe que eu cuide disso.

— De que porra você está falando? Cara, você está indo para as ruas daqui a um simples minuto. O que está fazendo com uma faca? Isso é uma nova sentença.

— Isso era segredo? — disse Ron, sorrindo sarcasticamente.

Earl conteve sua raiva. Aquilo era sério, pois Ron não era como muitos jovens condenados que preparavam lâminas e anunciavam assassinatos para que ninguém mexesse com eles. Earl estava temeroso, não da violência, mas das conseqüências. Uma punhalada manteria o jovem do lado de dentro; um assassinato significaria pelo menos mais cinco ou seis anos, mesmo sem um julgamento. E ele próprio estava envolvido. Isso era inquestionável, e, se algo acontecesse, apagaria a vela da sua própria esperança. Se isso era inevitável, então teria de ser — mas ele queria ter certeza de que não poderia se resolver de alguma outra maneira. Ele fez pressão para ouvir a história e Ron a contou, de início contidamente, e por fim sem reservas. E do meio da preocupação de Earl surgiu a fúria. A tosca estupidez de Buck Rowan, a quem ele não conhecia, fez com que quisesse matar o homem. Estava ligeiramente aliviado por ser um homem branco; pelo menos não acenderia uma guerra de raças. E Earl sabia que nenhum branco se voltaria contra a Irmandade. O homem não era simplesmente um bruto; era também um absoluto idiota.

— Talvez nós possamos evitar apagá-lo — disse Earl. — Mostrar-lhe contra o que ele está indo. O melhor que ele pode conseguir é ser morto.

— Ele é bronco demais. Meu Deus, eu odeio estúpidos...

— Se tivermos de fazer, nós faremos, mas vamos ter certeza de que é necessário. Isso não significa que ele seja uma ameaça imediata à sua vida, já nesta tarde.

— Ele não está tentando comer você. Deixe-me cuidar disso.

— Quê! Se você vai tomar uma atitude, é melhor estar preparado para passar antes por cima de mim, e então T.J. e Bad Eye irão...

— Ah, cara, eu não quero envolver você numa encrenca.

— Que se foda.

— Certo, ok. Eu não quero matá-lo... ou pelo menos não quero a punição por isso.

— Vamos verificar o cara. Deixe-me ver se eu o reconheço. Depois nós planejaremos. Vamos até a biblioteca e você o aponta através da janela quando a escola o liberar.

Enquanto eles atravessavam o pátio e saíam pelo portão, Earl apertou o cotovelo de Ron. — Olha aqui, seu filho-da-puta, me prometa... se isto acabar em encrenca, não vá assumir a culpa por minha causa. Não vá recorrer a T.J. e fazer alguma coisa sem mim. Eu o odiaria se você fizesse isso. Eu aprendi a segurar a minha barra. Promete...?

— Prometo. Eu posso compreender isso.

No interior da biblioteca eles esperaram próximo a uma janela frontal até que o sinal da escola tocasse e uma horda de detentos estourasse do bloco educacional, muitos carregando livros escolares. Um minuto mais tarde a classe de alfabetização saiu do anexo. Buck Rowan se destacou e estava sozinho, carregando seus livros. Ele tinha o andar de um lavrador, com seus braços pendendo em linha reta e seus pés dando passos altos — como se ele os estivesse erguendo acima da terra revirada pelo arado.

— Eu já vi esse idiota por aí — disse Earl. — Ele atrai o olhar. Mas não o vi com ninguém que seja encrenqueiro.

— Ele está numa cela do pavimento inferior do bloco leste, em custódia cerrada.

Os olhos de Earl se apertaram até se tornarem fendas e os músculos se contraírem — mas o ato de pensar no que fazer tomou menos de um minuto. — Ok, não vamos voltar para o pavilhão depois da bóia. Fique enrolando no pátio com a equipe de limpeza. Paul e Vito estarão lá. Quando T.J. chegar, diga-lhe para esperar, mas não conte o que está acontecendo ou ele é capaz de ir cuidar disso por conta própria. Eu vou me encontrar com você e nós o pegaremos quando ele voltar para o bloco. Ele não estará nos esperando, e nós teremos toda a vantagem. — Earl se descuidou de acrescentar sua sensação de que o problema poderia ser resolvido sem um assassinato. Ele iria com seus aliados e, se a resposta de Buck fosse insatisfatória, eles o espancariam até restar apenas um fio de vida — mas Earl tinha confiança de que Buck voltaria atrás quando visse contra o quê estava indo. Nenhum homem só, por mais durão que fosse, poderia vencer quinze matadores.

Um minuto depois de os detentos deixarem a escola vieram os guardas do turno da noite trazendo lancheiras, apressando-se na direção dos pavilhões para ajudar na contagem principal.

— Espere alguns minutos antes de ir para o pátio — disse Earl. — Quando ouvir a sirene para formar filas, vá diretamente para o bloco. O vadio pode estar à espera. Eu tenho de ir para o escritório do pátio.

Ron balançou a cabeça sem entusiasmo. — Porra, estou cansado desta merda. É só... que se foda.

— Ah, não. Nós podemos resolver isso. É a merda de sempre. — Earl segurou o braço dele.

— Você tem que agir como um animal para ter respeito aqui.

— Fique frio. Vai dar tudo certo. Pare de choramingar. Você foi recebido com tapete vermelho. Eu era seis anos mais jovem que você e fiquei sem sorrir por dois anos. Levou uma década para eu conseguir o bloco norte e ir ao cinema à noite. E você tem tanto tempo ainda a cumprir quanto um mosquito tem de pinto, a não ser que você foda tudo. Eu preciso de você lá fora para cuidar de mim.

Ron dirigiu-se para o pátio e Earl foi para o escritório. O coronel estava em serviço, esmeradamente militar em sua mesa, e Big Rand estava desaparecendo na direção do portão frontal. Quando Earl entrou, viu que o tenente negro conhecido como Capitão Meia-noite também estava em serviço. Seeman, Earl recordou, havia tirado a noite de folga para levar sua filha ao aeroporto. O Capitão Meia-noite tinha a reputação de ser um negro racista, e quer a merecesse ou não, o homem era um filho-da-puta rancoroso — e ele desgostava abertamente de Earl Copen. Earl acreditava que o homem tinha ressentimento contra qualquer detento inteligente e desprezava todos os ignorantes. Sabia que teria de tomar cuidado tanto com o Capitão Meia-noite quanto com o coronel.

Ele refletiu sobre como resolver a situação com Buck Rowan no pavilhão leste. T.J. e Baby Boy moravam no quinto pavimento e comiam primeiro. Ele teria de sair para o pátio rapidamente e pegá-los antes que se recolhessem. Eles eram necessários para o caso de Buck Rowan precisar ser pisoteado até afundar no cimento. Paul e Vito estariam varrendo e enxaguando o pátio. Ele os queria lá, também, para uma demonstração de força. E se alguns da Irmandade estivessem disponíveis, eles poderiam também permanecer à vista parecendo perigosos. Se estivesse planejando um assassinato, Earl pediria que um homem fosse junto para ajudar e um segundo ficasse como sentinela, mas uma morte era o que ele queria evitar.

As sombras do crepúsculo se tornaram mais profundas — e a contagem estava demorando muito a se confirmar. O coronel ligou para o controle. Ninguém estava faltando; e o total estava correto, mas alguns elementos estavam em lugares errados. Um pavimento tinha um prisioneiro extra enquanto outro tinha um a menos, um erro bastante comum, mas que podia atrasar a liberação para o jantar até ser corrigido.

Quando o sino finalmente soou e Earl removeu seus pés de baixo da mesa da máquina de escrever, o Capitão Meia-noite chegou do escritório dos fundos com duas folhas de bloco oficial amarelo na mão. — Tome, Copen, faça um original e duas cópias.

— Posso comer primeiro?

— Faça antes de comer. Tenha isso pronto quando eu voltar.

Earl olhou para a caligrafia intricada, quase ilegível.

— Não faça nenhuma modificação — disse o Capitão Meia-noite. — Eu estou de olho em você.

— O que você mandar, chefia. Eu deixo até os erros se você quiser.

O tenente negro estacou por um segundo. — Faça só o seu trabalho, detento. E tenha cuidado. Eu estou na sua cola.

— Ah, eu sei disso... e eu sou tão cuidadoso quando você está por perto.

— Se eu pegar você fazendo alguma coisa errada, eles vão ter de bombear o ar para dentro dos seus pulmões. Eu sei sobre você e sua gangue. — Ele começou a acrescentar algo mais, mas travou os dentes e pensou melhor. — Tenha esse memorando pronto quando eu voltar.

— Ok, chefe.

Datilografar o memorando levou mais tempo que o habitual porque o manuscrito estava difícil de decifrar. Além disso, ele ficou ansioso porque estava com pressa, por isso cometeu mais erros que de costume. Quando terminou, as luzes automáticas da prisão haviam se acendido. Ele pôs o memorando na mesa do tenente e correu para fora. — Vou pegar um rango, chefe — disse ele.

— Melhor se apressar, rapaz. Está quase na hora do refeitório fechar.

O último pavimento — o de Buck Rowan — havia muito

tinha entrado no refeitório e alguns homens estavam se dispersando pelo pátio de volta para o pavilhão leste pela porta de saída. As portas do pavilhão norte estavam trancadas, embora eles fossem abri-la depois da refeição para a escola noturna e outras atividades. Ele contornou naquela direção, à procura de Ron — mas este não estava ali. Na extremidade do pátio, sob a aba do telhado da cantina, permaneciam várias figuras recortadas contra as suas luzes. A equipe noturna do pátio, entre eles Paul e Vito. Earl se moveu rapidamente naquela direção, incapaz de correr porque isso era contra as regras e os atiradores soprariam seus apitos. Paul e Vito estavam ambos apoiados sobre cabos de vassoura.

— Onde está Superhonky? — Earl perguntou.

— Ele e Baby Boy já entraram. Estão ambos bêbados — disse Paul.

— Eu ia tentar comê-lo enquanto ele estivesse inconsciente — falou Vito —, mas o grande filho-da-puta pode acordar.

— Merda! — disse Earl. — Eu precisava que ele ficasse por perto e parecesse mau. Eu vou dar um chega-pra-lá num idiota.

— Quem é ele? — Vito perguntou.

— Um palerma que está enchendo o saco de Ron.

— Ron acabou de entrar no bloco leste — disse Paul.

— Eu disse para ele... — Earl começou a falar; depois virou um dos calcanhares e quase correu na direção do quadrado de luz amarela que preenchia a porta aberta. Vito e Paul largaram suas vassouras e se apressaram atrás dele.

O vasto pavilhão zunia com as vozes acumuladas dos homens encarcerados. Os passadiços estavam tomados de prisioneiros à espera do trancamento, e em volta da porta os homens estavam apinhados aguardando que a liberação da noite começasse. Earl abriu caminho através deles, deu a volta pelo canto e ergueu um dos braços, cobrindo o rosto quando passou pelo escritório do sargento. O atirador estava do outro lado do pavilhão. O ajuntamento era muito menor na parte de baixo porque o espaço era muito maior, cobrindo toda a extensão até a parede do pavilhão.

Earl imediatamente viu Ron e Buck encarando um ao outro

FÁBRICA DE ANIMAIS 175

a meio caminho sob o passadiço. Ele acelerou o passo. Paul e Vito estavam seis metros atrás dele, deslocando-se mais lentamente e tentando parecer desinteressados. Earl estava ao mesmo tempo orgulhoso da coragem de Ron e zangado por sua tolice. Vou deixá-lo cuidar disso o máximo que ele puder, pensou Earl quando estava a três metros de distância, mas esse pensamento se apagou instantaneamente quando Buck o viu por sobre o ombro de Ron e falou: — Aí está o seu paizinho — ele deu um riso de sarcasmo. — Ou talvez ele seja veado, também. Ou um rato.

Ninguém jamais havia sido tão desrespeitoso. A mente de Earl se revolveu com a explosão de fúria. Ele passou saltando por Ron e o golpeou — mas sua ira fez com que armasse o soco de muito longe, com muita antecipação. Buck se desviou do golpe e o impulso de Earl fez com que ele se chocasse contra o grandalhão. Instantaneamente ele viu que Buck era grande e forte demais, desajeitado mas rápido, suas mãos brandiam como as de um urso estapeando abelhas. Earl foi jogado para trás quando eles giraram. Buck o empurrou de costas sob o passadiço, de encontro às grades, com tal força que o fôlego de Earl foi a nocaute. Ele não conseguia reunir forças para golpear. As mãos de Buck o enlaçaram, agarraram as grades da cela e tentaram esmagá-lo. A bochecha do grandalhão estava próxima do rosto de Earl. Este segurou a cabeça, afundou seus dentes na parte superior da orelha direita de Buck e arrancou-a, o sangue fluindo instantaneamente.

Surpresos, Paul e Vito se atrasaram por segundos — pois Ron já havia puxado a faca de seu cinto e avançava com os passos rápidos de um matador. Sem hesitação, ele golpeou com toda sua força, enterrando trinta e cinco centímetros de aço nas amplas costas. — Morra, seu filho-da-puta!

O grande homem desabou de imediato, caindo verticalmente como um edifício dinamitado. A medula espinhal estava seccionada. Ele esteve a ponto de puxar Earl para baixo e por cima dele até que o borzeguim de Vito desferiu uma pancada em seu rosto. Então ele gritou, o som de um bramido terrível que cortou o burburinho do pavilhão e provocou um silêncio súbito, enquanto centenas de olhos procuravam sinais de outro assassinato.

— Corte a garganta dele — disse Vito — assim ele não poderá nos dedurar. — Ele se adiantou para pegar a faca quando Ron hesitou.

O apito de polícia guinchou um alarme.

— Separem-se! — disse Paul. — O porco armado está vindo.

O apito soou novamente. O guarda corria pela passarela, carregando um cartucho na câmara de disparo do rifle. Ele não podia enxergar sob o passadiço inferior. Earl empurrou Ron e eles começaram a correr em direção ao fundo do edifício, mantendo-se sob o passadiço de modo que somente seus pés ficassem visíveis. Paul e Vito estavam atrás deles. Os tiras do pavilhão viriam pela frente. Quando atingiram a escada dos fundos, Earl e Ron subiram, desaparecendo antes que o atirador pudesse dar a volta pela passarela. Paul e Vito ficaram embaixo, fazendo a volta do bloco de celas. O apito ainda berrava, mas estava sumindo atrás deles.

Ron ainda tinha a lâmina. Os detentos no passadiço afastavam-se deles, dando-lhes passagem.

— Jogue isso — disse Earl.

Ron enfiou a mão através das grades de uma cela e deixou a arma cair. Alguém se livraria dela. Eles seguiram pelo terceiro pavimento, dirigindo-se à escada da frente.

— Eles vão trancar aquela porta em um minuto — disse Earl. — Nós temos de sair antes disso.

Nenhum guarda estava na parte da frente. Eles haviam corrido na direção da cena da punhalada. Ron e Earl saltaram os degraus de aço três de cada vez, e em segundos estavam atravessando a rotunda e saindo para o pátio escuro. Cem metros à frente deles Paul e Vito já estavam entrando no refeitório, onde a equipe noturna do pátio era autorizada a tomar café. À direita, detentos fluíam para fora do pavilhão norte com a liberação da noite.

— Vá para o bloco educacional — disse Earl. — Pode ser que esteja tudo bem conosco. Foi embaixo do passadiço e poucos viram. Talvez nós não sejamos dedurados.

FÁBRICA DE ANIMAIS 177

— Nunca pensei que pudesse fazer aquilo — e foi fácil. Simplesmente aconteceu.

Earl passou um dos braços em volta do ombro de Ron. — Se há um babaca que ganhou o que merecia, foi aquele.

Ron concordou com a cabeça, subitamente incapaz de falar, começando a sentir os dedos do medo se fecharem sobre seu estômago. Se o ato foi simples, as possíveis repercussões não seriam.

Quando eles se aproximaram do portão, Earl deu um tapinha em suas costas e parou. — Vá na frente. O coronel nos verá juntos se nós formos muito adiante.

Enquanto Ron se apressava, atravessando a porta iluminada para dentro do prédio da escola, Earl se detinha sob o portão. Então ele viu o Capitão Meia-noite e o sargento do terceiro turno apressando-se na sua direção pela estrada, em rota para o atentado do pavilhão leste. Earl andou em direção a eles, passando com um aceno de cabeça para o sargento e ignorando o tenente. Entrou no escritório do pátio, grato por estar oculto pela escuridão, pois tremia com a tensão nervosa. O coronel estava sentado nas sombras. — Outro esfaqueamento no bloco leste — disse ele.

— Quem foi?

— Não sabemos o nome dele ainda. Mas é um dos bons.

— Está morto?

— Estava sobre uma maca quando recebi a ligação... portanto ainda vive.

Earl deu um grunhido, não querendo parecer muito interessado. Sentou-se em sua cadeira, olhando para a noite da prisão, imaginando se eles se safariam. Cinco minutos depois um médico de face cadavérica atravessou a praça às pressas vindo do portão da frente, dirigindo-se ao hospital. Ele era uma lenda entre os detentos, especialmente com ferimentos à faca. Salvara homens esfaqueados no coração.

Earl se levantou, tenso demais para sentar imóvel. Queria ir a algum lugar, ver Ron.

— É melhor ficar por perto — disse o coronel. — Provavelmente haverá relatórios a datilografar quando o tenente voltar.

— Isso não acontecerá antes de meia hora. Eu vou até a cela apanhar cigarros. Mande me buscar lá se precisar de mim.

— Só se soubermos onde você está — disse o coronel.

— Eu não posso ir muito longe — disse Earl, saindo para a noite.

CAPÍTULO **11**

Quando Earl se aproximava da entrada do bloco educacional, encontrou um detento mais velho vindo no sentido oposto. Red Malone era um amigo, embora eles raramente se vissem. Red trabalhava para fora dos muros, na lanchonete dos empregados, como cozinheiro noturno, e morava no pavilhão de elite oeste. Red parou quando Earl se aproximou, querendo obviamente conversar, e, embora a mente de Earl disparasse em direção a outras coisas, ele parou e sorriu. Então, quando Red estendeu sua mão, Earl lembrou que o homem estava indo para casa — depois de cumprir uma dúzia de calendários entre os muros.

— Quando vai ser, Red?

— Mañana.

— Boa sorte, irmão.

— Estou me cagando de medo. Eu tenho que me dar bem. Não suporto outra cana. Meus dentes já se foram e meu cabelo está indo.

— Você vai ficar bem. É só se manter na linha.

— Nós estamos ficando velhos.

FÁBRICA DE ANIMAIS 181

— Somos mais jovens do que a primavera, otário. — Ele deu um tapa afetuoso nas costas de Red e apertou sua mão.

Quando Red se foi, Earl enfiou a cabeça porta adentro do bloco educacional. Meia dúzia de funcionários estava atrás de suas mesas em volta da sala. Três professores apanhavam suas listas de chamada. Ron estava no escritório de vidro do supervisor de educação, sentado na beira da mesa e conversando com Jan a Atriz. O sr. Harrell também estava lá — e Earl se perguntou se o homem tinha casa. Era melhor não entrar. Eles podiam proporcionar um álibi parcial a Ron se achassem que ele estava ali cinco minutos antes do que realmente estava. Queria dizer a Ron para não falar uma palavra caso fosse apanhado — nem mesmo uma mentira. Concluiu que Ron provavelmente sabia disso; o silêncio não podia ser contestado, enquanto uma mentira podia algumas vezes ser refutada.

Earl prosseguiu até o pátio. As portas do refeitório estavam trancadas e ele não sabia se Vito e Paul estavam lá dentro. Os anos de prisão diziam a Earl que era provável que eles fossem pegos pelo ataque. Alguém iria dedurar às ocultas, embora fosse menos provável que essa pessoa testemunhasse. Era uma boa idéia estar preparado para a solitária. Ele se dirigiu ao pavilhão norte, encolhendo-se através da porta pouco antes que o guarda a trancasse depois que a liberação da noite acabou.

Buzzard tinha a chave das celas do quinto pavimento. Earl encontrou-o trabalhando numa bolsa de couro em sua cela. — Destranque minha cela, Buzz, e fique de olho na porta lá embaixo. Acho que os porcos podem estar vindo atrás de mim.

Eles foram rapidamente, e enquanto Buzzard inseria a chave disse que soubera algo sobre o ataque à faca no pavilhão leste. Ele não pontuou a afirmação com um olhar significativo; as palavras foram suficientes. Earl não replicou, mas apanhou a fronha e começou a enchê-la com pertences que poderia levar para a seção "B" — cigarros, artigos de toalete, brochuras. Ele retirou três notas de vinte dólares do esconderijo no galão de lata, enrolou-as, uma de cada vez, e inseriu cada uma delas num tubo de creme de barbear pela abertura.

Os guardas verificavam a parte de baixo dos tubos à procura de adulterações, mas não o orifício. Espremer tudo para fora faria muita sujeira e os detentos que não tivessem nada poderiam se queixar aos berros. Ele olhou para a mobília de sua cela, as venezianas com pinturas a óleo, o abajur, a mesa com tampo de vidro. — Dê tudo isso ao T.J. — disse ele; depois entregou a fronha a Buzzard. — Se eles me trancafiarem, entregue este saco ao tenente Seeman. Ele vai cuidar para que eu o receba.

— E quanto àqueles cigarros que eu estou guardando para você na minha cela?

— Considere-os um presente.

Earl deu uma olhada por sobre o passadiço e viu o Capitão Meia-noite e dois outros guardas atravessando a porta, portando cassetetes. Pensou momentaneamente em correr para uma das duzentas e cinqüenta celas e se esconder. Eles não o encontrariam até o último fechamento, ou depois disso, se quisesse arriscar-se a uma acusação de tentativa de fuga. Em vez disso, ele foi até a escada e começou a descer, fingindo surpresa quando eles o cercaram. — Qual é o problema? — ele perguntou.

Surpresos, eles hesitaram, segurando seus bastões com nervosismo, e então o Capitão Meia-noite fez com que ele se virasse e apoiasse na parede para uma revista à procura de armas. Depois se comprimiram contra ele e o grupo desceu as escadas até onde o guarda do pavilhão mantinha a porta aberta à sua espera. Um dos guardas, veterano e um dos favoritos do tenente Seeman, crispou seu rosto para mostrar que estava fazendo algo desagradável ao prender Earl. O detento quase sorriu, pensando que depois de anos suficientes na prisão os valores de todos acabavam distorcidos. O velho guarda não se importava com a punhalada; ele lamentava agarrar um detento de quem gostava.

O rosto do coronel estava oculto pela escuridão atrás da janela quando o quarteto passou; o velho homem do exército não moveu a cabeça. Quando passaram pela capela, aproximando-se do escritório de custódias, Earl ouviu as vozes do coro. Devia ser uma turnê, pois as luzes sob a fonte também estavam acesas. O Capitão Meia-noite abriu a porta e Earl entrou à frente dos dois homens da escolta. A grande sala contendo escritórios com meias divisórias de vidro ao longo de suas paredes estava deserta, exceto por dois funcionários detentos e pelo sargento responsável por ambos; e Ron estava num banco do lado de fora do escritório do diretor adjunto, com um guarda jovem ao seu lado.

O Capitão Meia-noite gesticulou para que Earl seguisse em frente, querendo que ele ficasse do lado mais afastado possível de Ron. Earl parou e os guardas quase se chocaram com ele.

— O que está acontecendo? — perguntou.

— Eles não me contaram — disse Ron.

— Siga em frente e fique quieto — disse o Capitão Meia-noite, estendendo a mão para tocar a manga de Earl. Este afastou-a com um puxão.

— Mantenha suas mãos longe de mim, idiota. — Ele voltou-se para Ron. — Se for coisa séria, exija ver um advogado.

— Parem com isso! — disse o tenente, erguendo um tubo de spray de pimenta com seu dedo no botão.

— Cara, vá se foder! O que você vai fazer? Me dar porrada? Babacas vêm fazendo isso desde que eu me conheço por gente. Você não pode me matar... e se fizer isso, não pode me engolir... é contra a lei. — Ele jogou a cabeça para trás, a personificação do desafio, e todos se paralisaram por meia dúzia de segundos. — Você não é nada — disse Earl.

Eles sentaram-se num silêncio quebrado apenas pela batida das máquinas de escrever dos funcionários. Earl fumava e tentava não pensar no futuro. Finalmente, o diretor entrou, um homem grande quase nunca visto para dentro dos muros. Ele vestia calças, suéter e um chapéu de vaqueiro, com um cigarro apagado entre os dentes. Olhou para os dois detentos e entrou na sala do diretor adjunto, seguido pelo tenente negro. Dez minutos depois o Capitão Meia-noite inclinou-se para fora e acenou para chamar Earl. Os guardas o acompanharam até que alcançasse a porta e o tenente lhes disse para esperar do lado de fora.

O diretor estava atrás de uma mesa larga, sem o chapéu e com uma das pernas calçadas com botas de caubói estendida para um canto. Ele tomava uma xícara de café. Suas bochechas eram caídas e seus olhos pareciam grandes por trás dos óculos.

— Sente-se — disse ele, gesticulando expansivamente para uma cadeira do lado oposto da mesa. O Capitão Meia-noite permaneceu atrás do ombro direito de Earl, movendo-se sempre que o detento se movia.

— Não, não acho que vou ficar aqui tanto tempo.

— Quer café? — o diretor perguntou.

Earl sacudiu a cabeça e sorriu ligeiramente.

— Rapaz, você se meteu mesmo num problema e tanto — disse laconicamente o diretor. — Aquele garoto, Rowan, diz que você o furou... e está disposto a ir para o banco das testemunhas... numa cadeira de rodas, devo acrescentar.

— Quem é Rowan?

O diretor corou momentaneamente; depois readquiriu sua camaradagem. — Ah, ele é uma coisa de dar dó... e você o conhece. Provavelmente ele estava pedindo por isso.

— Eu não sei do que você está falando.

— Não achei mesmo que você soubesse. Você é um velho espertalhão... não sabe nem como ajudar a si próprio... conte o seu lado da história.

— Eu teria de conversar com meu advogado antes de fazer qualquer afirmação. Além disso, você não me preveniu sobre meus direitos constitucionais.

— Pode enfiá-lo num balde de merda — disse o diretor, ainda sem demonstrar raiva — seguro de seu poder.

Quando o Capitão Meia-noite gesticulou para que ele fosse até a porta e a abriu, disse ao guarda: — Certifique-se de que ele fique num caixote. Traga suas roupas de volta para ver se há alguma amostra de sangue nelas, principalmente os sapatos.

Earl olhou para Ron sentado do lado de fora da porta. O jovem estava pálido e esgotado, mas seus olhos irradiavam força. — Vocês não ficaram lá dentro por muito tempo — disse Ron.

FÁBRICA DE ANIMAIS 185

— Eu não tinha muito a dizer. Eles acham que eu apunhalei um cara.

— É melhor tomarem mais cuidado com o que fumam.

O guarda deu um pequeno empurrão em Earl e o trio se retirou. Ele aspirou profundamente o ar puro, ergueu os olhos para a abóbada da noite, atulhada de estrelas, sabendo que poderia nunca mais estar do lado de fora à noite — mesmo na prisão. Certamente não por um longo tempo.

Quando terminaram de atravessar o pátio, detiveram-se enquanto as chaves da rotunda do pavilhão sul eram passadas pelo Posto de Vigilância nº 2. À noite as chaves eram retiradas dos pavilhões para que os detentos do lado de dentro não tivessem vantagem alguma em dominar seus vigias. Momentos depois, eles abriram a porta para a seção "B", e a algazarra dos amaldiçoados se derramou para fora. As vozes aos berros eram um rugido inquebrantável nas sombras da colméia. Lixo chegava à altura dos tornozelos em toda a extensão do piso e o fedor de excremento e urina era opressivo. As celas depredadas quase um ano antes ainda não haviam sido reparadas. Earl ergueu os olhos para os cercados que delimitavam a parte externa dos passadiços. Dois guardas da seção "B" estavam à sua espera, aparentemente convocados pelo Controle.

— Nós queremos as suas roupas — disse um dos homens da escolta.

Earl apoiou-se na parede e se despiu, entregando as roupas e passando pela seqüência de poses da inspeção de pele. Quando acabou, eles devolveram seus shorts e acenaram para que caminhasse até o fundo do pavilhão. Ele se manteve bem afastado dos terraços e caminhou com suavidade, evitando cuidadosamente as lascas de vidro dos frascos descartados por sobre os passadiços. Podia ver rostos ensombrecidos por trás das grades.

— Ei, Bad Eye! — alguém gritou. — Earl Copen acabou de chegar! — A voz teve de se elevar acima do burburinho, mas Bad Eye a ouviu, pois em segundos um braço passou através das grades do terceiro pavimento e Bad Eye berrou: — Finalmente eles conseguiram agarrar o seu rabo liso!

— Eles acham que sim! — Earl gritou de volta, ainda seguindo com passos de gato, vagarosamente.

— O que estão dizendo que você fez?

— Algum idiota foi apunhalado!

— Eu sei que você é inocente!

Eles alcançaram os "caixotes", cinco celas no final do bloco. Elas haviam começado como celas regulares, mas então blocos de concreto foram estendidos entre elas até a passarela acima. Uma porta maciça foi acrescentada, e, quando ela estava fechada, um homem gritando dentro da cela era só um guincho do lado de fora. Uma pequena lâmpada, obscurecida pela armação de arame em torno dela, ficava em um nicho no teto, entre o portão da cela e a porta externa.

Earl entrou, notando que a latrina e a pia de alumínio embutidas ainda estavam no lugar. Aparentemente, o ocupante durante a greve não tinha conseguido quebrá-las. Um colchão encardido e dois cobertores estavam no chão. Enrolando um cobertor para usá-lo como travesseiro, Earl se deixou cair. O cheiro era ruim, parecendo bolor. Água vazava de algum lugar, talvez do duto de serviço, talvez da vedação da latrina. O chão sob seus pés nus era ao mesmo tempo arenoso e pegajoso. — É como um lar — murmurou. — Eu adoro isto. — Ele ainda estava nervoso, sua mente dava saltos e era incapaz de focalizar a atenção. Ele sabia de outras situações que, com o tempo, o desespero roeria seu caminho até sua consciência. A esperança se tornaria uma chama incerta, com a cera da vela derretida e o pavio exposto. Sabia que o suicídio era realmente a única resposta para a futilidade miserável de sua existência, mas lhe faltava a coragem para concretizar tal conhecimento. Ele estava preocupado com Ron, desejando que o jovem não se sentisse obrigado a confessar para tirá-lo da forca — e desejava saber exatamente o que Buck Rowan dissera. Seria muito ruim se ele testemunhasse, principalmente em uma cadeira de rodas. Vito estava certo: o idiota devia ter recebido um corte na garganta. Certamente não teria sido perda alguma para o mundo.

A reflexão foi interrompida por um baque ritmado que atravessava o teto de cimento. Ele era chamado ao "telefone".

FÁBRICA DE ANIMAIS 187

Respondeu ao sinal subindo na latrina e dando pancadas com o pulso.

Rapidamente, ele dobrou ambos os cobertores em quadrados, colocou-os sobre a boca da latrina sem assento, sentou-se e começou a pular — forçando a água a sair. Jogou o resto com as mãos em concha para a pia e ajoelhou-se na toalete, com o rosto no vaso. — Alô! — gritou. — Quem está na linha?

— É Rube Samuel... seu homem! Sua bunda velha parecia lisinha quando você passou.

— Só porque estava escuro. Ela está toda enrugada e cabeluda. — Earl gostava de Rube, o meio-mexicano que cumprira vinte e cinco anos na solitária, em San Quentin e em Folsom. Rube tinha ido para a prisão por entrar por engano no apartamento errado enquanto estava bêbado, mas, quando foi interpelado pelo enfurecido residente, ele o espancou. A acusação foi de arrombamento em primeiro grau. Rube posteriormente conseguira duas novas condenações, por um esfaqueamento e por uma fuga, e parecia estar ficando mais selvagem e frenético à medida que os anos passavam. Earl gostava dele, ainda que raramente se vissem. — Onde está Bad Eye? — perguntou ele.

— Muito longe. Vocês provavelmente ouviriam um ao outro se estourassem suas vozes, mas eu transmito as mensagens.

— Você está acima de mim?

— Estou no terceiro pavimento, a duas celas de Bad Eye. É Wayne, companheiro de T.J., que está em cima de você. Ele acabou de chegar de Soledad.

— Eu soube.

— O que aconteceu com você? Pensei que fosse liso demais para ser apanhado.

— Eles estão falando algo sobre um apunhalamento no bloco leste. — Earl estava atento ao fato de que outros podiam ter suas latrinas vazias e estar escutando. — Eles trouxeram meu parceiro para cá?

— Quem é ele?

— O rapaz com quem eu ando.

— Eu ouvi falar. Dizem que ele é bonito.

— Não está acontecendo nada ali, otário.

— Tem certeza que não está comendo ele? Sabe como vocês velhos detentos são.

— Você também está aqui há um longo tempo. Se estiver, eu não vou ficar surpreso, por isso você nunca vai saber se deveria ficar com ciúmes.

— O ferimento do cara foi muito feio?

— Ele está paralisado... tudo menos a boca.

— Dedurando, hein?

— Cachorro costuma ter pulgas?

— Quem é ele?

— Um caipira novato. Estava aqui há uns dois meses e queria bancar o valentão.

— Um momento! Estou encerrando. Bad Eye me chama e esses idiotas estão gritando... Conversarei com você pela manhã.

— Mande alguns cigarros e alguma coisa para ler.

— Você está garantido.

— Se puder mandar recado para fora, conte aos nossos amigos que aquele imbecil está dedurando.

— Será a primeira coisa que nós faremos pela manhã. Vou ver se eles deixarão você sair para se exercitar.

— Certo!

Quando Earl se atirou de volta no colchão, esperava passar a noite revirando repetidamente os fatos em sua mente. Chamava isso de "gaiola de hamster", a repetição compulsiva de pensamentos sem chegar a conclusões. Ele sentia a sujeira arenosa incrustada no colchão e estava gelado por não usar camiseta. Puxou o segundo cobertor sobre ele. Em três minutos ele caiu no sono, tanto por estar completamente exausto quanto por seu inconsciente lhe dizer que dormir era um modo de fugir da realidade.

Ron Decker estava numa cela mais moderna — no centro de ajustamento. Ela também ficava no fundo, mas sobre o chão firme em vez de num passadiço, e em lugar de uma toalete havia um buraco no piso ao lado do colchão. Era o pavimento onde os militantes revolucionários geralmente eram mantidos, quase todos eles negros, e quando Ron passou com o guarda eles o encararam em silêncio, com expressões hostis. Ele podia ouvir o som de vozes por trás das portas duplas, mas não conseguia decifrar as palavras. Ali ele era duplamente alienígena, e desejava que o tivessem posto na seção "B", onde poderia se comunicar com Earl. Buck Rowan aparentemente acreditava que Earl o havia apunhalado na peleja e Ron estava sendo dilacerado pela situação. Estava espantado por sentir-se tão indiferente à condição de Buck Rowan; isso representava a morte de alguma coisa dentro dele, ou talvez o começo de algo novo. Mas também sentia-se crucificado pela culpa de que Earl estivesse em apuros por sua causa, quando era basicamente inocente. Ron entrara sozinho no edifício justamente para evitar tal situação. O diretor prometera que ele, Ron, seria favorecido pelo juiz se entregasse Earl. Era uma oferta insultuosa e ele deu um riso de desprezo, recusando-se a fazer afirmações, quaisquer que fossem, sem um advogado — mas isso também despertava esperança. Talvez eles precisassem de uma corroboração. O que quer que acontecesse, ele não deixaria que Earl fosse condenado pelo ataque — que se fodesse o que Earl falou. Entretanto, sua própria liberdade, que estivera firmemente plantada em sua mão, corria o risco de escapar por entre seus dedos. Tanto Earl quanto ele, se condenados pelo crime, teriam de enfrentar a prisão perpétua ou a pena de morte, dependendo do que o júri decidisse. Mesmo sem isso, se o juiz de Los Angeles descobrisse, negaria a modificação da sentença, o que significava cinco longos e amargos anos até que ele estivesse apto para a condicional, e as chances de conseguir isso seriam pequenas mesmo então. Ele já vira muitos homens psicologicamente incapacitados pelas sentenças indefinidas da Califórnia. Se um ano o tornou capaz de cravar uma faca nas costas de um homem, o que faria uma década?

Na verdade, não havia nada que coubesse a ele decidir, não ainda. Ele simplesmente esperaria até que as coisas se tornassem mais claras. Talvez ambos se livrassem — por mais improvável que isso parecesse naquele momento. Ele podia agüentar algumas semanas numa cela nua. Quando fica difícil demais para o filho-da-puta médio, fica do jeito que eu gosto, pensou ele, sorrindo ao lembrar uma das expressões de Earl.

CAPÍTULO **12**

Earl despertou quando a chave girou na porta externa e a luz o feriu por suas pálpebras. Levou alguns segundos para que ele recordasse sua condição; sua mente lutava para ignorá-la.

Ele se levantou lentamente, a boca com um gosto pútrido, enquanto o guarda dava um passo para o lado para que o detento entrasse com a comida num prato de papel, a colher de madeira de pé sobre o mingau de aveia.

— Ei, eu não recebo uma bandeja? — Earl reivindicou para o guarda por sobre o ombro do detento.

— Não na cela nua — disse o guarda.

— Eu queria que sua mãe estivesse numa cela nua — Earl falou claramente, sem se importar se os guardas — e eles eram capazes disso — entrassem para bater nele. Isso seria uma coisa e tanto. Mas o guarda deixaria o turno em cinco minutos e resolveu ignorar o insulto.

Quando o primeiro detento saiu, um segundo entrou no cubículo escuro com um copo plástico numa das mãos e um bule de café na outra — e um sorriso no rosto. O nome do

FÁBRICA DE ANIMAIS 193

homem era Leakey e Earl não gostava dele porque ele não era amigo, embora sempre fosse amigável na sua frente. Uma vez Earl ferira o ego do homem, desafiando-o não tanto com palavras, mas com raiva não disfarçada. Leakey havia recuado, embora estivesse na solitária por um assassinato (com dois outros ajudando-o). Desde então, Earl recebia notícias de que Leakey fazia comentários depreciativos às suas costas. Agora os dentes de Leakey brilhavam. Ele não dizia nada, mas balançava o copo e pousou-o sobre as grades. Seu corpo ocultava o movimento do guarda que estava à espera. Ele encheu o copo e saiu. Quando a porta foi trancada, Earl separou os dois copos, um dentro do outro, e tirou o tabaco e os fósforos do que estava por baixo.

Earl não estava com fome, mas obrigou-se a besuntar o pão encharcado no mingau semi-endurecido e dar algumas mordidas. A colher de madeira achatada era ridícula. Ele pegou as ameixas cozidas entre o polegar e o indicador e as engoliu. Depois enrolou um cigarro e fumou enquanto bebia o café, que pelo menos estava quente. Enquanto estava sentado, voltou os olhos de sua mente para dentro, avaliando seus pensamentos e sensações, inspecionando sua própria atitude quanto à horrível situação. Na superfície havia um reluzir de calma, até indiferença, mas podia sentir que profundamente dentro dele havia um vulcão de desespero pronto a entrar em erupção. Na verdade, esse fora o verdadeiro motivo para o seu pronto insulto ao guarda minutos atrás. Como ele não conseguia controlar o desespero, este se tornava um ódio niilista; isso sempre acontecia quando era encurralado, e nunca havia estado tão completamente encurralado quanto nesse momento. Todas as vezes anteriores ele tivera a juventude para se apoiar. Os anos do futuro estariam lá ainda que perdesse alguns no presente. Agora essa reserva estava quase no fim. Ele se perguntava por que se sentia tão indiferente.

A ponta do cigarro enrolado à mão foi embora com a descarga e os apetrechos colocados num buraco do colchão. Depois ele revistou a cela, as poucas fendas em torno da latrina e sob as grades onde algo podia ser escondido. Sob a parte

194 EDWARD BUNKER

de cima do colchão ele encontrou uma *Reader's Digest* de um ano atrás. Se permanecesse naquele caixote por muitos dias, teria de arranjar para que Bad Eye contrabandeasse material de leitura. Ele podia agüentar o que quer que acontecesse por quanto tempo fosse, mas seria muito mais fácil com tabaco e livros. Finalizada a inspeção, pensou momentaneamente em fazer ginástica — isso sempre era um pensamento na solitária e nunca ia muito longe. Decidiu masturbar-se como um substituto razoável, e desejou ter uma revista com fotografias de mulheres de salto alto e meia-calça para estimular sua imaginação. Suas lembranças da verdadeira coisa estavam se tornando amareladas. Deitou-se no colchão e puxou o cobertor sobre ele. Ficaria constrangido se a porta se abrisse enquanto ele descabelava seu palhaço. Num reformatório lotado ele havia aprendido a se masturbar de lado sem movimentar o cobertor. Uma sova era a pena por "auto-abuso". Agora ele se acariciava, selecionando entre as imagens de sua memória como se escolhesse uma mulher num puteiro. Ele encontrou Kitty, uma série de quadros começando com o modo como suas pernas de dançarina ficavam quando ela sentava de minissaia no assento do carro, carnudas e macias, e depois de seios nus e jeans, com as auréolas rosadas contra o branco, os globos brancos contra o bronzeado. Ela era a irmã mais nova de uma namorada e ele nunca a havia assediado, mas, Cristo, como queria, e imaginava como seria com tanta clareza que agora era quase como se tivesse acontecido. Mulheres diferentes despertavam diferentes fantasias nele. Algumas tinham bundas redondas e firmes e por isso ele queria colocá-las de lado e fodê-las por trás, com a barriga roçando contra seus traseiros. Outras tinham pernas grandes e fortes e ele queria senti-las dobradas em volta de seu corpo — mas com Kitty... ele queria lambê-la, enquanto agarrava as bochechas de sua bunda com as mãos em concha, as pernas da garota bem abertas. Ele a queria de pé, abraçada a uma mesa ou a uma cômoda. Agora ele pensava nela de calcinha e saltos altos. Acariciou suas nádegas através do náilon transparente — isso acon-

FÁBRICA DE ANIMAIS 195

tecia em sua mente, enquanto na realidade ele cuspiu em sua mão para lubrificá-la e acariciou-se. Ele abaixou a calcinha e ela a tirou de seus pés enquanto a língua dele trabalhava do umbigo da garota até a parte interna de suas coxas. Ela ergueu uma das pernas. Foi nesse momento que ele teve o orgasmo. Limpou o resultado do colchão com papel higiênico e atirou na latrina, perguntando-se quantos outros haviam batido punheta naquele colchão sujo. — Que merda! O que mais há para se fazer nesse buraco? Ah, doce Kitty, você será uma velha quando eu tiver a chance de lhe dar uma lambida. Velha e fria.

Então ele ajeitou um cobertor dobrado como apoio para a cabeça e entrelaçou os dedos por trás da nuca, esperando pelo que poderia acontecer a seguir. Uma vida inteira de condicionamento a celas nuas e sujas havia lhe dado a habilidade de resistir sem deixar que sua mente gritasse numa futilidade calada contra as paredes. Condutas como essa eram o caminho para o colapso nervoso. Ele não se importava com isso, exceto porque daria satisfação demais ao inimigo. Sabia como permanecer impassível dentro de seu próprio ser. Sua única preocupação era Ron, que obviamente não estava na seção "B" e portanto tinha de estar no centro de ajustamento, onde oitenta por cento dos ocupantes eram negros que odiavam branquelos, muitos dos quais haviam matado guardas, ali ou em outras prisões do sistema penitenciário. Ninguém podia sair de suas celas, mas eles podiam tornar a vida uma miséria. Porém nada podia ser feito a respeito disso, não ainda. Quando a poeira baixasse, poderia ser possível fazer com que ele fosse transferido para lá por intermédio de Seeman — e havia também o problema da sua apresentação à corte. Era inútil pensar sobre isso, sobre qualquer coisa, não sem ter mais fatos. Nem uma maldita coisa podia ser decidida ou feita. Ele apanhou a *Reader's Digest* e leu sobre a experiência mais inesquecível de alguém.

Logo depois do almoço, Earl teve de apagar um cigarro quando ouviu a chave bater na fechadura. Quando ele se voltou do toalete, dois guardas pararam do lado de fora das grades. — Ok, tire a roupa — disse um deles. — O diretor adjunto quer ver você.

— Não sei se eu quero vê-lo.

— Eles nos mandaram buscá-lo. Ou você vem, ou nós traremos a arma de choque e a maca.

— Vocês fodedores descobriram a tecnologia — disse Earl. Ele caminhou até o fundo da cela e despiu seu calção. Quando já estava nu passou pela dança com um deles dirigindo o facho de uma lanterna em sua direção. — Estou me sentindo como Liza Minelli — disse ele, indo até as grades para apanhar o macacão branco com zíper. Ele ficava folgado. Depois, através das grades, eles puseram uma corrente em volta de sua cintura e prenderam seus pulsos com algemas, mantendo os braços colados aos quadris. Um deles destrancou a porta e Earl saiu. Vários centímetros de corrente extra foram colocados entre suas pernas — da frente para trás, partindo da corrente na barriga — e um dos guardas a segurava. Podia ter os pés arrancados do chão com um puxão mais forte. Era assim que todos eram tirados da solitária desde que guardas haviam sido imolados em anos recentes. Homens iam até receber visitas desse modo.

De algum modo, T.J. e Paul souberam que ele estava sendo levado para fora, pois assim que a procissão atingiu o pátio, que ainda estava cheio porque a sirene de trabalho não havia soado, os dois homens já estavam ali. T.J. jogou a cabeça na direção do hospital, fechou o punho e depois virou o polegar para baixo, no clássico gesto da arena romana. Earl soube instantaneamente que Buck Rowan já estava morto ou logo estaria. Um guarda estaria sentado à sua porta, mas os amigos de Earl encontrariam um jeito de passar por ele.

— Você está parecendo um presente de Natal com toda essa merda — disse Paul.

— Eles estão me superestimando — disse Earl. — Acham que eu sou durão.

— Pare com isso, Copen — disse um dos guardas enquanto o outro gesticulava para que os dois detentos se afastassem.

Seguindo a procissão de uma passarela que corria paralelamente estava um dos atiradores do pátio. Depois de um outro ataque à faca, o suspeito estava sob escolta quando alguém derrubou o guarda e matou o atacante. Agora os oficiais não corriam o risco.

A multidão se dividiu e vários detentos chamaram seu nome e acenaram, com seus rostos indistintos na luz cinzenta. Ele manteve a rigidez de sua expressão sob o escrutínio de tantos olhos, mas por dentro via o humor de tal excesso de dramaticidade. Quando passaram pelo escritório do pátio, Fitz esticou a cabeça para fora e perguntou: — Precisa de alguma coisa por lá?

— Um pouco de heroína de alta pureza — Earl gritou de volta, sorrindo.

O escritório de custódia naquele momento estava cheio de gente, como uma dúzia de funcionários, meia dúzia de tenentes e vários guardas, todos atrás de suas mesas. Um tenente — com seu rosto permanentemente inchado e rubro pelo álcool — olhou para Earl. Ele passara vinte anos naquele escritório, indo de guarda a sargento e a tenente, de uma mesa para outra, e nunca saindo entre os prisioneiros da linha geral. O tenente Seeman achava que o homem tinha medo dos detentos e Earl havia refletido na época que era realmente trágico para um homem com medo de presidiários passar sua vida trabalhando na prisão. Isso demonstrava que ele também tinha medo da vida.

Stoneface estava atrás de sua mesa, as cortinas por trás dele abertas para expor as janelas gradeadas e a paisagem da baía. O diretor adjunto ganhou seu apelido pela acne devastadora que havia marcado e removido a flexibilidade de sua pele — isso e sua mandíbula longa e quadrada. Earl se recordou de quando o cabelo do homem era preto; agora estava matizado intensamente de cinza. Um movimento à direita fez com que os olhos de Earl se voltassem para o homem sentado ali, um jovem gorducho com lábios carnudos e um terno xadrez modernoso.

— Vocês podem esperar do lado de fora — disse Stoneface para os guardas.

Quando eles se retiraram, Stoneface apresentou o homem como o sr. McDonald da promotoria de Marin County.

— Como tem passado, Copen? — perguntou o sr. McDonald, abaixando a mão ao lado de sua cadeira para acionar um gravador, e depois, talvez porque estivesse pensando nisso, levantou-se para um aperto de mãos, corando quando viu o modo como Earl estava acorrentado.

— Eu estou bem — disse Earl. — Como vai a sua mãe?

A pergunta prosaica fez com que o homem congelasse por alguns segundos; depois ele tirou um cartão de seu bolso e leu:

— Eu o estou advertido sobre seus direitos constitucionais. Você tem o direito de permanecer em silêncio. Se optar por abrir mão desse direito, tudo o que disser pode ser usado contra você. Você pode ter um advogado presente antes de ser interrogado. E se não puder pagar um advogado, ele lhe será providenciado livre de despesas. Você entendeu?

— Repasse novamente para mim.

Earl dava um sorriso afetado enquanto o homem com o rosto vermelho repetia a litania. Quando ele acabou, Earl olhou em volta da sala, curvou-se e fingiu espiar debaixo da mesa. — Onde está ele? O ponto.

Stoneface fazia uma expressão de escárnio com a boca e o fixava com os olhos durante a farsa. — Eu falei a você que este era um espertalhão. Ele acharia que isto é uma piada até caminhar para a câmara de gás. Só que nós provavelmente seríamos obrigados a carregá-lo com merda escorrendo para fora de suas calças.

Earl ficou vermelho, considerando momentaneamente cuspir no rosto do homem, mas dando-se conta de que seria espancado até virar uma pasta se o fizesse. Ele abaixou os olhos para o tapete.

— Rowan está paraplégico — disse McDonald calmamente. — Ele assinou uma declaração afirmando que teve uma discussão com Decker sobre um trabalho escolar e você entrou no meio. Está disposto a testemunhar. Ele acha que é a única maneira de conseguir vingança. Nós encontramos vestígios de sangue em seus sapatos, O positivo, que é o tipo sangüíneo dele.

FÁBRICA DE ANIMAIS 199

— É o meu, também. Eu me cortei fazendo a barba.

— Nós obtivemos uma corroboração de que você estava no pavilhão, também. Agora, se você facilitar as coisas para nós, eu prometo que não pediremos pena de morte.

— Só uma óbvia prisão perpétua, hein?

— É melhor do que a morte.

— Acho que vou apostar meu dinheiro e correr meus riscos... principalmente porque sou inocente como um bebê.

— Não diga que eu não lhe dei uma chance. E se você mudar de idéia, vai poupar nosso dinheiro.

— Vou pensar um pouco sobre isso, mas espere sentado. — Da voz de Earl escorria desdém. Não era uma bravata. Era o conhecimento de que nenhum júri votaria pela pena de morte por aquilo, e, se o fizesse, nenhuma execução aconteceria. Apenas uma vez um detento fora executado por um ataque não fatal, e ele pediu.

— Você seria mais esperto se nos contasse o seu lado da história — disse Stoneface. — Eu vi o histórico de Rowan e ele não é um cidadão exemplar. Você provavelmente teve um bom motivo... aquele seu menino.

— Não, foi a sua mãe. — A resposta, embora certamente não fosse uma réplica brilhante, saiu por reflexo, proferida com veneno, e Stoneface se inflamou. — Cara, mande-me de volta para a porra da minha cela. Eu não tenho nada a dizer. Eu não sei de nada, e se vocês tiverem um caso, ponham uma dúzia na bancada e convençam o júri. — Ele se virou para a porta e ambos os homens saltaram. Ele parou. — Não fiquem tão nervosos. Eu só estava chamando os porcos. O que vocês estão pensando, que eu vou a algum lugar com toda esta tralha? Vocês são mesmo uns babacas medrosos. — Ele chutou a porta e o guarda instantaneamente a abriu.

— Traga o carro, Jarbas — disse Earl.

Os guardas, desconcertados, olharam para o diretor adjunto. Stoneface acenou para que eles o levassem. — E se o bastardo abrir a boca, chutem os dentes dele para dentro.

O pátio agora estava quase vazio, mas, quando ele foi conduzido pelo pavimento inferior da seção "B", vários amigos gritaram palavras de grosseiro encorajamento. Rube era o que gritava mais alto, mas Bad Eye não ficava muito atrás.

Tão logo o portão da cela e a porta externa foram trancados, a bravata foi obscurecida por nuvens de desespero. Qual era a verdadeira diferença entre a câmara de gás e a prisão perpétua; ambas acabavam com a esperança. E ainda que ele não fosse levado a julgamento, ou fosse absolvido, o comitê de condicional o faria pagar, cinco, seis, oito anos... Por um momento ele desejou que Ron confessasse, mas amaldiçoou a si mesmo pela idéia. Era indigna do que ele pensava de si mesmo. E ele era legalmente culpado, de qualquer forma. Andando pela cela, pensou no gesto de T.J. no pátio. Alguém de algum modo mataria Buck Rowan, ou tentaria fazê-lo. A sentença anunciada pelo gesto não seria boa para a corte; não era uma declaração à beira da morte. Restaria o comitê de condicional, mas, Cristo, era melhor que uma condenação. Ainda assim, Earl estava dividido interiormente quanto ao assassinato, também. Se T.J. se encrencasse... seria um fardo insustentável fazer com que um amigo passasse anos na solitária e talvez nunca mais saísse da prisão. Tampouco havia ali algo revelador do que T.J. faria. Earl esperava que não fosse o mesmo que alguns negros fizeram numa tentativa inútil de pegar um informante. Eles assassinaram um guarda do lado de fora da porta, que nem sequer tinha uma chave. Ainda estavam em caixotes no centro de ajustamento três anos depois. T.J. certamente possuía sangue-frio para isso — para qualquer coisa —, mas também tinha cérebro. E Paul seria uma influência. Eles aparentemente tinham um plano...

Se o grande júri o indiciasse, Earl precisaria de um advogado. Sem dúvida Ron faria sua mãe cuspir algum dinheiro, não os milhares necessários para um advogado de primeira, mas qualquer coisa era melhor que o defensor público. A única chance de absolvição era por insanidade. Earl sorriu, dando-se conta de que sabia precisamente como conseguir isso.

Durante a tarde ele ouviu o rumor de pés passando. Os pavimentos superiores estavam sendo liberados para o pequeno pátio da seção "B" para uma hora de exercícios, vigiados por dois atiradores. Alguém bateu uma vez na porta externa e várias revistas passaram por baixo dela, uma de cada vez, Playboys antigas com fotografias faltando. Ele usou um cobertor para pescá-las para dentro.

Às 4h30 a porta se abriu por um segundo quando o guarda espiou para dentro para contá-lo. Um minuto depois, a batida de pé na cela acima indicava que ele era chamado ao telefone. A latrina já estava vazia. Ele a mantinha assim, exceto quando a usava.

— Oi, eu estou aqui — ele gritou.

— Aquele cara no hospital dançou — disse Rube.

— Onde você ouviu isso?

— O porco acabou de contar ao Leakey.

— Algum detalhe?

— Não... só que ele bateu as botas.

Earl ficou em silêncio, com o rosto na latrina, perguntando-se como deveria sentir-se, preocupado com T.J. e Paul.

— Você ouviu? — gritou Rube.

— Sim, eu ouvi.

— Bad Eye quer saber se você precisa de algo.

— Algumas drogas.

— Nãh, isso não rola.

— Um pouco de café e alguma coisa para esquentar a água... uma caneca de metal.

— Nós mandaremos até aí na hora da bóia.

O tilintar da chave na fechadura fez com que ele girasse o corpo para longe da latrina. Antes que a porta estivesse completamente aberta, desenhando a silhueta do tenente Seeman contra a luz que se derramava, Earl repousava sobre o colchão, agindo como se acabasse de acordar. Seeman começou a extrair maços de cigarro de vários bolsos e atirá-los no colchão. — Se apanharem você com eles, esqueça de onde vieram.

— Nem precisa dizer isso.

— Eu teria vindo meia hora atrás, mas eles encontraram aquele tal de Rowan morto no hospital.

— Não pela punhalada — disse Earl, achando que o gesto poderia ser compreensível sob tal circunstância; ela podia ser considerada um comunicado de morte e portanto uma exceção à regra dos boatos.

— Não pela aparência dele. Eles não saberão com certeza até a autópsia, mas ele tinha um equipo endovenoso no braço, e o frasco tinha cheiro de fluido de embalsamamento, solvente de limpeza e Deus sabe o que mais. Ele deveria estar recebendo soro fisiológico. Alguém deve ter cometido um erro. — O rosto vincado de Seeman afetava tanta ingenuidade que exibia um astucioso sorriso forçado. — O agente funerário terá problemas. O corpo está quase preto.

— Meu Deus — disse Earl, verdadeiramente chocado com a imagem.

— Eu sou o investigador tanto do atentado à faca quanto do assassinato. Meus relatórios dizem que a palavra corrente é de que ele foi golpeado por alguns negros... e não há suspeitos para o líquido de radiador que ele recebeu. Isso não vai convencer o comitê disciplinar, e não é aceitável no tribunal, mas ficará no seu histórico e pode ajudar no futuro. Os membros do comitê de condicional mudam a cada poucos anos. É um grão de dúvida sobre o qual você pode argumentar.

— Obrigado, chefe. — Mas interiormente Earl sabia que a ajuda era quase insignificante.

— Cá entre nós — falou Seeman —, eu sei o que aconteceu. Eu nunca cometi um crime e sou um homem da lei e da ordem até as últimas conseqüências. Mais sei que as regras da sociedade não são as que valem aqui, e só um idiota tentaria aplicá-las.

— Você sabe que eu não estou devendo nada... nem mesmo por cuspir na calçada.

— Eu só queria dizer isso a você.

— Você pode fazer alguma coisa para me tirar deste caixote... e trazer Decker para cá?

— Não agora. Espere até que o gabinete central não esteja prestando atenção. Haverá outro assassinato em alguns dias para atrair a atenção deles.

— E quanto a ir ver meu amigo no centro de ajustamento. Diga-lhe que a mãe dele pode ter de cuspir alguns dólares para um advogado. Veja como ele está.

— Sem problema.

— Solvente de limpeza e fluido de embalsamamento! Stoneface vai ficar louco com isso.

— Ele já está. Estava em casa quando o chamaram. Ele chegou aqui prestes a morder qualquer um que cruzasse o seu caminho... Eu tenho de ir supervisionar o refeitório. — Ele bateu com o pulso na grade como gesto de despedida.

— Quando você volta?

— Talvez esta noite... amanhã com certeza. Você vai ficar trancado por um ano ou dois, pelo menos. Eu vou precisar de outro escrivão até você sair. Não leve a mal.

— Que escolha tenho eu?

— Você ia pegar condicional, também.

— Condicional! Que se foda a condicional! Eu gosto daqui. Sem trabalho, sem impostos...

Quando Seeman se foi, Earl abriu um maço de Camel e deitou-se. A torrente do desengano jorrou subitamente, e com ela seus olhos ficaram úmidos, não realmente de lágrimas, mas como expressão de uma dor que atingia a medula do seu ser. Que completa perda era a sua vida. Ainda assim sentia — e não importava o que os outros ou o seu intelecto dissessem — que jamais houvera qualquer alternativa real, que cada terrível passo em sua vida conduzira inevitavelmente para o que havia sucedido, de modo que jamais fora uma questão de verdadeira escolha. Quanto a isso, que mais poderia ele ter feito? Deixado Ron ir sozinho? Deixar que o falecido Buck Rowan o ferrasse, ferrasse a ambos?

Que se danassem os exames *post-mortem*. E agora?

E ele sabia que a resposta era uma fuga, e era a única resposta. Agora isso teria de ser seu objetivo. Como fazê-lo era outra coisa, mas ele teria meses para planejar. Tinha sido feito meia dúzia de vezes durante o seu tempo — e duas vezes mais haviam tentado e falhado. Pelo menos ele sabia o que não iria funcionar e podia formular princípios para avaliar as possibilidades. Ninguém conhecia San Quentin melhor. Uma preocupação era a possível transferência para Folsom. Ninguém escapava da área de segurança máxima de lá. A nova idéia, quer se tornasse realidade ou não, era uma jangada em que flutuava seu espírito. A esperança pode brotar eternamente, mas precisa de uma idéia para alimentá-la.

Os dias se passaram e ninguém foi vê-lo. Ele não foi interrogado. O guarda abriu a porta para levá-lo ao comitê disciplinar, mas não impôs a questão quando ele se recusou a ir. Ele sabia que os comitês eram uma farsa. No final daquela tarde, recebeu o resultado. Havia sido considerado culpado à revelia pelo ataque e designado para a segregação. O comitê iria rever a ação dentro de seis meses. Isso, também, seria uma farsa com resultados igualmente previsíveis.

Ninguém foi trancafiado pela morte de Buck Rowan; foi outro crime não resolvido em San Quentin, a investigação foi esquecida quando dois outros assassinatos, não ligados um ao outro, aconteceram no mesmo dia. Baby Boy era suspeito de um deles, mas nem sequer havia evidências suficientes para mantê-lo trancado.

Seeman trouxe a notícia de que uma transferência para Folsom estava sendo considerada, e, embora isso ainda não fosse uma decisão, fez com que a mente de Earl se jogasse contra as paredes. No dia seguinte ele se deu conta de como podia evitar essa possibilidade. Folsom não tinha psiquiatra. Se ele fingisse um colapso nervoso e fosse para o departamento psiquiátrico era improvável que a transferência acontecesse. Ele conhecia um modo de atrair a atenção e ir para o hospital e isso também poderia proporcionar uma defesa diante da circunstância improvável de que ele fosse indiciado pelo ataque à faca. Ele iria representar um louco — um amigo fora absolvido por um latrocínio com a mesma atuação, embora tivesse cumprido doze anos num hospital psiquiátrico e estivesse realmente insano quando saiu —, mas teria de ter certeza de que não seria ignorado. Colapsos na seção "B" eram muito comuns para merecerem atenção. Ele fingiria uma tentativa de suicídio, abrindo uma veia da articulação do cotovelo com uma lâmina de barbear, pondo o sangue num copo, misturando-o com água e espalhando-o por todo lugar. A cereja do bolo seria o procedimento de "comer merda": ele pegaria o mingau de aveia matinal, misturaria com café instantâneo até que estivesse no tom correto de marrom pastoso e o colocaria numa revista dentro da toalete. O guarda, chocado, veria bosta porque era isso que era marrom e úmido e vinha do vaso.

Earl olhou para o braço. Que diferença uma cicatriz faria? Ainda assim, ele hesitou em cometê-la. Alguns detentos, como Leakey, que careciam de agilidade mental e de todo modo não gostavam dele, veriam tal comportamento como fraqueza. Eles o difamariam perante outros que acreditavam mais em imagem e aparência do que em substância e realidade. Ele hesitou mais um dia, depois escreveu para Bad Eye um bilhete com detalhes precisos, pedindo-lhe que mandasse uma lâmina de barbear e contasse a Paul e T.J. o que estava acontecendo. Rube entregou a resposta de Bad Eye pelos encanamentos: — Bad Eye disse que você é um velho pateta maluco, mas ele o adora. — E naquela noite uma revista passou por baixo da porta com a lâmina em seu interior. Na manhã seguinte ele reservou o mingau e um copo de café e os misturou.

À medida que a hora do almoço se aproximava, ele exaltou a sua mente, pois seccionar a própria veia até abri-la não é uma coisa fácil de fazer. Já estava preparado quando ouviu o carrinho da refeição tilintando pelo passadiço a várias celas de distância. Ele enrolou uma camiseta em volta de seu bíceps, fez uma careta, pinçou a lâmina de barbear entre o polegar e o indicador e fez um corte sério e curto onde a veia se ressaltava na parte interna do cotovelo. A carne se separou como lábios abertos, o interior ficou esbranquiçado por um momento até que minasse sangue. Ele viu a veia envolvida em fibras brancas e cortou novamente. Dessa vez o sangue esguichou, um fino jato espirrou por cerca de quarenta centímetros. Ele encheu um terço do copo, adicionou água e derramou sobre si mesmo a partir do alto da cabeça. Encheu o copo novamente e lançou a imundície nas paredes com um movimento de varredura que as cobriu. Um terceiro copo foi para o teto, de onde ele imediatamente começou a pingar. O chão estava coberto com o líquido escorregadio.

Ouvindo o carro de comida bem à sua porta, ele se acocorou no toalete, virando a cabeça porque teve vontade de rir. Manteve seu corpo entre o braço e a porta e pressionou um polegar sobre a ferida, que imediatamente parou de sangrar a não ser por um gotejar. A chave girou, a porta se abriu e a luz se derramou sobre a sangueira. Parecia que Earl tinha perdido litros — e pudesse estar se afogando neles.

— Ca-ramba! — murmurou o guarda em chocada descrença, batendo a porta e gritando para que alguém ligasse para o hospital e trouxesse uma maca. Depois ele abriu a porta novamente.

— Copen, pare com isso! Senhor Jesus Cristo!

Nesse momento Earl estava de joelhos, fingindo apenas em parte a fraqueza, ao lado da latrina onde estava acomodada a revista com o monte do mingau de aveia colorido pelo café.

— Essa radiação fodida está em todo lugar — disse Earl.

— Essa o quê... onde?

— A radiação filha-da-puta, seu tolo. Eu tenho que me proteger. — Ele enfiou a mão no vaso, apanhou a pasta com a mão em concha e espalmou-a em seu rosto como um emplastro de lama; depois enfiou um punhado na boca.

— Ah, meu Deus do céu — gemeu o guarda. — Não... não coma bosta. — então ele se inclinou para fora e gritou para o passadiço. — Ele está comendo merda!

Earl atirou um punhado da papa contra a porta e o guarda se esquivou para fora. Então retirou a revista e jogou-a no chão ensangüentado.

Depois veio o som de chaves chocalhando e pés correndo. Os detentos dos pavimentos superiores, atiçados como macacos por alguma excitação, começaram a gritar e bater nas grades.

Um velho sargento que conhecia Earl havia muitos anos entrou no cubículo. — Qual é o problema?

— É o rádio no meu cérebro... eu os avisei sobre Pearl Harbour em trinta e sete, mas eles não acreditaram em mim. — Ele começou a cantar: — Eles não acreditaram em mim... eles não acreditaram em mim...

FÁBRICA DE ANIMAIS 207

— Ele ficou doido de pedra — disse o sargento; depois gritou: — Apressem-se com aquela porra de maca.

O auxiliar médico usou um torniquete em vez de uma compressa e o sangue esguichou novamente. Eles bufaram e se debateram para colocá-lo na maca. Por trás de seus olhos fechados Earl pôde ouvir alguém dizer: — Ele parece mal. — Tinha o outro braço jogado sobre o rosto e sorriu atrás dele, sabendo que podia levantar-se e lutar dez *rounds*. Além disso, sabia que eles não o colocariam de volta na seção "B" até que recuperasse sua sanidade.

Três horas mais tarde ele estava assistindo televisão na ala psiquiátrica, com o braço suturado e enfaixado. O Valium e o Demerol faziam-no sentir-se muito bem.

No dia seguinte, quando o psiquiatra fez suas rondas, Earl foi avisado com antecedência. Era hora do almoço. Todos os pacientes psiquiátricos eram alimentados em pratos de papel. O psiquiatra encontrou Earl com o prato no alto da cabeça, com espaguete balançando e molho pingando. Earl afirmou que aquilo era um chapéu chinês. O psiquiatra concordou que havia uma semelhança e aumentou a medicação.

CAPÍTULO **13**

Earl estabeleceu-se na ala psiquiátrica do hospital, um santuário isolado por trás de um portão de grades no terceiro andar. Guardas podiam entrar somente para a contagem e caso fossem chamados numa emergência. Os enfermeiros livres entravam para administrar medicamentos, mas caso contrário auxiliares detentos ficavam encarregados dos três ou quatro pacientes. Os atendentes escreviam no prontuário tudo o que Earl quisesse, um registro oficial do hospital que podia ser citado judicialmente na corte para provar que ele estava insano — se isso se fizesse necessário. Os outros pacientes geralmente permaneciam em seus quartos, transformados em zumbis inquietos pela prolixina. Earl devia tomar torazina três vezes ao dia, mas mantinha os comprimidos debaixo da língua até que o enfermeiro virasse as costas; então ele os jogava no vaso sanitário. Precisava se manter de posse de sua perspicácia.

As portas de aço dos quartos ficavam destrancadas até as onze da noite, mas mesmo depois podiam ser abertas, por isso Earl geralmente assistia televisão até as altas horas da madru-

FÁBRICA DE ANIMAIS 209

gada e dormia até tarde. Era quase impossível que ele fosse apanhado fora de seu quarto; podia-se escutar o elevador quando ele deixava o andar inferior, e qualquer um que subisse pelas escadas podia ser ouvido destrancando portas a distância.

Na manhã seguinte à falsa tentativa de suicídio, Ivan McGee entregou uma fronha recheada com cigarros, café, bolos e artigos de toalete. T.J., Paul e Vito haviam feito uma coleta em seu bando. Naquela tarde o trio entrou furtivamente no hospital e subiu até o terceiro andar. Não podiam atravessar o portão, mas chamaram-no até ele. Eles apertaram sua mão pelas grades, sorrindo e sacudindo a cabeça. Então ele soube como Buck Rowan havia sido morto. Não fora Ivan McGee, como ele havia pensado, mas alguém que ele não conhecia. Ivan lhes dissera quem poderia entrar no quarto de Buck, um detento anônimo da unidade de honra oeste. Vito, Baby Boy, Bird e T.J. foram até lá com longas facas. O detento estava ciente da Irmandade, mas ameaças não foram necessárias. O atendente odiava dedos-duros tanto quanto os outros; foi até mesmo sua a idéia fazer o serviço com as ampolas endovenosas.

Earl ouviu em silêncio, num surto de gratidão matizada de horror, embora o último fosse logo sufocado pela primeira. Não obstante, ele simplesmente balançava a cabeça e sorria; agradecer a alguém por cometer um assassinato parecia inadequado.

O som de chaves tilintando enquanto o sargento do hospital subia as escadas fez com que o trio debandasse por um corredor em ângulo reto para longe do portão gradeado da ala psiquiátrica.

Várias noites depois, o tenente Seeman foi contar-lhe que o promotor não estava protocolando as acusações e que Ron Decker havia sido levado naquela tarde por agentes de Los Angeles. — Então por que você não pára de fingir, cumpre seu tempo na segregação e volta para o pátio?

— Vou pensar nisso, chefe — disse Earl.

O gozo da alegria pela notícia sobre o promotor e os sentimentos contraditórios pela partida de Ron tornaram-se melancolia naquela noite. Dutch Holland era o atendente em

serviço, e eles estavam assistindo ao primeiro jogo de futebol americano da temporada, nas noites de segunda-feira, um jogo tedioso em que o placar do primeiro tempo foi bizarro.
— Rams, meu rabo! — disse Earl, levantando-se. — Meu pau é mais forte que o braço de Gabriel. Eles deviam se chamar Lambs[1]. Quer algo para comer?
— Não — falou Dutch sem tirar os olhos da tela. Os braços maciços estavam cruzados sobre o peito, exagerando sua corpulência tatuada.
— Que tal um café?
— Eu não consigo dormir se beber isso a esta hora.
Earl espreguiçou-se e sacudiu os ombros para descontrair os músculos, enquanto olhava para o grosso pescoço de Dutch com seus pneus de gordura. Dutch era uma lenda mesmo antes de Earl ir pela primeira vez para a prisão. Muitos detentos achavam que ele podia ser o maior lutador do mundo; mas ele gostava de garrafas cheias e cheques sem fundos e em sua sexta década aquele era seu sexto aprisionamento. Com sua cara de panqueca e orelhas de couve-flor, Dutch era a síntese do prisioneiro brutal em sua aparência, mas na realidade era um homem gentil que precisava de uma provocação intolerável para se tornar violento, provocação que raramente acontecia por causa de sua aparência. Ninguém desafia um homem que parece um urso-cinzento.
O primeiro quarto fora convertido numa pequena cozinha com geladeira e chapa quente — bifes roubados eram mandados para Earl do açougue. Geralmente ele os dividia com Dutch, que como a maioria dos atletas era adepto do alto teor de proteínas da carne. Naquele momento Earl não sentia vontade de comer, mas pôs o jarro de água na chapa quente e recuou para o corredor onde grandes janelas permitiam ver por cima da cerca e da escuridão da baía. Luzes de cidades além da água cintilavam com mais brilho que as estrelas acima delas. As luzes dançavam no ar cristalino e a ponte

---

1 Earl faz trocadilho com o nome do time, Rams, Carneiros, e a palavra Lambs, Cordeiros. (N. do T.)

Oakland Bay era um arco de luz que desaparecia em meio à luminosidade do horizonte de Oakland. Earl podia ver o relâmpago dos faróis traseiros e do néon. A silenciosa ala psiquiátrica era propícia a reflexões e ânsias agridoces. Ele olhou para fora e desejou a liberdade; ela estava tão próxima — e no entanto tão fodidamente longe.

Sentia saudades de Ron, preocupava-se com ele. Tudo podia ir bem no tribunal, ou tudo podia desmoronar se algum oficial da prisão mandasse um relatório sobre a punhalada e o assassinato. Mas não adiantava se preocupar, nada podia ser feito. Quanto a ele, a fuga era tudo em que podia ter esperança. Ele olhou para a silhueta escura da torre de vigilância à beira da água. Embora não pudesse ver nada dentro dela, sabia que estava ocupada. E a barreira pinacular das lâmpadas de vapor transformavam o perímetro numa surreal paisagem diurna. Os guardas nas torres freqüentemente caíam no sono, e homens em prisões cercadas às vezes conseguiam cortar ou escalar o aramado sem serem vistos. Com mais freqüência eles eram avistados e baleados. Era puramente uma aposta, um lance de dados, e as chances eram terríveis. Ainda que estivesse disposto a apostar, os muros de San Quentin não eram vulneráveis a tal ação. Earl pensou em duas fugas bemsucedidas das quais sabia; com um intervalo de dez anos entre elas, homens haviam usado bonecos durante a contagem principal enquanto se escondiam na área industrial. Quando a contagem se encerrou, os atiradores nos muros da área industrial foram para casa e foi fácil passar por cima deles. Tudo dependia de os guardas do pavilhão contarem os bonecos. Enganar o guarda e o resto era moleza. Caso contrário, era a solitária e novas acusações. Os guardas tendiam a se tornar mais relaxados a cada poucos anos, ignorando a regra de que todos têm de estar em pé em frente às grades para a contagem. Ainda assim, isso também era uma aposta.

Reféns? Não valia a pena nem pensar nisso. Ninguém obtinha sucesso desse jeito havia quarenta anos. Era contra a lei abrir o portão para um detento com reféns, não importava quem eles fossem. Em Folsom, três dos amigos de Earl haviam rendido um coro que visitava a capela, a maioria garotas adolescentes, matando um detento que tentou detê-los. (Ele obteve perdão póstumo.) Exigiram um automóvel. Disseram-lhes que receberiam um carro fúnebre. Eles se renderam e pegaram prisão perpétua. Se os portões não foram abertos quando um coro de garotas era o refén, não seriam abertos para ninguém. Igualmente inútil era o "esconderijo", usado por novatos que não sabiam de nada. O plano era se esconder até que a busca acabasse e depois pular por cima do muro. Fome era tudo o que conseguiam. A busca continuava até que houvesse evidência definitiva de que os detentos faltantes estavam do lado de fora. Caso contrário, presumia-se que eles estavam dentro dos muros. Uma busca havia prosseguido por dois meses — até que um cão encontrou o corpo desaparecido enterrado no pátio inferior. Não era uma fuga, mas um assassinato. Depois de um século os guardas conheciam a prisão melhor que os detentos. Eram mantidos registros de todos os possíveis esconderijos.

Quase toda fuga bem-sucedida do presídio era num caminhão.

Dutch avisou que o segundo tempo estava prestes a começar, invadindo o feroz devaneio de Earl. Este fez o café e caminhou de volta para a televisão, notando o pescoço vincado de Dutch e o restolho de cabelos brancos no crânio arredondado. Dutch era um velho. Sua vida estava acabada. O medo se crispou em Earl. Todo mundo fica velho e morre, e não importa o que acontece depois, mas era apavorante ficar velho e encarar a morte sem lembranças de ter vivido.

Eu vou sair, Earl jurou, de um modo ou de outro. Depois ele pensou em Ron, perguntou-se o que estaria acontecendo em Los Angeles. Se Ron voltasse, teria de incluí-lo em qualquer plano de fuga.

Tirando o fato de ter mais pichações a caneta ou entalhes em suas paredes, a detenção do tribunal não havia mudado, e nem os despojos humanos comprimidos dentro dela. Os rostos inchados e macilentos e as roupas sujas eram de pobres e desamparados, não de criminosos. Mas, se a atitude de Ron quanto a eles um dia fora de piedade salpicada de desprezo, agora o desprezo pela fraqueza falava mais alto. Também ausente era a leve sensação de medo que conhecera anteriormente. Ele se apoiou num canto, com as pernas estendidas sobre o banco para não deixar que um bêbado vacilante sentasse. Quando um negro jovem e robusto começou a maldizer o mundo, com o ódio tremulando em sua voz, Ron deu um meio sorriso e sentiu assombro. Noutra época a visão de tanta fúria teria provocado um nó em seu estômago; agora sabia que aquilo provavelmente era um blefe defensivo, barulho para ocultar o medo, e, mesmo que fosse real, não era uma ameaça. Ele aprendera que a dureza física não resultava em perigo real. Ser um cara durão estava na mente, na capacidade de roubar a vida de alguém sem sentir náusea. Agora ele sabia que tinha essa capacidade. O que era mesmo que Earl dizia: — Cascavéis fazem barulho, mas víboras são silenciosas.

Nos calcanhares desses pensamentos niilistas chegou a percepção de que eles eram uma reação à notícia devastadora que Jacob Horvath levara à sala dos advogados da cadeia na noite anterior. O lábio inferior caído e os olhos doloridos de Horvath indicaram a realidade antes mesmo de ele falar. Ele fora ver o juiz à tarde, para sentir a situação, mas esperando que não houvesse problemas. O juiz havia lhe mostrado um boletim de ocorrência a respeito do assassinato (Horvath não sabia) e uma carta assinada pelo diretor adjunto e pelo diretor, dizendo que Ron Decker era membro da notória Irmandade Branca, grupo que era responsável por pelo menos meia dúzia de assassinatos nas prisões da Califórnia nos últimos dois anos. Embora as evidências fossem insuficientes para processá-lo por essa última morte, uma quantidade de prisioneiros que eram informantes anônimos mas confiáveis havia ligado Decker a ela. A voz de Jacob Horvath havia subido de uma triste preocupação até quase a indignação, como se Ron tivesse de algum modo falhado com ele. A sensação inicial de vazio de Ron fora substituída por raiva fria e desprezo. Ele esperaria a derrota com desdém; isso amenizava a dor. E essa fora sua atitude durante toda a noite. Ele nem mesmo queria se apresentar à corte; aquilo era uma simulação ritual. A matéria já estava decidida e ele não daria a ninguém a satisfação de demonstrar que isso o feria. Podia ser precisamente o que achavam que ele era. A vida toda, afinal, era apenas representação de papéis. Apenas jogos; apenas uma besteira.

Quando o agente do xerife que atuava como meirinho o chamou até a porta e prendeu os reluzentes braceletes de aço em seus pulsos, Ron sentiu um desprezo moderado e uma sensação bizarra de orgulho ou poder, pois, se eram algemas, também eram símbolos do medo da sociedade.

A sala do tribunal estava totalmente desprovida de espectadores. Apenas o escrivão e o relator da corte estavam ali, e Horvath atrás de um promotor público sentado. Horvath estava curvado, falando ao ouvido do homem. Ambos riam discretamente, mas isso parecia alto na quietude vazia. Ron sentiu um impulso de raiva. Não muito tempo atrás ele teria sido benignamente alheio a tal camaradagem entre advogados adversários, mas naquele momento ele pensava que isso era uma traição. O promotor era o inimigo e uma guerra nunca é amigável.

Sem que tivesse sido ordenado pelo agente que o acompanhava, Ron empurrou o portão baixo e sentou-se numa cadeira dentro do cercado. O agente hesitou ao lado dele. O escrivão, um homem rechonchudo com óculos sem aro, viu a chegada do réu e atravessou a porta à esquerda do banco. Esse era o único caso a ser ouvido naquela tarde e ele estava notificando o juiz de que estava tudo pronto.

Ron vestia calças e camisa cáqui e sapatos da prisão, os itens dados aos homens que iam à corte. Houve um tempo em que ele teria se sentido envergonhado; agora não importava que fosse marcado como diferente. Horvath acenou mas pareceu disposto a continuar conversando com o promotor até que Ron o chamou com um gesto peremptório. Então Horvath se aproximou, pondo sua pasta sobre a mesa da defesa no caminho.

— Alguma novidade? — Ron perguntou.

— Não. Nada. Eu tentei conversar com ele em particular, mas sua cabeça está feita. Não entendo que diabo aconteceu com você lá. Você sabia...

— Pare com isso. O que está feito está feito.

— Eu vou fazer uma cena, mas... — Ele sacudiu a cabeça.

— Não desperdice seu fôlego. Eu tenho algumas coisas a dizer. Na verdade, só diga a ele que eu vou fazer a minha própria argumentação. Você não precisa fazer nada.

— Em meu lugar?

— Exato.

— Você não pode fazer isso.

— Uma ova! Apenas fale isso a ele...

Antes que mais alguma coisa pudesse ser dita, o escrivão saiu, bateu o martelo e entoou: — De pé, por favor. Departamento Nordeste B. A corte superior do Estado da Califórnia, condado de Los Angeles, está agora em sessão, o meritíssimo juiz Arlen Standish presidindo o júri.

Foi o mesmo que antes, as poucas pessoas se levantando quando o jurista de toga preta chegou e ganhou majestade enquanto subia para o seu banco. Isto é, todos ficaram em pé com exceção de Ron. Quando o agente puxou seu braço, ele se inclinou para a frente e ergueu seu traseiro dez centímetros acima da cadeira. Não teria feito tanto se uma completa recusa não pudesse provocar um chute na bunda mais tarde. Desse modo ele conseguiu obedecer ao mesmo tempo em que demonstrava o que sentia. O juiz, porém, não ergueu os olhos até que todos estivessem novamente sentados.

— O Povo contra Decker — disse o escrivão. — Audiência de acordo com o artigo onze-meia-oito do Código Penal.

Quando Ron ficou em pé ao lado de Horvath, foi assaltado pela fragrância da loção pós-barba do advogado; sua percepção foi ampliada por um ano sem cheirar nada fragrante, a não ser peidos.

— Suponho que nós temos de... ahn... temos de discutir esta matéria — disse o juiz. Como antes, folheava papéis não visíveis. Ele pôs seus óculos, leu alguma coisa; depois olhou por cima dos óculos em direção a Horvath. — Imagino que você tenha algo a dizer, defensor.

— Sim, Meritíssimo.

Antes que Horvath pudesse dizer mais, Ron cutucou-o com o cotovelo e sussurrou entre dentes: — Diga a ele.

— Rrr-hum — Horvath gaguejou, com os circuitos de sua articulação congestionados.

— Meritíssimo — Ron falou em voz alta, ainda mais alta e mais estridente do que desejava —, eu gostaria de me dirigir à corte nesta matéria.

— Não, não, sr. Decker. Você falará através do advogado. É para isso que serve a defesa.

— Nesse caso, Meritíssimo — Ron falou lentamente —, eu gostaria de retirar o sr. Horvath dos autos como defensor e invocar meu direito a prosseguir *in propria persona*.

O juiz hesitou. — Você está insatisfeito com o sr. Horvath?

— A questão não é essa. Eu simplesmente quero representar a mim mesmo nesta audiência... e de acordo com outras decisões, eu tenho o direito absoluto a isso se puder fazer uma abdicação consciente do meu direito a um defensor. Acredito que o padrão é de que eu conheço os elementos do delito, da defesa e das penalidades. Não é necessário que eu seja um advogado formado. Os dois primeiros elementos são discutíveis neste ponto... e eu obviamente conheço as penalidades. — Tão logo ele começou a falar, a tensão o abandonou, e ele sabia que soava articulado. Isso o surpreendeu.

— Tem algum comentário, sr. Horvath?

— É uma surpresa... eu... eu fiz o melhor que podia. Não tenho nenhuma objeção. O sr. Decker está longe de ser um iletrado e ele sabe o que está em jogo.

O juiz olhou para o jovem promotor público. — O Povo tem algo a acrescentar?

O promotor ficou em pé. — O Povo gostaria de ter certeza de que esta é uma abdicação consciente... de que a defesa não irá voltar atrás mais tarde com uma petição de *habeas-corpus* alegando que a abdicação foi inválida.

— Eu não creio que os autos irão refletir incompetência —

disse o juiz, suavemente. — Se estivéssemos em um procedimento crítico em que a formação legal... eu certamente faria uma extensa inquirição antes de permitir que um réu abandone a proteção da defesa. Mas, pelo que me lembro, as decisões indicam que o direito de se auto-representar é absoluto se abdicação for consciente... e este réu citou o padrão correto.

— O juiz fez um aceno de cabeça para Ron. — Prossiga, sr. Decker. Você é seu próprio advogado desde que mantenha o decoro.

Confrontado com a permissão para falar, Ron ficou temporariamente incapaz de fazê-lo. Ele pretendia expressar seu desdém pela simulação, mas o discernimento avuncular do juiz havia acendido uma centelha de esperança. Talvez aquilo não estivesse previamente decidido. Ainda assim, ele não queria demonstrar fraqueza, não queria se lamentar. Ele adotaria um meio-termo e jogaria conforme a resposta obtida.

— Meritíssimo, não se questiona que eu vendi grande quantidade de maconha e cocaína, mas isso significa que havia muitas pessoas comprando. Na verdade, milhões de pessoas não vêem nada de errado nisso. É muito bem estabelecido que isso não é pior do que o cigarro e é menos nocivo do que o álcool. Não sinto culpa alguma por fazê-lo. Eu não feri ninguém. Ser apanhado foi... como ser atingido por um raio. Nenhuma justiça ou punição. Apenas um ato de Deus.

— Quando o senhor me mandou para a prisão, eu tinha medo dela. Mas não esperava que a prisão me modificasse... não para o bem nem para o mal. Mas depois de um ano eu mudei, e a mudança foi para pior... pelo menos pelos padrões da sociedade. Tentar fazer de alguém um ser humano decente mandando-o para a prisão é como tentar criar um muçulmano colocando uma pessoa num mosteiro trapista. Um ano atrás, a idéia de ferir um homem fisicamente, feri-lo com gravidade, era repugnante para mim — mas depois de um ano num mundo onde ninguém jamais diz que é errado matar, onde a lei da selva prevalece, eu me descobri capaz de contemplar a prática da violência com impassibilidade. As pessoas vêm matando umas às outras há eras. Quando vendia maco-

218   EDWARD BUNKER

nha, eu adotava razoavelmente os valores da sociedade, certo e errado, bem e mal. Agora, depois de um ano — eu estou sendo honesto —, quando leio sobre o assassinato de um policial eu fico do lado do fora-da-lei. É para lá que a minha simpatia está se voltando. Não completamente, ainda, mas com aparente inevitabilidade.

— O que eu estou tentando dizer é, simplesmente, que me mandar de volta não levará a nada. A prisão é uma fábrica que produz animais humanos. As probabilidades são de que seja lá o que você tire da prisão, será sempre pior do que aquilo que você mandou para lá. Eu tenho de cumprir pelo menos mais cinco anos antes de me tornar apto à condicional. O que isso vai fazer? Não vai me ajudar. Não vai desencorajar ninguém mais. Olhe à sua volta. Ninguém sequer saberá... então como pode isso ser desencorajador?

— Eu não sei o que serei depois de meia dúzia de anos num manicômio. E já perdi tudo do lado de fora. Acho que já sofri punição suficiente... — Sua voz se consumiu. Sua mente procurava mais palavras, mas ele não conseguia encontrar nenhuma. — Isso é tudo — disse ele, por fim.

Quando ele sentou, sem fôlego e corado pela sua loquacidade, o juiz fez um movimento de cabeça para o promotor público. — O Povo tem algum comentário? — Enquanto concluía a pergunta, os olhos do juiz se reviraram quase explicitamente para olhar para um relógio na parede oposta.

O promotor, que estava empurrando sua cadeira para trás para se levantar, deixou que seus olhos seguissem os do juiz. — Hã... o Povo... hã... concorda com as cartas dos oficiais do presídio e submete a matéria.

O juiz fixou Ron novamente, e o semblante de paciência gentil pareceu se endurecer, ou talvez fosse o timbre de sua voz que fez com que sua face parecesse de granito. — Sr. Decker, o senhor originalmente compareceu perante esta corte e foi condenado por um crime sério. Por sua juventude e por seus antecedentes, eu tentei deixar uma saída para evitar mandá-lo para a prisão por um longo período. Eu queria dar a você a chance de ver o que o futuro poderia lhe reservar e de ajudar a

FÁBRICA DE ANIMAIS 219

si próprio. Pelas informações que me chegaram dos oficiais do presídio, o senhor é um homem perigoso. Se já era assim ou se tornou-se isso na prisão é irrelevante. O fator determinante não é se a prisão irá ajudá-lo, nem se o seu aprisionamento desestimulará alguém mais. A principal coisa é proteger a sociedade. Qualquer um que possa matar outra pessoa a sangue-frio — e o senhor quase admitiu que pode — não está apto a viver em sociedade. Eu sei que a sociedade estará protegida por pelo menos cinco anos. Depois disso os membros do comitê de condicional, se eles desejarem, poderão deixá-lo sair. Eu não vou modificar a sentença. Moção indeferida.

— Então vá se foder! — Ron falou em voz alta, inesperadamente, mal acreditando em si mesmo. — Bem no meio do seu velho cu enrugado!

Os dedos do agente, afundando-se em seu braço e puxando-o, interromperam as palavras. — Comporte-se — disse o agente, com a voz serena porém tensa. — Ele é um juiz.

— É, certo. — Ron estava em pé, seus olhos esvoaçando sobre a face atônita de Horvath. Então ele estava saindo para o corredor, o agente apanhando as algemas. Ele parou na porta e estendeu os pulsos. Com um gesto de cabeça e uma das mãos em seu ombro, o agente lhe disse para se virar. A explosão fez com que as algemas fossem postas por trás dele, tornando-o mais indefeso. Ele voltou-se e obedeceu, com a sombra de um sorriso desdenhoso no rosto. Estava se perguntando quanto tempo levaria para que estivesse de volta a San Quentin.

O santuário da ala psiquiátrica era também uma gaiola dourada. Earl se deitava com a solidão, mas também se afligia com a inatividade. Agora que a acusação de assassinato não era uma ameaça, ele estava disposto a voltar para a seção "B" e cumprir qualquer punição que os oficiais quisessem. Essa era uma barra que ele teria de enfrentar antes de poder voltar para o grande pátio. O tempo na ala psiquiátrica não contava para o período de segregação. E se ele ficasse tempo demais naquele "colapso nervoso", eles iriam transferi-lo para o Centro Médico, onde podia receber tratamento de choque — e rumores de lobotomias haviam vazado de lá. A brutalidade à antiga da seção "B" era preferível. Além do mais, somente duas fugas bem-sucedidas haviam sido feitas do Centro Médico durante os quinze anos em que ele estava em funcionamento; ambas as escapadas haviam recorrido à aposta de cortar as grades da cela e passar por cima das cercas duplas à sombra das torres de vigilância.

Ainda assim ele hesitou até que chegou a notícia de que Ron voltara do tribunal e estava na seção "B". Na manhã seguinte ele disse ao médico que estava se sentindo melhor. Dutch e os outros atendentes marcaram os prontuários para comprovar o fim dos seus delírios. Depois de uma semana, o médico diagnosticou uma síndrome de Ganzer, uma forma de psicose que os detentos chamavam de "loucura de cadeia". Na segunda-feira subseqüente o médico lhe deu alta. Ele sabia que o papel seria assinado em questão de minutos e tinha seus pertences já preparados quando os guardas subitamente apareceram.

— Junte suas coisas, Copen — disse um deles. — As férias acabaram.

Quando a porta da seção "B" foi destrancada e o barulho e o fedor se espalharam, o estômago de Earl ficou embrulhado. Foda-se, ele pensou estoicamente. Você tem de saber aceitar uma perda ou não pode aproveitar a vitória. Ele caminhou para dentro, levando uma fronha com todas as suas posses neste mundo.

O sargento atarracado responsável pela seção "B" era um veterano que gostava de Earl. — Como você está?

— Estou bem.

— Pensei que você não ia se recuperar quando eles o tiraram.

— Eu não exagerei o meu estado nem por um minuto.

— Há uma cela perto dos seus amigos no terceiro pavimento. É para onde você quer ir, eu creio.

— Decker está lá?

— A duas celas de Bad Eye. Você ficará do outro lado. Vocês todos estarão perto o bastante para conversar.

— Perto o bastante para gritar, você quer dizer. — Earl apontou a cabeça na direção dos passadiços onde as vozes eram um balbucio amplificado. — Nós nos exercitamos juntos, hein?

— O mesmo programa, um pavimento de cada vez.

Como eles levaram Earl para cima pelo final do bloco e depois desceram para o terceiro pavimento em vez de seguir pelo piso inferior, ninguém percebeu sua chegada. Ele olhou para dentro das celas enquanto caminhavam, especialmente aquelas próximas de onde estava indo, mas todos pareciam estar adormecidos. Quando o sargento girou a grande chave na fechadura e gesticulou para que a barra fosse baixada, Earl jogou sua fronha no colchão nu sobre o chão e olhou à sua volta. Uma das paredes estava carbonizada e com bolhas por um incêndio na cela, mas a latrina e a pia ainda estavam na parede; e o colchão e os cobertores pareciam mais limpos que o normal. Ele começou a colocar as coisas em ordem; aquela seria sua residência por um longo tempo.

Foi só na hora do almoço, quando o furacão de ruídos abrandava temporariamente, que ele gritou para fazer sua presença conhecida por Bad Eye e Ron. Mesmo então era necessário berrar, e era impossível manter uma conversa de verdade. Sentia-se grato pelo médico ter mantido sua prescrição de Valium. Ele odiava barulho e aquele era o campeonato mundial do caos vinte e quatro horas por dia. Nunca estava inteiramente em silêncio, embora perto do amanhecer apenas dois ou três homens mantivessem conversações aos gritos. A cada poucos meses alguém cometia suicídio por enforcamento, e metade dos homens estava à beira da insanidade. Bad Eye estava ali havia nove meses e aguardava a transferência para Folsom, efervescendo de ódio contra o mundo. Earl recordou de quando Bad Eye era apenas um garoto selvagem; agora a viciosidade e o mal haviam se infiltrado até sua medula.

A seção "B" tinha seu próprio pátio de exercícios, que na realidade ficava fora dos muros de San Quentin. Uma passagem havia sido aberta na parede externa do pavilhão — dando para a baía. O hospital ficava ao lado, uma área de noventa metros de extensão com uma cerca encimada por arame farpado, para fora da qual havia uma torre de vigilância. Outro atirador ficava empoleirado logo acima da porta que saía do pavilhão. Ninguém iria para lugar algum. Não fosse pela interferência de uma ponta de terra, Golden Gate e Alcatraz seriam visíveis.

Cada pavimento tinha uma classificação especial e era liberado separadamente para duas horas, duas vezes por semana, manhã ou tarde. O pavilhão inferior era a solitária, homens cumprindo punições curtas, a maioria voltando para o grande pátio subseqüentemente. O segundo pavimento era dos militantes negros. O terceiro era dos militantes brancos e chicanos, na maioria membros das Irmandades Branca e Mexicana. O quarto pavimento era uma mistura, homens em regime fechado por violar as regras que não eram filiados nem se esperava que começassem uma encrenca. O quinto passadiço era a custódia preventiva, cheio de veados e informantes, e muito poucos de seus ocupantes saíam para o pátio para se exercitar, pois sempre que passavam pelas outras celas eram xingados, cuspidos e alvejados com mijo e merda.

A maioria dos amigos de Earl estava no terceiro pavimento, alguns dos quais cumpriam regime fechado havia anos, e durante o primeiro período de exercícios, numa manhã luminosa e fria, ele foi envolvido logo de cara por uma dúzia de homens. Houve risos, abraços, apertos de mão, tapinhas nas costas. Bad Eye foi o mais efusivo, esmagando Earl num abraço de urso e erguendo-o acima do chão. Bad Eye estava indo no próximo ônibus para Folsom e ficou contente por poder dizer adeus pessoalmente. Ele estava feliz por partir, esperando que pudesse conseguir uma condicional em um ou dois anos. — Nunca sairei se ficar aqui. Preciso jogar num campinho novo. Meu parceiro de crimes está fora há seis anos... e ele era cinco anos mais velho que eu quando nós fomos presos.

Enquanto os rituais de camaradagem prosseguiam, Ron Decker ficou de fora da aglomeração, sorrindo suavemente.

FÁBRICA DE ANIMAIS 223

Ele gostava de observar Earl lidando com as pessoas, apreciava o conhecimento de que Earl mudava de fachada com facilidade, sendo qualquer coisa que sua audiência particular esperasse. Não que isso fosse apenas para manipulá-los; era mais porque Earl realmente gostava deles e queria deixá-los à vontade.

Logo o grupo se desfez — Bad Eye foi jogar handebol na pequena quadra onde os vencedores continuavam jogando contra seus desafiantes até serem derrotados, os outros que ficaram no grupo sem nada de importante a dizer. Earl deu um tapa nas costas de um deles e disse que tinha coisas a discutir com seu parceiro, apontando Ron com um movimento de cabeça. Isso foi entendido e aceito.

— Cara, eu lamento pelo tribunal — disse Earl enquanto os dois se abraçavam. Era a primeira vez que Ron praticava esse gesto sem constrangimento.

— É uma merda — disse Ron —, mas que porra podia...

— Nós não resolvemos aquele assunto da melhor maneira.

— A visão em retrospecto é sempre mais sábia. Eu não sinto arrependimento por aquilo.

— Nãh, aquele babaca tinha uma boa morte à sua espera. Mesmo assim... você estaria indo para a Broadway, e ele não valia tanto.

Ron deu de ombros. O desgosto havia passado e a ferida transformara-se numa cicatriz que às vezes coçava, mas não doía.

— Vamos caminhar — disse Earl.

Quase todos os quarenta detentos do pequeno pátio estavam perto do pavilhão agigantado onde ficava a quadra de handebol. A extremidade cercada era aberta ao vento, cujas rajadas ocasionais faziam com que a cerca trepidasse. A água escura da baía tinha toques de branco. Ron usava um casaco e virou a gola para cima, mas Earl estava em mangas de camisa e enfiou as mãos dentro dos bolsos da calça e encolheu os ombros, movendo a cabeça para indicar que eles deveriam caminhar os vinte metros ao longo da cerca.

— O que sua mãe disse? — Earl perguntou.

— Ela não podia acreditar... e está disposta a ir à falência se isso adiantar alguma coisa.

— Já esteve no comitê disciplinar?

— Ã-hã. Eles me deram um ano aqui. Meu Deus, isto é um asilo de loucos. Ninguém iria acreditar num lugar como este.

— Se eu descobrir um jeito de sair daqui, para fora de San Quentin, você gostaria de se mandar?

Ron ponderou por apenas alguns segundos. — Se você tiver um jeito de sair... eu realmente não quero cumprir mais cinco anos até o comitê de condicional... e depois nem mesmo ter a certeza de que eles me deixarão sair. Você tem um jeito?

— Não, não agora, mas eu posso descobrir uma brecha em algum lugar. Eu sei disso. O segredo para dar o fora de uma destas latas de lixo é manter a mente concentrada nela o tempo todo, é se manter pensando, observando. Eu não sei o que irá funcionar, nem de todas as saídas que deram certo antes. Mas mesmo que nós consigamos sair, isso é só uma parte. É difícil ficar fora. Nós precisaremos de um lugar para ir, alguém para nos ajudar — na verdade, uma saída do país. Todo mundo nesta terra está no computador. O único lugar onde um fugitivo está a salvo aqui é cuidando de carneiros em Montana ou algo parecido. Merda! Isso é pior que estar no pátio.

— Se você nos tirar daqui, eu posso conseguir alguma ajuda. Minha mãe... e eu conheço algumas pessoas nas montanhas do México — Sinaloa — que têm poder. Eles têm todo tipo de armas nas colinas. As autoridades não entram lá com menos que um batalhão. Conheço algumas pessoas na Costa Rica, também. Se você nos tirar...

Eles pararam no canto da cerca e estenderam o olhar para onde a luz do sol pintalgada de nuvens dançava, cruzando os topos das colinas verdes de Marin. Uma estrada passava entre duas delas, angulando num discreto degrau e a miríade de pára-brisas cintilava como jóias. — Sim — disse Ron —, eu gosto de algumas coisas que este lugar fez para mim, mas não gosto do que uma porção de anos fará.

Earl deu um tapa em suas costas. — É, você vai começar a

FÁBRICA DE ANIMAIS 225

bater punheta pensando em garotos bundudos. — Ele deu uma alta gargalhada enquanto Ron fez uma expressão distorcida e sacudiu a cabeça.

Suas atenções foram atraídas por Bad Eye chamando Earl; depois acenando para que ele fosse jogar handebol. A próxima partida era deles. Earl ergueu uma das mãos e fez um gesto para que ele o esperasse. — É melhor eu ir. Você sabe como ele é sensível. Seja como for, com toda certeza nós não podemos fugir da solitária —, embora dois malucos por apostas tenham feito isso alguns anos atrás.

— Da seção "B"?

— É, simplesmente cortaram seu caminho para fora das celas; depois cortaram o seu caminho para fora do pavilhão — e ninguém os viu. Nem o tira armado no pavilhão nem a torre de vigilância do lado de fora, ninguém. Naturalmente eles foram apanhados num minuto quando começaram a correr como loucos do lado de fora. Seja como for, nós vamos deixar as coisas esfriarem aqui, cumprir a pena na solitária e voltar para o pátio. Um idiota cumprindo pena tem de ser paciente... mas não muito paciente quando chega a hora de agir.

— Eu percebi isso — disse Ron. — Depois que um homem investe alguns anos ele fica com medo de agir, e, mesmo que não tenha medo, existe uma espécie de inércia que é difícil de superar.

Bad Eye havia agora se deslocado cinco metros da platéia para a quadra handebol e estava gritando e gesticulando. — É melhor você ir — disse Ron. — Mas não sei porque ele o quer... mau jogador como você é.

— Vá se foder — disse Earl, com vontade de empurrá-lo por brincadeira, mas lembrando dos atiradores em cada extremidade do pátio. Badernas eram proibidas e brigas eram interrompidas à bala, e às vezes os guardas não sabiam a diferença. Enquanto Earl apressava o passo — bancando o palhaço, saltitando algumas vezes —, pensou nas palavras de Ron a respeito das mudanças moldadas por San Quentin. Ele próprio já estava permanentemente mutilado, mas Ron não. Era importante que ele não cumprisse uma sentença longa.

— Nós somos os próximos — disse Bad Eye. — Quer jogar na frente ou na retaguarda?

— Na frente. Eu não sei jogar na retaguarda.

Dois chicanos da Irmandade Mexicana, ambos amigos de Earl, tinham ganhado o jogo anterior; eles ficaram esperando com suas camisetas ensopadas de suor. — Qual é, seu velho filho-da-puta — disse um deles. — Você não sabe jogar em posição alguma.

Earl estava tirando sua camisa. — Talvez tenha que recuperar seus documentos mexicanos quando este branco velho o puser para fora da quadra. — Ele emprestou uma bandana vermelha e enrolou na mão para fazer as vezes de luva.

Earl e Bad Eye perderam, mas o jogo foi disputado e eles teriam ganhado se Earl não estivesse sem fôlego muito antes do último ponto. A cela nua e a inatividade da ala psiquiátrica haviam tirado sua resistência.

Enquanto ele se refrescava, a porta de aço se abriu e um guarda bateu uma grande chave contra ela, indicando que era hora de voltar para as jaulas. Os detentos formaram uma fila irregular e entraram vagarosamente. Para dentro da porta, meia dúzia de guardas esperava em fila, revistando cada detento para ter certeza de que nenhuma arma tivesse sido jogada das janelas do hospital.

Earl e Ron adaptaram-se à rotina da sessão "B". Bad Eye estava na cela adjacente à de Ron e, quando foi transferido (apesar dos três guardas, ele partiu de uma das extremidades do passadiço e parou para apertar as mãos de todos os seus amigos), Earl mudou-se para sua vaga. Eles podiam conversar sem gritar na maior parte do tempo. Na liberação para os exercícios, estavam mais perto da escada e portanto eram os primeiros a chegar no pátio para conseguir a quadra de handebol. Earl convencia Ron a jogar, e eles invariavelmente conseguiam a primeira partida, invariavelmente perdendo no primeiro mês, mas depois começando a ganhar pelo menos na metade das vezes. Eles jogavam até serem derrotados e depois

FÁBRICA DE ANIMAIS 227

caminhavam e conversavam até a chamada de recolher. Embora o método de fuga ainda fosse desconhecido, eles falavam sobre o que fariam. Apesar de Ron assegurar que sua mãe lhes daria refúgio, dinheiro e transporte para fora do país, Earl queria cometer alguns assaltos para ser independente. Ele sabia de dois bancos perfeitos para serem roubados e tinha uma modalidade simples de assalto à mão armada, a qual não exigia planejamento e havia sido bem-sucedida no passado. — É tão fácil quanto assaltar uma porra de loja de bebidas e é muito menos provável que você seja detonado por algum babaca vindo por trás com uma escopeta. É só você escolher um joalheiro classudo, não a Kay's ou algum lugar fajuto, mas algo como a Tiffany ou a Van Cleef. Entre e peça para ver algum Patek Phillipe ou diamantes avulsos de dois quilates. Quando o balconista os trouxer, é só abrir o casaco e mostrar o cabo da pistola a ele. Trabalhando sozinho, sem muito planejamento, uma dúzia de relógios de dois mil dólares é uma féria bem razoável.

— Nós não precisamos fazer isso — Ron protestou, sua voz subindo pela exasperação, indagando-se se Earl teria uma obsessão pelo risco que o traria direto de volta.

— Você não precisa. Talvez eu também não. Mas eu não quero ficar nas costas de ninguém. Eu sustento meu próprio peso, irmão.

— Ok... ok. Veremos o que acontece quando nós sairmos — se nós sairmos.

— Tenha um pouco de confiança em mim, garoto.

— Então me mostre algo.

O funcionário da seção "B" foi para a linha geral de San Quentin e Earl pegou o emprego. Das sete da manhã até o entardecer ele ficava fora de sua cela, datilografando alguns documentos oficiais e controlando os passadiços. Quando drogas eram contrabandeadas para dentro vindas do pátio, ele invariavelmente ganhava sua quota, não importava quem as recebesse. Em mais uma semana, ele usou sua influência para conseguir que Ron fosse designado como barbeiro da seção "B". Isso foi uma temeridade por alguns dias, Ron mal sabia a diferença entre pentes de corte e tesouras para desbastar, mas os detentos íntegros simplesmente se recusaram a cortar os cabelos até que ele tivesse praticado com os prisioneiros em custódia preventiva no quinto pavimento. A necessidade é um professor brilhante; em uma semana ele conseguia fazer um corte de cabelo aceitável.

Com o passar dos meses de inverno, dois eventos quebraram a rotina básica. Em fevereiro, Earl estava perto da porta para o pátio de exercícios quando o segundo pavimento, cheio de militantes negros, saiu. Sua cautela habitual havia falhado, porque ali não houvera conflitos raciais por quase dois anos, e ele estava "de bem" com vários negros no passadiço. De repente, um deles saltou do aglomeramento e golpeou-o com uma mola afiada, um pedaço de arame semelhante a um picador de gelo, embora não tão reto e agudo. Dirigido ao estômago, ele poderia ter feito um estrago considerável, mas o golpe foi de cima para baixo e Earl ergueu um dos braços; a arma rústica perfurou seu bíceps e depois, enquanto ele se esquivava e corria, afundou na carne acima de sua omoplata e foi detida pelo osso, causando perfurações superficiais. O guarda armado na passarela viu o lampejo de movimento, soprou seu apito e soltou um tiro que soou como um canhão dentro do edifício. Os guardas se fecharam imediatamente sobre o negro.

Quando Earl estava sentado sobre a maca enquanto água oxigenada era derramada nos ferimentos, disse ao Capitão Meia-noite que não tinha nada a declarar sobre nada nem ninguém. Ele foi informado por outros negros de que o atacante era desequilibrado e pensava que os brancos estavam tentando pôr um rádio em seu cérebro. Quando chegou a notícia do pátio de que a Irmandade Branca estava planejando retaliar apunhalando negros indiscriminadamente, Earl mandou um longo bilhete a T.J., dizendo-lhe que tal estupidez faria com que desejasse deixar de falar com eles; que isso iniciaria uma guerra de raças desnecessariamente; que apenas um homem louco era o responsável e que Earl nem sequer se vingaria dele

FÁBRICA DE ANIMAIS 229

porque era um maluco. Embora não houvesse acrescentado isso, Earl nunca aprovou as guerras de raças — e quando aceitava que lutar era necessário para a sobrevivência porque o outro lado havia declarado guerra, ainda assim desaprovava o assassinato indiscriminado de pessoas, simplesmente porque elas estavam à mão. Na verdade, ambos os lados faziam isso, e geralmente os não envolvidos eram as baixas; os guerreiros se cuidavam e mantinham-se afastados de situações de risco.

Por vários dias os negros da seção "B" ficaram atentos, sabendo que os atiradores disparariam se algum distúrbio se iniciasse, não acreditando em Earl — que foi até a cela do ministro muçulmano e disse-lhe que não haveria repercussões —, até que a tensão se esvaiu, deixando apenas o grau normal de paranóia. Então ele ganhou o respeito de alguns dos líderes negros, que souberam que, embora Earl "se alistasse" numa guerra, não era um agitador.

O segundo incidente importante foi a aposentadoria de Stoneface e a chegada de "Tex" Waco de Soledad como novo diretor adjunto. Quando Earl recebeu a notícia, começou a estalar os dedos e a dançar. Ron, sentado na cadeira de barbeiro, perguntou-lhe o que estava acontecendo.

— Bem, mano — ele começou num pesado sotaque sulista, do tipo em que toda frase se torna uma pergunta — esse é o novo diretor adjunto? Ele era recruta, hã? Ele estava indo pra Universidade da Califórnia em Berkeley? Bem, este velho detento aqui escreveu as monografias pra ele? Em outras palavras — ele abandonou o sotaque —, eu tenho bastante cartaz com esse cara.

— Acha que ele vai nos ajudar a fugir?

— Não, seu filho-da-puta espertalhão! Mas aposto que vou — eu — sair deste buraco nos próximos dois meses. É melhor você ser bonzinho se quiser sair.

— Não, você não pode me chupar nem me foder.

Earl pulou para a frente, deu uma chave de braço em Ron e depois esfregou os nós dos dedos em seu couro cabeludo. — E que tal espremer seus miolos para fora?

— Qual é — Ron protestou; ele realmente não gostava de

baderna. — Pare de palhaçada e ache um jeito de nos tirar daqui.

Earl vasculhava seu conhecimento de San Quentin exatamente para isso, e antecipando a descoberta ele deixou o cabelo crescer. Uma cabeça raspada chamaria a atenção quando ele escapasse. Descobriu que estava grisalho nas têmporas.

O tenente Seeman também tinha influência com o diretor adjunto Waco, tendo sido sargento quando este era apenas um guarda. O novo diretor adjunto concordou em rever as sentenças tanto de Earl quanto de Ron, assim que fosse empossado.

Levou um mês, e Ron foi liberado para a população geral um dia antes de Earl devido a uma troca de documentos.

CAPÍTULO 14

Com as roupas de cama sob um dos braços e uma caixa de sapatos com objetos pessoais na outra mão, Earl Copen saiu da rotunda do pavilhão sul para o grande pátio. Uma dúzia de amigos estava à espera, embora alguns dos mais próximos estivessem ausentes. Não apenas Bad Eye, mas também Paul Adams, transferido para a colônia agrícola, e Bird para outro estado onde tinha um mandado de prisão. Mas T.J. Wilkes estava lá, sorrindo como uma abóbora de Halloween (incluindo o dente faltante) e apertado num enorme blusão esticado sobre o peito e os braços. Vito também estava à mão e tomou as roupas de cama de Earl para que T.J. pudesse abraçá-lo e dar tapinhas em suas costas. — Velho — disse T.J. —, eu estava realmente preocupado que eles nunca fossem deixar você sair de lá.

— Eu estava com medo de sair. Pelo fogo do inferno, há uns caras durões aqui.

— Garoto, eu não vou deixar ninguém molestá-lo. Confie em mim. — Ele esticou uma das mãos e apertou a nádega de Earl. — Continua firme.

FÁBRICA DE ANIMAIS 233

— Cuidado com as hemorróidas, bobalhão... e tenha mais respeito. Eu sou o cidadão mais velho desde que Paul se mandou.

Os detentos reunidos riram. Baby Boy apertou sua mão e bateu em suas costas, como de hábito, menos efusivo do que os outros. — Precisa de algo? — perguntou ele. — Eu tenho provisões completas.

— Eu estou bem. Obrigado, mano.

Depois Vito deu um aperto de mãos "da irmandade", entrelaçando os polegares de modo que fossem dois punhos fechados, e sussurrou: — Eu tenho um papelote da boa para você.

— Isso tem som de música.

T.J. passou o braço em torno de um detento magro e de queixo quadrado, que Earl não reconheceu. — E este é meu companheiro — disse T.J. — Seu nome é Wayne.

— Nós conversamos pelo cagador — respondeu Earl enquanto apertava a mão de Wayne, sabendo que ele havia sido condenado por matar um negro com uma machadinha durante um conflito racial em Soledad — e que estava na prisão por um crime que não havia cometido. Um carro foi identificado como tendo sido usado num assalto, e o vendedor de automóveis identificou Wayne como o comprador. Na verdade, foi o irmão de Wayne quem havia adquirido o carro e cometido o crime. Portanto, Wayne investiu um erro judiciário, obtendo como rendimento um assassinato e a prisão perpétua.

— Ronnie está trabalhando — disse Baby Boy, interpretando o olhar de varredura de Earl. — Eles o designaram para a tecelagem.

— Ah, merda! — disse Earl contrariado; mas tinha confiança de que conseguiria arranjar um emprego melhor para seu amigo.

— Onde eles o puseram para trabalhar? — perguntou Vito.

— Poorra! Você sabe que eu não faço nada além de trabalhar para o Papaizão Seeman.

— Ele já tem um secretário.

— Bem, eu sou o secretário *ex officio*.

234 EDWARD BUNKER

— Eu não sei o que é isso — meteu-se T.J. —, mas com toda a porra de certeza parece ótimo.

— Quando você vai voltar para o bloco norte? — perguntou Vito; era uma pergunta sarcástica; os regulamentos exigiam um ano de bom comportamento.

— Vai levar umas duas semanas — disse Earl, piscando abertamente. — Mas eu, eu tenho uma cela individual... ainda que ela seja no gueto com a ralé.

— Vamos levar as suas porcarias para o gueto — disse T.J., apanhando as roupas de cama de Vito. — Você não pode entrar. Você não mora lá.

Enquanto eles cruzavam o pátio, dirigindo-se ao portão de grades que dava para o pavilhão leste, T.J. confidenciou que o comitê de condicional havia lhe dado soltura seis meses antes, mas ele mantivera esse fato em segredo exceto para seus parceiros mais próximos. Um homem com a condicional agendada era vulnerável; todos os inimigos ficariam muito felizes se ele fizesse algo que pusesse a liberdade a perder — e outros poderiam se dar o direito de tirar vantagem de algum modo porque ele não iria querer perder a condicional. Ele queria saber se Ron o recomendaria para pessoas do outro lado da fronteira, para que pudesse começar a traficar drogas num bom nível. — Eu posso fazer muito dinheiro em Fresno, acredite ou não. E tenho de parar de assaltar pessoas. A porra do comitê de condicional me falou que vão me enterrar se eu aparecer com mais um assalto. Eles levam o roubo a sério.

— Tráfico de drogas, também.

— É, eu sei. Eu teria de trabalhar, mas você sabe como eu sou preguiçoso. A verdade é que eles o tornam preguiçoso aqui. Que inferno, quando eu era só um diabinho podia colher algodão...

— Pare de mentir! Porra, se alguém lhe dá ouvidos por cinco minutos, você já começa a contar mentiras. Você conversou demais com Paul.

T.J. abriu a boca e arregalou os olhos numa paródia de inocência; depois ficou sério. — Por que você não fala com ele? Se puder atuar por seis meses, eu compro um bar e me aposento.

— Eu vou levar isso a ele. Você terá alguma grana para investir ou vai querer um adiantamento?

— Eu poderia fazer um assalto.

Eles estavam no quarto pavimento e o som da barra de segurança sendo erguida interrompeu a conversa. Um guarda vinha pelo passadiço com a chave para destrancar a porta da cela. O chão estava áspero de sujeira e as lâmpadas fluorescentes haviam sido removidas para alguma outra cela. Tirando isso, ela estava em boas condições. As coisas de Earl foram postas atrás do beliche, de onde não poderiam ser pescadas de fora. O guarda trancou a porta e baixou a barra de segurança atrás deles.

Quando deixaram o pavilhão, Earl decidiu ir até o escritório do pátio. T.J. caminhou com ele até o portão; depois desceu a escada em direção ao pátio inferior e o ginásio. Earl sentiu-se bem por caminhar pela via entre a biblioteca e o bloco educacional. O sol quente havia se escondido e o ar estava fresco. Sair da solitária para a linha geral era similar a sair da prisão para as ruas; ele experimentou a mesma euforia.

Uma semana depois, o capelão católico precisou de um secretário. O detento de longa data que tinha o emprego sempre tinha sido "íntegro", mas uma noite ele foi levado em segredo para testemunhar num grande júri sobre um assassinato da Irmandade Mexicana. A notícia vazou de imediato, e ele estupidamente continuou seus afazeres. No final da tarde seguinte, enquanto o sacerdote visitava o corredor da morte, uma dupla de chicanos se infiltrou com lâminas na sacristia e começou a trinchar. Por milagre, a vítima sobreviveu apesar de trinta perfurações de faca. Ele nunca mais foi visto em San Quentin (e não testemunhou no julgamento).

Ron Decker ficou com o emprego. Ele conversava com o capelão freqüentemente quando apanhava livros, antes da punhalada em Buck Rowan, e o tenente Seeman era um católico fiel e o recomendou. Ron ficou feliz por escapar da tecelagem de algodão (todos os dias ele subia escadas com fiapos de algodão presos em suas roupas e cabelos e com o ruído rítmico dos teares tinindo nos ouvidos), mas na realidade queria escapar de San Quentin. Earl havia implantado a idéia e ela germinou para dominar tudo o mais. Uma carta contrabandeada para sua mãe obteve a resposta — em palavras veladas — de que ela estaria à disposição sempre que ele precisasse; ela os esconderia e ajudaria a fugir do país, qualquer que fosse o custo. Isso foi como gasolina nas chamas do desejo de Ron. E como ele havia arranjado a imprescindível ajuda externa, não teve escrúpulos em atiçar Earl para achar a saída. Quando este perguntou se ele queria se mudar para o pavilhão norte, Ron respondeu que isso seria bom no momento, mas ele queria realmente se mudar para o México.

No que diz respeito a Earl, quanto mais eles remoíam e refletiam sobre isso, mais certeza ele tinha de que precisariam de um caminhão. Ele excluiu outras idéias. Tinha esperança de que pudessem usar o caminhão da lavanderia, uma rota tomada quinze anos antes sem que os oficiais descobrissem como o homem saiu. O encarregado da lavanderia observava enquanto o furgão era carregado com os fardos de uniformes dos funcionários livres, e depois ele acompanhava até o portão de saída e o liberava. Mas havia um ponto fraco de trinta segundos. Depois que o caminhão era carregado na entrada de veículos, o encarregado trancava-o pelo lado de dentro e caminhava cinco metros para sair do edifício por uma porta de pedestres. Depois ele entrava no caminhão. Enquanto percorria os cinco metros, havia tempo para se enfiar sob os fardos que eram retirados para a reserva da prisão. O esquema requeria o auxílio do detento que dirigia o caminhão — e quando Earl o investigou, descobriu, para seu dissabor, que o homem era suspeito de ser um dedo-duro. Earl contemplou a possibilidade de golpear o motorista na cabeça com um cano — ferir mas não matar — para tirá-lo do caminho. Decidiu-se contra isso, porque ninguém sabia quem pegaria o emprego e por que não queria criar problema para nenhum de seus amigos.

Falsos botijões de gás e assentos com fundo falso também passaram pelo moinho da mente. Os primeiros podiam ser feitos na funilaria, o último na fábrica de estofados. Eles podiam ser trabalhados, especialmente o botijão de gás com fundo falso, mas apenas uma pessoa poderia sair.

Os caminhões mais fáceis de usar eram aqueles carregados com produtos, principalmente móveis, na área industrial. O guarda permanecia na plataforma de embarque de cargas vigiando tudo e depois trancava o caminhão. A segurança era boa. Se o procedimento fosse seguido com diligência, ninguém conseguiria se esgueirar para o caminhão e para fora dos muros. A falha era da natureza humana. Depois de meses ou anos de rotina imutável — o que poderia ser mais tedioso do que vigiar caminhões sendo carregados, a não ser ficar sentado a noite toda numa torre de vigilância escura olhando para uma parede? — qualquer guarda perdia a concentração, e muitos podiam ser distraídos pelos poucos segundos necessários para alguém se enfiar num caminhão. Earl sabia de duas fugas bem-sucedidas de San Quentin exatamente nessas circunstâncias. Naturalmente elas ocorreram com anos de intervalo, pois depois que uma delas aconteceu a segurança foi intensa por um ano, dois. Fazia oito anos desde que alguém havia usado isso. Além de ter uma fenomenal porcentagem de sucesso, essa via em particular não requeria preparativos até o momento real. O guarda estaria "ligado" ou não. Era diferente de cortar as grades ou cavar um túnel (o último era impossível, porque a prisão ficava sobre um leito de rochas e os muros iam quase tão profundamente terra adentro quanto céu acima), quando o detento ficava comprometido no momento em que a serra fazia uma ranhura.

A dificuldade insuperável em usar os caminhões da área industrial era a incapacidade de chegar a eles. Nem mesmo Earl podia ir até lá sem um passe ou uma ligação telefônica para o guarda do portão das fábricas. Mesmo os funcionários administrativos das fábricas não podiam permanecer dia após dia na plataforma de embarque. Apenas poucos detentos — aqueles que trabalhavam na própria plataforma e, talvez, os da sala de expedição — podiam esperar por uma chance. Se ele, Earl Copen, conseguisse uma mudança de emprego para carregar caminhões na fábrica de móveis, seria o mesmo que anunciar seus planos no *San Quentin News*. E se Ron também conseguisse uma mudança de emprego... meerda! Mesmo que isso fosse possível, a oportunidade de sair poderia levar meses, e a vida de Earl era tranqüila demais para ser trocada por bolhas, farpas e dores nas costas.

Fácil que era sua existência pelos padrões dos detentos, algo aconteceu para anunciar que ela poderia se tornar ainda mais fácil. Uma tarde ele estava cruzando a praça em direção à capela quando Tex Waco saiu do escritório de custódia a caminho do portão principal. O novo diretor adjunto era tão rechonchudo quanto Stoneface era cadavérico. Seu físico não completamente gordo era o mesmo que da última vez em que Earl o vira, mas o cabelo estava mais ralo e longo conforme a moda, e onde um dia seu uniforme fora remendado e seus sapatos ressolados agora ele se trajava de modo mais elegante que qualquer outro oficial. Isso foi algo que os detentos comentaram; e, enquanto grupo, eles conferiam baixa pontuação a um bom guarda-roupa. Earl fez um cumprimento de cabeça e sorriu. Por que não? Conhecia o homem havia doze anos, havia até mesmo lhe dado cobertura num Dia de Ano-Novo, quando ele foi trabalhar ainda recendendo a gim e cambaleando, com sua garrafa térmica cheia de uísque para seu carcereiro (levou algum tempo até que ele descobrisse que não podia confiar em detentos nem se permitir ser muito "bom" sem que fosse traído). O Dia de Ano-Novo era um show no refeitório; quase todas as casas noturnas na região da baía mandavam seus espetáculos. Os que não iam ao show podiam assistir aos torneios no ginásio. Os poucos que não queriam fazer nenhuma das duas coisas tinham de ficar trancados em suas celas. Os corredores dos pavilhões estavam vazios. Earl era o secretário do pavilhão sul, Seeman era o sargento do pavilhão. O oficial correcional Tex Waco havia se enfiado no almoxarifado dos colchões para um cochilo de bêbado. Um tenente se aproximou, perguntou pelo oficial. Earl mentiu dizendo que Waco estava no quinto pavimento revistando uma cela, e, quando o tenente disse que queria conversar com ele, Earl se prontificou a buscá-lo, acordou-o e o

FÁBRICA DE ANIMAIS 239

deixou alinhado. As narinas do tenente se inflaram e seus olhos se estreitaram, mas nada foi dito. Nem o oficial Waco jamais mencionou isso. Ele galgou a escada das promoções rapidamente, mudando de instituição para instituição, e agora era diretor adjunto onde havia começado. Ele reconheceu Earl e o chamou. — Quando é que você vai ficar lá fora, Earl? — ele perguntou.

— Quando eles pararem de me prender.

Tex Waco sacudiu a cabeça e fez um som de cacarejo. — Meu secretário está saindo em condicional daqui a quatro meses. Se você quiser emprego, ele é seu.

Quando Earl mencionou a oferta a Seeman, que ainda tinha um bom secretário, de modo que Earl na verdade não estava trabalhando, o tenente disse para pegar o emprego. Seeman sorriu: — Caramba, eu preciso de um amigo nas altas rodas. E isso pode fazer com que você saia em poucos anos — mesmo com aquele incidente infeliz.

Earl queria o trabalho, sabendo que Waco era um escritor fraco numa posição executiva que requeria grande quantidade de relatórios, memorandos e ordens administrativas. O diretor adjunto seria dependente de seu secretário. Earl podia suprir a deficiência, exatamente como fizera com as monografias de conclusão anos atrás, e fazendo esse trabalho ele teria acesso a um pouco do poder. Mesmo sob Stoneface, o secretário do diretor adjunto era tratado com respeito pelos tenentes e com deferência pelos guardas em posição mais baixa, que não queriam passar um ano vigiando um muro no turno da madrugada. O secretário podia conseguir mudanças de cela simplesmente pedindo um favor ao sargento responsável — uma dúzia por semana a cinco carteiras de cigarro cada um era uma boa renda. Designações de trabalho eram ainda mais fáceis de arranjar. Até mesmo conseguir que um homem — se tudo corresse conforme o esperado — fosse transferido para uma prisão de segurança mínima ou uma colônia agrícola não era impossível. Waco era condescendente, tinha uma consciência, e podia ser manipulado. Earl certamente seria como uma baleia num aquário. Poderia bancar o patrão dos tenentes

Hodges, o cristão, e Capitão Meia-noite, o racista velado. O secretário médio, trabalhando tão próximo dos oficiais, era vítima da suspeita dos detentos no pátio. Eles podiam pedir e pagar por favores, e o simples fato de exercer um trabalho não era suficiente para rotular um homem, mas geralmente havia um sinal de interrogação acompanhando seu nome. Earl não teria nem mesmo esse problema, exceto com calouros e idiotas. Seus amigos eram o mais notório bando de brancos em San Quentin, ele conhecia os líderes do bando chicano desde o reformatório e os negros mais durões o respeitavam. Tudo no universo da prisão lhe pertenceria, e esse triunfo não era mais nem menos vazio que qualquer outro — especialmente considerando que isso tudo era vaidade, ou assim dizia o Eclesiastes. E o que foi que o Satã de Milton falou quando Deus o lançou do paraíso para o abismo? Alguma coisa sobre ser melhor reinar no inferno que servir no céu.

Mas quando Ron ouviu o jovem fez um som flatulento e pejorativo com a boca. — Earl, meu irmão — censurou. — Vamos sair daqui.

— Nós vamos fazer isso. Eu só estou achando um modo. Que porra. Você quer que nós simplesmente chutemos o portão e digamos "Deixa a gente sair, seu babaca?" É isso?

— Não me ridicularize com esse arremedo de caipira fanhoso. Foi você quem disse que as pessoas querem fugir quando chegam aqui, e depois se estabelecem numa rotina e a febre passa. Eles ficam acomodados demais, não querem se organizar, não querem correr o risco. — Ron sacudiu a cabeça para dar ênfase. — Não vou permitir que eu mesmo fique assim... e não vou deixar que você descanse até que nós estejamos bebendo margaritas em Culiacán.

— Que foda! Eu criei um monstro. Talvez nós pudéssemos pensar em pedir para alguém nos intimar para um depoimento numa pequena cadeia municipal. O segredo é levar as ferramentas daqui com você — chaves de algema, serras entre a sola e o sapato. Nós podemos fazer isso na sapataria.

— Você acha que alguém nos intimaria?

— Não sem uma preparação.

— Os princípios — ou teorias — são maravilhosos. Eu concordo com os caminhões. Concordo com o que você acabou de dizer. Mas vamos pôr a teoria na prática. Você consegue entender isso?

Earl suspirou. — É, eu entendo isso. Diga-me, por que você não encontra a brecha?

— Eu estou tentando, mas não nasci aqui.

— Obrigado, espertalhão filho-da-puta.

Eles sorriram um para o outro.

A revelação veio duas noites mais tarde, quando Earl estava sonolento pela heroína. Estava deitado de costas, nu, com um lençol sobre o corpo e um cigarro em uma das mãos, enquanto coçava languidamente seus pêlos púbicos com a outra, saboreando a euforia definitiva. Ele não estava realmente pensando, mas imagens dos eventos do dia flutuavam por sua mente. Big Rand olhava pela janela do escritório do pátio; depois dizia que gostaria de jogar todos os crioulos encrenqueiros no caminhão de lixo. Earl dera um grunhido e olhara. O grande caminhão de lixo de um ano de idade estava parado na frente do bloco educacional. Os auxiliares despejavam barris de lixo dentro dele. O guarda estava sentado na cabine do veículo de frente achatada. Earl já havia pensado a respeito e descartado o caminhão de lixo pela mesma razão que os guardas podiam ficar sentados na cabine em vez de fiscalizar. Enquanto o caminhão velho era duplamente vigiado e testado com estacas no portão, o novo caminhão protegia a si próprio... qualquer um que subisse para a lixeira estaria cometendo suicídio: uma prensa do lado de dentro aplicava toneladas de pressão. Earl não sabia quantas toneladas, mas provavelmente era o suficiente para transformar um detento em panqueca.

A não ser...

Que...

Seu coração disparou com os pensamentos excitantes. Ele tentou acalmar-se olhando para a noite e para as luzes que cintilavam nas colinas do outro lado da baía. Parecia tão fácil que um inexorável pêndulo de dúvida balançou para trás atravessando a certeza. Ainda assim, a dúvida não tinha fatos, enquanto sua inspiração parecia ter todos os fatos. Ele sufocou brutalmente o entusiasmo e reprimiu seu impulso de acordar Ron e contar a ele assim que as portas das celas se abrissem. Earl queria confirmar tudo primeiro.

Excitado demais para dormir, sentindo-se muito bem por causa da droga, ele fumou cigarros até que sua boca estivesse em carne viva. Perto do amanhecer ele cochilou inesperadamente. E sonhou que fugia de Alcatraz, ou tentava; estava correndo de um lado para outro da praia, incapaz, por algum motivo, de mergulhar na água e nadar para a liberdade.

Quando Earl acordou, as portas da cela estavam abertas e todos os outros haviam saído para o refeitório. Ele se vestiu rapidamente, sem se preocupar em lavar o rosto ou pentear os cabelos, na esperança de chegar ao refeitório antes que ele fechasse.

Um guarda estava começando a cerrar a porta de aço, mas deteve-a quando Earl gritou. Uma vez dentro, ele pegou a fila, mas abandonou a bandeja no momento em que chegou à mesa. Em vez de comer, ele voltou pelo corredor até a cozinha. Ela ficava fora dos limites, mas detentos cozinheiros, lavadores de pratos e outros trabalhadores estavam por todo lugar e proporcionaram cobertura. Os copeiros livres nem olhavam para mais um detento. Ele deu a volta nos tonéis imensos, passou sobre a água ensaboada na ponta dos pés e dobrou num corredor curto que dava para as portas duplas de aramado. Essa era a sala dos vegetais, sua atmosfera estava carregada com o odor de batatas descascadas de molho nos barris, de cenouras raladas e cebolas. Quando Earl entrou, a equipe de meia dúzia de chicanos estava debulhando milho, conversando em espanhol e ouvindo música mexicana num rádio portátil. Eles eram um bando de *braceros* que não falavam inglês e permaneciam juntos para apoio mútuo. A sala dos vegetais era o domínio deles. Quando um partia, eles selecionavam outro dos irmãos para substituí-lo. Eles olharam para Earl inexpressivamente, nem questionadores nem hostis. Ele gesticulou indicando que não queria nada com eles e foi até a grande porta dos fundos, verificou que ela estava destrancada e espiou através do aramado para um pequeno pátio atrás da cozinha. Era a área de carga dos caminhões. Engradados vazios estavam empilhados contra uma parede perto de latas de leite vazias. Dois detentos usando botas altas e luvas grossas e aventais de borracha usavam uma mangueira de vapor para lavar as latas de lixo. A estrada para o pequeno pátio subia uma rampa que atravessava um arco no muro — embora depois do muro houvesse apenas o pátio inferior. Uma torre de vigilância se assentava em cima do muro. Essa era a primeira parada que o caminhão de lixo fazia toda manhã, o começo da sua rota, e Earl sabia que também era a mais isolada. Era o melhor lugar para ver se o que ele estava pensando era verdade, e se fosse, seria o melhor lugar para fazer a aposta.

Um quarto de hora depois o caminhão subiu a rampa, seu focinho achatado erguido até atingir o nível do pátio. Ele fez a volta e deu a ré para a plataforma de carga — a três metros da porta da sala dos vegetais —, onde os tambores de lixo estavam à espera. Dois detentos pararam na traseira e começaram a despejá-los. O guarda permaneceu na cabine. O detento motorista esperou até receber o sinal de um dos ajudantes e então moveu uma alavanca. O compressor fez gemer o lixo esmagado.

Earl saltou e estalou os dedos numa dança. Vai funcionar. — Porra... isso... vai... funcionar — disse ele, e na verdade sentiu-se confuso. Parecia um suplicante atendido com um milagre. Ele e Ronald Decker cairiam fora de San Quentin.

A sirene do trabalho havia apitado, o portão do pátio se abriu e os detentos estavam fluindo para fora quando Earl seguiu contra o fluxo em direção à rotunda do pavilhão norte. Ron estava descendo a escada de ferro, ainda com os olhos turvos, quando Earl saltou sobre ele e apertou seu pescoço com uma chave de braço. — Me dá esse cuzinho que eu conto como vamos sair daqui.

— Nãh, você vai me esfolar.

— Se eu contar, você é quem vai me esfolar.

— Esse é o risco que você corre. — Então Ron viu o júbilo iluminando o rosto do amigo. — Você está brincando?

— Sem brincadeira. É o caminhão de lixo. — E começou a lutar boxe de sombra, golpeando, cruzando e lançando ganchos no ar. — Escute isso, meu irmão! É música. Eles não o vigiam porque acham que o mané seria morto. Mas... a jogada é mergulhar lá dentro com algum tipo de escora, como uma quatro por quatro ou um par de barras de halteres de tamanho olímpico. Apóie-as contra a parede do fundo. Acredite em mim, aquela prensa filha-da-puta não vai arrebentar barra de haltere alguma.

Ron estava incrédulo. — Não pode ser tão fácil.

— Eu verifiquei esta manhã.

— Como eles podem ser tão estúpidos?

Earl deu de ombros.

— Ou ninguém mais notou isso antes?

— Não estavam prestando atenção. Como os porcos. A prensa os inibiu.

— Quando nós podemos ir? Amanhã? — A última pergunta foi obviamente de brincadeira.

— Qual é, otário. Nós temos de descobrir para onde ele vai, onde eles o esvaziam e conseguir que sua mãe vá nos buscar... ou alguém. Se ela não puder fazer isso...

— Ela pode...

—... nós vamos esperar até T.J. sair, dentro de dois meses. Não podemos simplesmente andar por aí como ovelhas perdidas. Não duraríamos três dias. Cara, você chama a atenção quando se manda de trás dos muros. Não é como fugir de uma colônia agrícola.

— Eu vou fazer minha parte agora mesmo. O padre me deixará telefonar para casa. Vou chamar minha mãe até aqui.

— Não, não. Você não quer uma visita. Isso atrairá atenção sobre ela. Nós vamos contrabandear uma carta para sua mãe. Ela tem de fazer parecer que nunca saiu de casa.

— Quanto tempo isso vai levar?

— Duas semanas. Nós temos que verificar os ajudantes... ter certeza de que eles não são dedos-duros... e tirá-los do caminho se forem. Eu sei que o caminhão usa um despejo em algum lugar lá fora. Nós podemos ter de correr quando sairmos. Acho que vou começar a treinar para ficar em forma.

— Quando vir você treinando, eu vou ter um ataque cardíaco.

— Talvez eu esteja sendo muito radical.

CAPÍTULO **15**

Os preparativos para a fuga, uma vez iniciados, transcorreram rapidamente. Um secretário do escritório da manutenção encontrou o manual do caminhão e confirmou que a prensa jamais quebraria uma quatro por quatro, quanto menos uma barra de halteres olímpica; e havia espaço suficiente para vários homens dentro dele. A reputação dos ajudantes era boa entre os detentos. Earl então fez Seeman olhar seus arquivos para descobrir se havia alguma nódoa registrada em seus antecedentes. Ele disse ao tenente que precisava disso para descobrir como interromper alguma encrenca e Seeman não fez mais perguntas. O histórico não mostrava nenhuma delação anterior e um deles tinha um parceiro de crime não identificado ainda solto, o que realmente indicava solidez, pois tanto a polícia quanto o comitê de condicional exerciam pressão e ameaçavam punições em situações como essa. Ron conversou com sua mãe pelo telefone da capela e obteve confirmação; então eles enviaram clandestinamente a carta com instruções detalhadas e ela confirmou por telegrama. Ela alugaria um automóvel, trocaria as placas e seguiria o caminhão de lixo por três dias

FÁBRICA DE ANIMAIS 247

consecutivos, desde o momento em que ele deixasse as dependências da prisão, pronta a resgatá-los no momento em que agissem. Ela teria dinheiro, roupas e um segundo veículo. Ron sabia onde conseguir documentos falsos, mas preferia obtê-los pessoalmente quando estivessem fora. Ela se recusou a ter armas de fogo à espera, como Ron e Earl já esperavam, mas Earl insistira em pedir. Isso na realidade não importava. Ele sabia onde obter escopetas e pistolas assim que chegassem em Los Angeles. Baby Boy, usando um macacão branco salpicado de tinta, empurrou um carrinho-rampa acima até o pátio da cozinha. Sob um encerado, entre baldes de tinta e solvente, estavam duas barras de halteres, e embrulhadas em trapos sujos havia duas facas. T.J. havia roubado as barras do ginásio. Era depois do almoço e a equipe dos vegetais havia deixado o turno do dia. Baby Boy escalou os sacos de batatas e escondeu o equipamento junto da parede. Apesar da promessa feita pela mãe de Ron, eles reuniram camisas civis roubadas da lavanderia e sessenta dólares em espécie — só por garantia.

A fuga foi marcada para terça-feira. Na tarde de segunda, Earl estava tão tenso que não podia comer. Dores comprimiam seu peito. Ele gastou vinte dólares do dinheiro da escapada em dois papelotes de heroína e estes apagaram a ansiedade.

Pouco antes do trancamento dos pavilhões sul e leste, T.J. e Wayne chamaram um dos auxiliares do caminhão de lixo para um canto, Vito e Baby Boy fizeram o mesmo com o outro, e disseram-lhes o que esperar e como reagir — agindo normalmente e prosseguindo com seu trabalho. Contar-lhes tão tarde não era para prevenir que eles alcagüetassem, mas para evitar que eles comentassem com outros detentos, que poderiam comentar com outros mais, até que em algum ponto da corrente um dedo-duro pudesse ouvir.

Depois do trancamento, Ron e Earl terminaram de se dispor do que havia em suas celas, distribuindo cigarros, artigos de toalete, roupas boas e livros. Ron rasgou cartas e documentos legais e pôs suas fotografias num grande envelope marrom que levaria dentro de sua camisa. Earl guardou duas carteiras de cigarros, uma colher de café num envelope para a manhã e

248 EDWARD BUNKER

uma passada de creme dental na escova. Tudo o que estava levando consigo eram três fotografias num bolso da camisa.

— Poorra! — ele murmurou. — Estou indo mais desprovido que Mahatma Gandhi. — Ele dormia profundamente antes da meia-noite, enquanto Ron não chegou realmente a dormir. Ron havia deixado de fumar meses antes, mas naquela noite ele aspirou quase um maço.

No momento em que a barra de segurança foi erguida e os detentos do pavilhão norte saíram para o café-da-manhã, Ron foi até a cela de Earl e o encontrou roncando. A porta do pavilhão de honra estava destrancada e Ron a empurrou, cutucando o pé de seu amigo por cima do cobertor. Os olhos de Earl se abriram imediatamente.

— Ei — disse Ron, em dúvida se devia rir ou ficar indignado. — O que você faz ainda adormecido?

Earl balançou a cabeça com uma paciência lenta e dramática. — Olhe, este é o primeiro pavilhão a sair. Os ajudantes e o motorista nem mesmo deixarão suas celas antes de meia hora. Passará pelo menos uma hora antes que o caminhão comece a rodar. O que nós devemos fazer, ir até a sala de vegetais e cortar vagens até ele chegar?

O riso saiu vitorioso de dentro de Ron. — Certo, mas às vezes eu não posso acreditar em você. Dormindo!

— Não há nada melhor para fazer. Mas eu vou levantar se você me trouxer água quente para o café.

Quando voltou da torneira de água quente no final do corredor, trazendo um frasco fumegante de água enrolado numa toalha, Earl estava abotoando a camisa azul de cadeia sobre uma camisa civil listrada. Ron sentou na ponta do beliche inferior, com as costas apoiadas numa das paredes e os pés na outra, enquanto Earl escovava os dentes, tomava café e tossia o pigarro pegajoso de um fumante intenso.

Através das altas janelas gradeadas eles podiam ver o pátio, o marasmo da prisão ainda mais monocromático na luz cinzenta da manhã. Uma fila de detentos começava a emergir do pavilhão leste na extremidade oposta, enquanto abaixo deles os moradores do pavilhão norte estavam voltando.

— Nós não deveríamos nos despedir de nossos amigos? — Ron perguntou.

Earl olhou para ele e sorriu. — É, nós deveríamos — e eu nem havia pensado nisso.

Eles desceram as escadas, contra o fluxo de detentos e saíram para o pátio ainda vazio — vazio exceto pela longa fila de detentos se estendendo do refeitório para o pavilhão. O pátio se encheria à medida que o refeitório se esvaziasse. Naquele momento, apenas uma dúzia de prisioneiros estava em pé nas redondezas ou andando de um lado para outro. Ron e Earl caminharam entre eles e afugentaram uma revoada de pombos que esperavam para serem alimentados, e se dirigiram para o banco de concreto ao longo da parede do pavilhão leste.

Momentos depois, uma dupla de detentos saiu da fila do refeitório — T.J. e Wayne, o primeiro abraçando Earl e apertando a mão de Ron, o segundo apertando as mãos, em ordem inversa, de ambos — e desejando-lhes boa sorte.

— É, boa sorte, irmãos — disse T.J. — Nós cuidamos de tudo com aquele idiota do caminhão na noite passada. Está tudo bem com ele.

— Vejo você lá fora em uns dois meses — disse Earl. — Eu tenho o endereço do seu pessoal. Entrarei em contato quando achar que você saiu.

— Se vocês não conseguirem — disse Wayne —, nós lhes mandaremos um pacote bem cuidado para a seção "B", cigarros, café e toda essa merda.

— Se nós não conseguirmos — disse Ron —, me mande um pouco de arsênico.

— Aqui não é tão ruim — disse T.J. — Caramba, há emoção aos montes. — Depois para Earl: — Mande-nos um pacote de drogas assim que puder.

— Eu vou furtar numa farmácia Thrifty para vocês.

Do canto do refeitório sul, Vito e Baby Boy apareceram, cortando caminho entre as filas e tomando a direção deles.

— Que bom que nós pegamos vocês — disse Baby Boy, apertando suas mãos. — Eu queria muito dizer adeus e desejar boa sorte.

Vito estava mais efusivo, beliscando Earl e dando risadinhas. — Ei, cara — disse Earl, afastando sua mão com um tapa. — Vou ficar feliz por me livrar de você.

A última fila do refeitório estava se aproximando da porta.

— Nós temos de ir — disse Ron.

O bando deu-lhes rápidos tapinhas nas costas e então eles cruzaram o pátio e foram para o final da fila.

— Quando estivermos lá dentro — disse Earl —, siga-me a cerca de três metros de distância.

Enquanto eles entravam, Earl esquivou-se de pegar uma bandeja e saiu da fila, caminhando ao longo da parede do fundo onde trabalhadores da cozinha fora de serviço estavam em pé. Eles deram cobertura. Ele olhou para trás e Ron o seguia.

Foi o mesmo na confusão da enorme cozinha. Ninguém sequer os olhou com curiosidade.

Apenas dois dos *braceros* ainda estavam trabalhando quando Earl abriu a porta da sala dos vegetais. Eles usavam mangueiras e rodos para limpar os resíduos do chão de ladrilhos. Ergueram o olhar e continuaram trabalhando; estavam quase no fim.

Earl segurou a porta até que Ron se enfiasse por dela. Então Earl disse-lhe para continuar vigiando o corredor e se arrastou por cima dos sacos de batata, resgatando as barras de halteres e as facas. Os *braceros* continuaram sem dizer nada, mas apressaram-se em juntar os resíduos e sair da sala.

Earl entregou uma das facas para Ron e pôs a outra sob a camisa. Apoiou ambas as barras de halteres ao lado da porta que dava para a plataforma de carga e se curvou para a frente, observando o pátio da cozinha e o alto da rampa. Ron ficou no lugar, vigiando o corredor.

O som do caminhão chegou antes que ele se tornasse visível, mas o intervalo de tempo foi de apenas poucos segundos. Ron escutou e sentiu como se alguma coisa que deveria estar em seu peito tivesse conseguido subir até a garganta e estivesse tentando engasgá-lo. Ele pôde ouvir o caminhão rosnando alto enquanto se esforçava na primeira marcha; depois parou e acionou o câmbio. Conseguiu escutá-lo engatando a ré.

Earl observou a torre de vigilância sobre o muro contra o

FÁBRICA DE ANIMAIS 251

céu cinzento. O guarda estava de costas, como de costume. O caminhão deu a ré em menos de três metros. Os ajudantes saíram de um salto, indo apanhar os tambores de lixo.

— Vamos Ron — disse Earl, com suas palavras pontuadas pelo ruído do primeiro tambor.

Quando Ron se mexeu, a tensão dissolveu-se — explodiu e se foi. Ele estava calmo e indiferente como em nenhum outro momento de sua vida, e tão ligado que seus sentidos capturavam qualquer impressão com intensidade. Notou até que a bochecha de Earl tinha contrações.

Cada um deles segurou uma das longas barras, fazendo uma pausa apenas momentânea na porta. — Você vai primeiro — disse Earl. — Empurre a barra para diante de você... e não deixe a filha-da-puta cair. — Ele abriu a porta e Ron saiu para a plataforma, quase se chocando contra um tambor, fazendo com que Earl se firmasse em seus calcanhares.

Os ajudantes olharam para eles com olhos arregalados e pararam de trabalhar, dando um passo atrás para abrir caminho.

Ron abaixou a cabeça e mergulhou no buraco, penetrando num fedor que parecia uma parede e instantaneamente começou a respirar pela boca, pensando que teria de apanhar um lenço para respirar assim que estivesse assentado. Seus joelhos avançaram com dificuldade através do lixo e ele empurrou a barra à sua frente.

No momento em que a cabeça e os ombros de Ron entraram, Earl ouviu a cabine do caminhão se abrir e soube que o guarda estava saindo. Ele não podia ficar onde estava, e não teria tempo de acompanhar Ron. Ambos seriam apanhados. Tudo isso levou um segundo para ser pensado, e então deu a volta por trás do caminhão e saltou da plataforma de carga, assumindo um ângulo como se estivesse dirigindo-se à porta da outra cozinha, aparecendo a apenas poucos centímetros do velho guarda.

— Ei, Smitty — disse ele, como se estivesse levemente surpreso.

A cabeça do guarda se levantou, mas não havia suspeita quando ele reconheceu Earl. — Copen. Você está um pouco fora do seu caminho habitual, não?

Earl levantou a barra de halteres. — É, alguém carregou

isto para fora do ginásio até a cozinha — sabe-se lá para quê — e Rand me mandou apanhá-la. — Quando Earl terminou a sentença, ouviu um dos tambores sendo despejado e soube que Ron estava a salvo.

— Esses malditos detentos roubariam até dentaduras — disse o guarda.

Earl balançou a cabeça, não falou nada e se afastou. Na escuridão, Ron ouviu as vozes e reconheceu a de Earl sem distinguir as palavras. O fato de haver qualquer conversa era terrível. As esperanças de Ron murcharam, ele soube que eles haviam sido apanhados. Então um tambor de lixo foi jogado para dentro, lançando poeira em sua direção, e ele procurou o lenço. Veio outro tambor. Não houve alarme. Seus pensamentos e sensações estavam embaralhados. Alguma coisa havia feito Earl recuar. Ele não pôde pensar mais porque o motor do caminhão deu a partida e ele ouviu o estalo da prensa. Apoiou a barra contra a parede e segurou-a com ambas as mãos como uma lança. O lixo crepitou sob seus pés, mas quando a prensa atingiu a haste de ferro ela parou. Tudo se deteve por alguns segundos que pareceram minutos, então a prensa retrocedeu e o quadrado de luz voltou a aparecer.

A confusão e o terror de Ron se evaporaram numa elevação sublime. Ele seria livre em poucos minutos. A meia dúzia de paradas era rotineira; ele havia superado o obstáculo. Na escuridão malcheirosa seus pensamentos já haviam deixado a prisão e se voltaram para a vida.

Nas sombras do corredor da cozinha, Earl Copen observou o caminhão alto e desajeitado descer a rampa. Seus lábios estavam apertados, mas puxados o mais para trás que era possível, e seus olhos estavam espremidos em fendas para suprimir a ardência. Seu amigo se fora e ele ficara para trás, mas era melhor que um deles fosse livre do que nenhum. Mesmo assim, a dor era profunda — mas quando o caminhão desapareceu Earl deu as costas, depois bufou num sorriso irônico. — Ah, que se foda. Aqui eu mando alguma coisa. Lá fora eu provavelmente morreria de fome.

Era um modo tão bom quanto qualquer outro de encarar o fato.

FÁBRICA DE ANIMAIS 253

Leia também os livros de Edward Bunker publicados pela editora Barracuda:

Cão come cão
Nem os mais ferozes
Educação de um bandido (autobiografia)
O menino

Composição IMG3
Tipos Sabon e Helvetica Condensed
Papel Pólen Soft 80 g/m²
Impressão Bartira Gráfica
Em Junho de 2007